문재인, 그의 리더십을 읽다

문재인, 그의 리더십을 읽다

김헌식 지음

평민사

(SBS 힐링캠프) 녹화 중에 사전에 전혀 이야기가 없었던
'노무현 유서' 이야기가 나왔고
문 이사장님은 "정말 (유서를) 못 버리겠더라"고 말씀하시며
아직도 그 유서를 지갑에 넣어 다니신다고 하신다.
녹화가 끝나고 우리 일행과 같이 걸어가면서
또 "정말 거짓말이 아니고, 왠지 모르겠지만,
정말 못 버리겠더라" 라고 하신다.
— 정말 유서를 못 버리겠더라, 솔직함과 겸손함 사이에서
조동환(변호사)

차 례

왜 선한 사람은 탈락할까.
–새로운 리더십의 부각과 문재인 … 9

[제3부] ●

문재인의 출마선언문
〈국민과 문재인이 함께 출마합니다〉
(완전히 새로운 대한민국 이런 나라가 되어야 합니다)

모든 국민들의 마음을 모아 19대 대통령 선거에 출마합니다.

완전히 새로운 대한민국을 바라는 온 국민의 뜻을 모아 이제 '정권교체'의 첫 발을 내딛습니다.

상식이 상식이 되고 당연한 것이 당연한 그런 나라가 돼야 합니다.

정의가 눈으로 보이고 소리로 들리며 피부로 느껴지는 사회가 돼야 합니다.

실패해도 재기할 수 있고 성공할 때까지 도전할 수 있고 마지막까지 인간답게 살 수 있는 나라가 돼야 합니다.

성실하게 일하는 사람이 가난에 허덕이지 않고 법과 원칙을 지키는 사람이 존경받을 수 있으며 다름이 틀림으로 배척당하지 않아야 합니다.

학연, 지연이 없어도 서러움을 겪지 않고 내 능력만으로도 행복할 수 있다는 믿음을 주는 나라가 돼야 합니다.

마음 편히 아이 낳아 걱정 없이 키우고, 일하는 엄마도 힘들지 않은, 그런 나라가 돼야 합니다.

튼튼한 자주국방으로 세계 어떤 나라도 두렵지 않은 강한 국가가 돼야 합니다. 국방의 의무를 자랑스럽게 마치면 학교와 일자리가 기다리는 나라가 돼야 합니다.

실향민, 아버지 산소에 가서 소주 한잔 올리고 남북이 다시 만나게 되었다고 말할 수 있는 그런 나라가 돼야 합니다.

재외동포들이 "내 조국은 대한민국이다" 누구에게나 자랑할 수 있는 당당하고 품격 있는 나라가 돼야 합니다.

역사를 잊지 않는 대통령이 있는 나라, 제대로 대우받지 못했던 독립유공자들과 위안부 피해자분들께 도리를 다하는 나라, 희생과 헌신으로 나라를 지킨 분들을 끝까지 책임지는 나라가 돼야 합니다.

장애가 장애인지 모르고 살 수 있는 그런 나라가 돼야 합니다.

국민 한 사람 한 사람은 모두 다르기에 조금은 시끄럽고 정신없더라도 그 안에서 조화를 이루고 사는 존중과 통합의 공동체가 돼야 합니다.

정권교체, 국민이 합니다. 대한민국, 국민이 바꿉니다.

우리는 오늘, 함께 출마합니다. 국민과 문재인이 함께 갑니다.

왜 선한 사람은 탈락할까.
─새로운 리더십의 부각과 문재인

'리더십 모듈화' 현상이라는 것이 있다. 최고 리더가 누구냐에 따라 구성원들의 행동이 그에 맞게 따라가는 현상이다. 권위적인 리더가 오면 구성원들도 권위를 중시하고 서열을 따른다. 그래서 대화와 소통은 없고 일방향의 지시 명령과 수행 그리고 결과보고만이 있다. 수평적인 리더가 오면 구성원들도 경청과 대화 소통을 중시하고 조율과정을 필수 요소로 삼는다. 토론과 합의과정이 반드시 전제 되어야 한다. 특히 한국의 경우는 대통령을 중심으로 중앙집권적인 특징이 강하기 때문에 리더의 성향에 따라서 정치 · 경제 · 사회 · 문화 일상에 이르기까지 영향을 미치게 된다.

그렇기 때문에 최고의 리더인 대통령을 어떤 사람으로 뽑는가는 그가 어떤 새로운 정책을 펴는가보다 더 중요하다. 권위적인 리더 주변에는 그런 참모나 실행 인사들이 형성되기 마련이다. 더구나 대통령은 3000여 명의 기관장을 임명할 수 있기 때문에 그러한 리더에 맞는 행태를 보이게 된다. 하지만 수평적인 리더십을 추구하는 리더는 그 주변에 있는 사람들과 수평적인 관계를 형성하기 때문에 때로는 내부에서도 공격을 받지만 그것은 건강한 성장을 위한 과정이라고 생각한다. 이렇게 최고 리더가 어떤 사람이냐에 따라서 진보를 하기도 하고 퇴행하기도 하기 때문에 좋은 사람을 리더로 뽑아야 한다. 하지만 그런 사람을 찾기는 결코 쉬운 일이 아니다.

그렇다면 "좋은 사람은 왜 잘 드러나지 않을까" "정말 좋은 사람은 왜 선택받지 못할까?"라는 궁금증이 일어날 수 있다. 특히 정치권을 보면 더욱 그러하다. 이러한 궁금증을 풀어주는 것을 넘어서 그런 리더들을 파악해 보는 책이 언제나 필요한 현실이다. 정말 현실은 불합리해서 진정으로 좋은 사람을 원하지만 항상 그런 사람들은 외면된다. 이렇게 모순적인 일이 있을 수 있을까 싶지만 현실에서는 실제 일어나고 있다.

대부분의 사람들은 허세를 부리는 사람보다 성실한 사람을 선호하고, 겉으로 자신을 드러내기보다는 안으로 내실을 다지는 사람을 좋아한다. 어떤 일을 할 의사가 없음에도 불구하고 괜한 말로 능력을 과장하는 사람은 좋아하지 않는다. 그럼에도 불구하고 허세를 부리지 않고, 착실하게 행동하는 사람들이 인정을 받지 못하고 있는 것은 세상은 성실한 사람보다는 허세를 부리는 사람, 내실을 기하는 사람보다는 과장하는 사람들을 선택하기 때문이다. 그래서 마음을 다해 일을 할 의사가 없음에도 불구하고 이를 속여 말하는 사람들이 현실에서는 더 힘을 얻는 것 같이 보이는 것이다.

이러한 현상은 정치에서는 너무 비일비재하게 일어난다. 내실을 다지는 사람보다는 겉으로 과시하는 이들이 뽑힌다. 성실보다는 허영에 있던 이들이, 공적인 가치를 내세우지만 사심으로 가득 찬 이들이 국정을 농단하기도 한다. 지키지 못할 약속, 공약을 남발하는 이들도 우선된다. 오히려 그런 공약을 남발하지 않는 이들은 내실이 있어도 선택되지 못한다.

왜 이런 일이 벌어질까. 대부분의 사람들이 원하는 사람은 왜 선택되지 못하는 것일까. 현실적으로 허세보다 성실, 과장보다 내실을 기하는 이가 누구인지 잘 드러나지 않기 때문일 것이다. 일상의 삶이 바쁜 일반 생활인들이 이를 판단하는 일은 쉽지 않을 수 있다. 이러한 점을 대신해서 판단의 근거와 배경을 제공해주는 매개체가 필요하다. 이렇게 대신해주는 곳이 정당이고, 언론이라고 할 수 있다. 정당에서는 유권자들인 국민이 원하는 후보를 발굴, 육성해서 대표자로 자리매김 시켜야 한다. 언론은 그렇게 국민들이 원하는 인물이나 리더를 객관적으로 알려줄 의무가 있다. 공정한 보도는 물론이고, 부당한 인물이 판단과 선택을 흐리게 하지 않도록 감시 기능을 하는 것도 언론의 역할이다.

하지만 현실은 그렇지 않은 경우가 많다. 원칙과 내실을 말하는 사람보다는 허세와 거짓, 과장을 남발하는 이들이 정당을 구성하고, 그들이 오히려 진실을 말하고 이를 위해 노력하는 이들을 몰아내는 경우가 많다. 아예 내실과 원칙, 정의를 더 중요하게 생각하는 이들은 발을 못 붙이거나, 그대로 묻혀 버리는 일들이 빈번하게 일어난다. 정당이 공적인 정치집단이 아니라 자신들의 사익을 위해 존재하는 변질된 정당정치로 치달았기 때문이다.

디지털 기술이 발전하고 스마트 모바일 환경이 조성되면, 정보의 개방성과 소통성 때문에 이러한 참된 사람들이 빛을 보고, 그 진가를 발휘하며 국민을 위한 정책을 실현 시킬 수 있을 것으로 판단되었다. 그렇지만 인터넷세상도 수평적이고 객관적인 것이 아니라 불균등하고 한쪽으로 쏠려 있기는 마찬가지였다. 포털 사이트와 같이 힘 있는 플랫폼이 구조화되고, 그 안에서는 그들이 원하는 이들만 적극적으로 부각되거나 자주 노출되기 때문이다.

기존의 정치 경영 리더십은 1인자 리더십이었으나 이제 그 리더십은 여러 가지 문제를 낳고 있다. 모든 것을 한 사람이 좌지우지하는 1인자 리더십으로는 창의와 다양성이 요구되는 사회문화에 맞지 않기 때문이다. 21세기 리더십은 이런 1인자 리더십이 아닌 새로운 리더십이어야 한다. 이는 단지 그래야 하는 것이 아니라 그렇게 될 수밖에 없다. 정치체제에서 이명박 · 박근혜는 기존의 1인자 리더십 즉 자기 잘났다며 권위 아래 줄을 세우는 리더십을 유지 확장했다.

그런데 이를 극복하겠다는 문재인은 이상하게도 기존에 볼 수 없었던 리더십을 보여주고 있다. 이 때문에 오히려 리더십이 부족하다고 지적받기도 하고, 함량미달이라고도 한다. 사실 낯선 것은 흔히 곧 받아들여지기 어려운 점이 있을 수 있고, 때로는 비난의 대상이 될 수도 있다. 하지만 그것이 낯설다고 해서 반드시 틀린 것이라고 할 수는 없을 것이다. 게다가 갈수록 그의 지지자는 자꾸 늘어가고 열정적이 되고 있다.

기존의 리더십에서 문재인의 리더십은 2인자형 1인자 리더십이다. 2인자인 것 같지만 사실상 1인자라는 것이며 2인자의 태도를 취했기 때문에 1인자에 오르며 1인자에 올라도 2인자의 태도를 유지하는 리더십을 보인다. 안철수도 처음에는 이런 2인자형 1인자 리더십을 보였다. 특히, 박원순 서울 시장 후보에게 자신의 지지도 여세를 밀어준 곳은 대표적인 사례이다. 그러나 자기 자신을 강조하기 시작하면서부터 곧 그의 리더십은 무너지기 시작했다. 자신만이 최고이며 다른 이들은 자신보다 못하다면서 깎아내리는 언행도 빈번했다.

2인자 리더십을 구사하는 이들은 2인자의 입지에 있는 듯싶지만, 사실상 최고의 1인자들을 말한다. 이러한 사람들은 당장에 빛나지 않고, 눈에 띄지도 않는다. 그렇기 때문에 대중적인 인지도를 얻는 데 어려움이 있을 수 있고 인기도 많지 않다. 왜냐하면 사람들에게 호감을 할 만한 행동을 하지 않기 때문이다. 그들에게 이른바 쇼맨십은 관심 대상이 아니고, 몸에 잘 맞지도 않는다. 어느새 정치인들에게 쇼맨십은 매우 중요한 요소가 되었고 어쩌면 반드시 갖춰야할 덕목이라고 할 수도 있다. 오히려 그런 쇼를 하지 않으면 구태의연한 사람으로 취급을 받기도 한다. 그런데 묘하게도 결정적인 선택을 할 때, 이런 점은 매우 중요하게 작용한다. 가식으로라도 하는 것이 진정성과 성실성의 척도라고도 한다.

그럴수록 미디어의 영향력은 커진다. 이렇게 되는 이유는 비대면 간접성이라는 근본적인 속성이 있기 때문이다. 유권자들은 어떤 인물을 잘 아는 것 같지만 잘 알지 못한다. 직접 보고 겪어내지 않았기 때문이다. 누군가 전달하고 연결해준 존재가 있어야 한다. 그 중간에 있는 것이 언론 미디어라고 할 수 있다. 언론 미디어는 저널리즘에 입각하여 사실과 인물을 독자들에게 전달해야 한다. 그러나 각 신문들은 애독자들이 원하는 관점으로 사건이나 인물을 다루기 마련이다.

왜 책이 필요한지에 대한 이유도 여기에 있다. 그래도 책은 다른 미디어 특히 영상이나 방송보다 깊이감을 갖고 있다. 시간이나 분량에 구애받지 않기 때문이다. 그러나 바쁜 현대인들이 책을 읽기가 쉬운 일이 아니다. 그러므로 한 인물에 대해 들여다볼 여력이나 환경이 조성되지 않기 때문에 더욱 더 판단은 달라질 수 있다. 이 때문에 다매체 시대에 이를수록 이런 주의분산 때문에 특정 인물에 제대로 관심을 갖지 못하거나 쏠림 현상을 맞게 된다. 때로는 압도하는 쏠림현상 때문에 진실한 현상을 보지 못하는 경우가 많다.

기존의 정치 리더십은 나 잘 났으니 나를 뽑아달라는 것이다. 아니 자신이 잘 났기 때문에 당연히 국회의원이 되어야 하고, 대통령도 해야 한다고 주장한다. 학교에서 공부 잘하고 사법고시, 행정고시 통과했으니 당연히 리더로 자신이 적합하다고 주장한다. 마치 이런 선출직 의원과 대통령이 승리의 트로피처럼 여겨진다. 하지만 정치 리더는 자신이 잘 났다고 해서 될 수 있는 것이 아니다. 뽑아주는 사람이 그들의 필요성에 따라 선택한다. 때문에 선택하는 이들에게 부합하는 사람이어야 한다. 즉 그들이 원하는 것을 실현시켜줄 수 있어야 한다. 자신이 스스로 나서기 전에 그를 바라보고 평가하는 다른 이들이 원해야 한다. 비록 원한다고 해도 바로 나서는 것은 바람직하지 않다. 자신이 어느 정도 준비가 되었는지 객관적으로 성찰할 수 있어야 한다.

현대에서는 겸양이나 겸손이라는 가치적 행동은 아예 사라졌다. 흔히 현대는 자기 홍보, PR의 시대라고 한다. 자기를 적극적으로 알리는 것이 중요하다고 말한다. 정작 자신이 내실이 있는지 적합한지 헤아리기보다는 자신의 이름이나 존재감을 알리는 일이 더 중요하다. 그렇게 인지도를 올려 원하는 목표물 즉 돈이든 지위든 자신의 손에 넣으면 된다고 생각한다. 이렇기 때문에 홍보나 광고의 필요성이 매우 일반화 되었다.

그러나 주객이 전도되는 현상도 심심치 않게 벌어졌다. 정치에서는 이미지 정치가 난무했다. 한편으로는 포퓰리즘이 득세하기도 했다. 이벤트 정치도 당연한 것으로 받아들여졌다. 주목을 받아야 자신의 주목도를 높이고 인지도를 올릴 수 있다고 판단하기 때문이다. 노이즈 마케팅도 무감각하게 받아들이는 것도 이 때문일 것이다. 자신의 인지도 중심으로 생각하게 되면 여러 부작용이 발생한다. 당장에 지지도나 여론 조사에 신경을 쓰게 된다. 만약 원하지 않는 지지도가 나오면 짜증이 나고 분노가 폭발하기도 한다. 이 때문에 마음이 조급해지기에 언행이 들쭉날쭉 하게 된다. 심지어 자신이 원하지 않은 결과에 중간에 튀겨 나가기도 한다.

　이는 반기문의 사례에서 잘 알 수가 있었다. 어떤 소명 의식에 따라서가 아니라 자기중심적으로 생각만 하기 때문이다. 국민을 위해 일하겠다고 공공연하게 말한 사람이 자신이 원하지 않는 양상이 전개되자 중도에 포기하는 것은 애초에 리더의 자격이 없는 것이다. 리더란 자신을 바라보고 선호하는 사람들 때문에 하고 싶지 않아도 할 수 밖에 없는 운명 속에 있는 존재이다. 그런 운명 속에 있는 존재이기 때문에 항상 신중하게 생각하고 행동을 해야 하는데 전혀 그렇지 않기 때문에 자신의 공적인 책무를 생각하지 않고 사적인 행동을 정당화 한다. 게다가 제 뜻대로 안되어 튕겨 나가면서 다른 사람들 탓을 하기 쉽다.

　2인자의 태도를 취하는 1인자들은 겉으로 보면 2인자처럼 보인다. 그들은 1인자가 되어서도 2인자처럼 대한다. 2인자처럼 행동하기 때문에 리더 재목감이 아니라고 공격을 받기도 한다. 이들은 당장에 권력에 대해서 집착하지 않는다. 욕심도 많지 않다. 만약 욕심을 갖고 있다면 2인자처럼 행동할 수 없다. 당장에 1인자로 나서고 싶기 때문이다. 이러한 현상은 지지자들이나 팬들 사이에서도 빈번하게 일어나는 행태들이다.

2인자형 1인자들은 경청의 달인들이다. 국정운영이라는 것은 수많은 정보와 지식을 접하고 그것을 헤아려 판단해야 한다. 또한 복잡한 이해관계자들의 요구와 주장들을 들어야 하며 그 가운데에서 조율한다. 때로는 명확하게 분별하고 교통정리를 해주어야 한다. 제왕적 대통령이라는 말은 과거의 군주적 대통령과 같다. 이는 1인자 리더십의 전형이라고 할 수가 있다.

흔히 리더는 영웅과 같이 인식된다. 어려운 상황에 처한 이들을 구원해주길 바라는 마음에서 충분히 이해가 갈 수 있다. 영웅의 조건으로 대개 카리스마 등 외향적인 요인들이 꼽힐 수 있다. 사람들을 좋아하게 할 만한 외모나 행동, 말, 그리고 스타일이 그 요인으로 꼽힐 수 있을 것이다. 작은 행동보다는 큰 행동이기를 바란다. 말을 조용하게 하는 것보다 시원시원하게 하기를 바란다. 물론 이러한 점들은 시각적인 효과를 주기 때문에 관심과 주목을 끌 수 있다. 하지만 그것이 국민을 더 행복하게 해줄 수 있는 요소인지는 생각해봐야 한다. 가장 최종적인 목적은 국정을 잘 운영하는 것이다.

겉으로 드러나는 영웅적인 이미지에 쏠릴수록 나중에 유권자들은 자신의 선택을 부정해야 하는 상황을 맞게 된다. 국정운영을 잘할 줄 알았는데, 그렇지 않은 결과가 나타나기 때문이다. 이 때문에 김영삼 정부 때처럼 지지도에 신경을 쓰는 정치를 국정운영의 핵심으로 여기게 되고, 결국 치명적인 정책 결과를 낳게 된다. 세계화 전략 차원에서 무리하게 OECD에 가입을 하거나 무리한 금융 시장 개방이 외환위기를 불러 온 사례는 너무 잘 알려져 있다.

정치인은 흔히 연예인들과 같은 존재로 비교된다. 여러 면에서 비슷할 수 있기 때문이다. 이미지 정치를 생각하면 더욱 이러한 유사점이 있을 수 있다. 정치인은 대중들이 원하는 모습을 보여줄수록 선호될 수 있다. 하지만 연예인들도 좋은 노래나 영화 드라마 예능 진행자의 모습을 보여주지 못하면 결국 잊힐 수밖에 없다 그러나 중요한 차이점은 정치인은 국정 리더가 되는 순간 전국민적인 삶에 막대한 영향을 끼친다. 엄청난 규모의 예산이 엉뚱한 곳에 쓰여 탕진될 수도 있다. 연예인들의 경우에는 작품이 실패하게 되면 직접적인 피해를 국민, 시민에게 끼치지는 않는다. 공공의 자원, 재정 예산을 들여서 제작을 하는 것이 아니기 때문이다.

현대인들은 자기를 강조하는 걸 당연시하는 경향이 있으므로 리더들에게도 자신만의 뭔가를 보여 달라고 요구한다. 전문가들도 그러한 요구를 대선 후보들에게 나아가 대통령에게 요구한다. 그러나 대통령은 혼자 존재할 수 있는 이들이 아니며 발명가나 과학자가 아니다. 독창적인 작품을 빚어내는 예술가도 분명 아닐 텐데 그러한 요구를 한다. 정치 리더 특히 대통령은 시대적 화두와 소명을 실현하는 사람이다. 그렇기 때문에 미스코리아 선발하듯이 할 수는 없다. 그러한 경향이 분명하게 존재한다고 해도 그것을 견제하는 노력이 필요하고 이 때문에 이런 심층적인 관련 책 출판도 필요한 것이다. 미디어가 범람하는 시대에 특히 스마트 모바일에서는 간단하고 임팩트 있는 콘텐츠만 부각되기 때문에 더욱 그러하다.

똑똑하고 능력이 출중하다고 과시하는 이들을 경계해야 한다. 오히려 자신을 정확하게 진단하고 반성하면서 국민의 시선에 맞게 실천을 하려는 이를 봐야 한다. 어눌한 사람보다 똑똑한 사람은 멋있다. 모호하거나 얼기설기 말하지 않고 명확하게 말한다. 정리정돈이 확실하게 깔끔하게 말한다. 그러나 실제 일을 같이 하다보면 일이 펑크가 나기 쉽다. 그럴듯하게 들렸던 말들도 빈틈의 큼이 많다는 것을 알게 된다. 세상이 어디 그렇게 딱딱 명확하게 맞아떨어지는가. 분명하게 또렷하게 말할 수 있는 것이 얼마나 될까. 오히려 그렇지 않은 것이 더 많다. 그렇게 단순 명확하게 말하지 않는다고 하여 지혜가 없는 것일까. 단순 명확하게 말하는 것이 멋있을지는 모르지만 우리가 멋만 부리며 살 수는 없지 않는가. 정치인은 말할 것도 없다. 똑똑한 척하는 정치인을 주의하라. 그런 정치인은 곧 정체가 드러나게 되며 그 피해는 전체 국민이 져야 한다.

경계를 해야 할 이들은 겉으로 모든 것을 다 이뤄줄 것같이 연기하는 사람만이 아니고, 권력 중독자를 경계해야 한다. 듀이는 경험의 예술을 말하면서 '인간은 경험의 존재'라고 했다. 권력의 문제에서 보자. 권력을 경험한 사람들은 중독 현상을 일으킨다. 권력에서 멀어졌을 때를 경험한 이들은 다시 권력을 잡게 되면 절대 놓지 않으려고 한다. 그러한 경험이 없는 이들은 자신의 기준으로 경험이 있는 이들을 바라본다. 정치 집단의 경우 권력 중독자들이 가득 찬 곳이다. 중독은 권력이 클수록 비례한다.
　가장 큰 정치권력을 쥐었다가 그것을 놓을 때는 별 느낌이 없지만 그것을 놓고 나서 금단 증상은 엄청난 강도로 찾아온다. 오매불

망 잃었던 그 권력을 다시 찾았을 때 과연 그는 스스로 물러나 야인으로 돌아갈 수 있을까. 무엇보다 주변에 그런 권력 중독자들이 포진해 있다면, 내려오고 싶어도 내려올 수 없다. 내려오면 그 옆 좌우 권력중독자들의 권력이라는 마약을 잃게 되기 때문이다. 마약 권력을 상대하는 사람은 어떤 마음을 가져야 할까? 더구나 제도 권력은 본래 국가의 국민을 지키기 위해 있는 것이므로 거꾸로 그들을 보호해주는 쉴드가 된다. 그것이 깨지면 국민이 깨지도록 작동시키는 한에서 무엇을 해야 할 지는 자명하다. 박근혜 정권의 균열은 기존 기득권 구조의 붕괴로 이어져야 한다. 새로운 반동이 와도 그것은 권력 중독에 빠진 좀비들의 난이고 상당한 고통을 줄 수도 있다. 수 십 년 쌓인 폐단들이기 때문에 오히려 그렇지 않으면 이상한 것이다. 그러나 충분히 예상되는 것이므로 실망과 좌절할 것 없이 시작한 것에서 다시 시작해야 한다.

이 책은 위에서 서술한 관점으로 문재인의 삶과 행보 속에서 그의 리더십의 특징과 유형을 도출하고자 한다. 주로 그에 관한 에피소드와 일화, 발언들을 토대로 했다. 많은 경우 언론의 보도 내용을 예시로 들고 있다. 그 이유는 언론들의 관점이 투영되어 있기 때문이다. 그러한 보도를 통해서 어떤 점이 부각되고 있고 주목되어 왔는지 살펴봄으로써 문재인 리더십에 한층 다가갈 수 있을 것이라 생각했기 때문이다. 때로는 반박도 하고 보완도 하면서 우리가 한 번 눈길을 줘야할 필요가 있는 문재인의 삶과 그의 철학 가치관을 살피고자 한다.

리더십은 단순히 어떤 테크닉의 구사가 아니라 그가 살아온 삶

자체에서 체화된 행보를 통해 이뤄진다. 아무리 테크닉이 훌륭해도 삶속의 가치관과 철학 인격성이 뒷받침이 되지 않는다면 사람들과 함께 일을 해낼 수 없기 때문이다. 이러한 점에서 문재인의 삶의 경험과 이력 속에서 그의 언행을 분석하고 미래의 리더십의 방향성을 가늠한다. 이는 비단 정치에만 한정되는 것은 아니다 일생동안 우리 스스로가 어떤 삶을 살아야하는지 어떤 의사결정자가 되어야하는지 사색하게 만든다. 세상이 다 썩어 문드러져도 문재인 같은 사람 때문에 혹은 문재인을 다룬 이 책을 그래도 붙잡으면서 무엇인가 우리 사회의 바람직한 방향을 모색하려는 이들 때문에 대한민국이 유지될 것임은 더 말할 나위도 없는 일이다.

제1부

1.
적수공권(赤手空拳) 월남 가족과 통일 리더

"(노무현 전 대통령의) 봉하 시골집에 놀러갈 때마다 참 부러웠습니다. 멀지 않은 곳에 언제나 찾을 수 있는 고향이 있다는 것이 부러웠고, 또 고향을 사랑하고 자랑스러워하는 그분 마음도 부러웠습니다. 우리 집은 이북에서 피난 온 실향민이었거든요"

민주통합당 문재인 대선 후보가 공식사이트에서 밝힌 '노 전 대통령과의 추억'에는 고향이라는 뿌리를 잃어버린 아쉬움이 짙게 배어 있다. 문 후보 부모는 함경남도 흥남의 문씨 집성촌인 '솔안마을' 출신이다. 1950년 12월 흥남 철수 때 피란을 와서 거제 포로수용소 인근인 경남 거제면 명진리 남정마을에 정착했다. 그곳에서 문 후보가 태어났고, 7살 때 부산 영도로 이사했다.

한국 전쟁은 문 후보의 집안에 짙은 상흔을 남겼다. 전쟁통에 갑자기 "적수공권(赤手空拳) 빈털터리"(《문재인의 운명》)로 피난 온 사람들이 연고도 없는 곳에서 성공하는 건 결코 쉬운 일이 아니었다.

부친 문용형 씨는 고향에서 '수재'라는 소리를 듣던 인물이었다. 함경남도 명문이던 함흥농고를 졸업한 뒤 공무원 시험에 합격해 흥남시청 농업계장·과장을 지냈다. 전쟁은 부친의 삶을 송두리째 뒤흔들었다. 조용한 성품의 부친은 장사 체질이 아니었다. 빚만 잔뜩 꼈고, 장사에 실패한 이후 더욱 말수가 줄었다. '경제적으로 무능'했던 부친은 1978년 세상을 떠났다. 문 후보가 강제 징집된 군대에서 제대해 복학하지 못하고 있던 낭인 시절이었다. 그는 "(아버지께) 잘되는 모습을 조금도 보여드리지 못한 게 평생의 회한"이라고 했다. 과묵한 성격이 똑같았던 부자(父子)는 평소 대화를 많이 나누지 못했다. 하지만 부친은 당시 대표적인 저항잡지인 『사상계』를 읽고 이웃 대학생에게 한일회담 반대 이유를 설명하는 등 사회의식이 깊었다. 문 후보는 "아버지가 나의 사회의식, 비판의식에 영향을 끼쳤다는 걸 뒤늦게 깨달았다"고 했다. 그에게 아버지는 연민의 대상이자, 극복의 대상이었으며 어느새 닮아 있었던 셈이다.

— [대선 후보 인물탐구](2) 가족 이야기 : 문재인, 〈경향신문〉, 2012.12.04.

익히 알려졌듯이 문재인은 월남 가정에서 태어났다. 그의 가족은 1950년 12월 23일 흥남 부두에서 메러디스 빅토리호를 타고 남쪽으로 왔다. 그의 가족 누구도 이렇게 오랜 피난 시절이 이어질지 몰랐다고 한다. 하지만 그것은 이미 예정되어 있던 것인지 모른다. 2016년 12월 말 현봉학 박사(세브란스 의전 출신) 동상 제막식 문재인은 축사에서 "흥남부두 피난민들 가운데 저희 부모님과 누님도 계셨습니다. 현봉학 박사님의 활약이 없었다면 북한 공산 치하를 탈출하고 싶어 했던 10만 피난민들이 대한민국으로 내려올 수 없었을 겁니다. 저는 거제에서 태어났습니다만 아마 저도 태어나지 않았을 것 같습니다"라고 말했다.

그의 가족은 정말 많은 고초를 겪었고, 그것은 당시 내려온 월남

인들의 삶을 그대로 보여주고 있다. 문재인의 고향은 거제도 포로 수용소이다. 거제도 포로수용소에서 태어났으니 사실상 태어난 생가가 없는 셈이기도 하다. 이 때문에 노무현 대통령이 부러웠던 것은 봉하 마을이라는 고향이 있었기 때문이다. 이러한 부러움은 비단 문재인에게만 한정되는 것은 아니다. 분단과 한국전쟁으로 이산가족이 되거나 고향을 억지로 고향을 떠난 사람들이 수백만이었기 때문이다. 그들은 자신의 기득권이 하나도 없는 곳에서 새롭게 시작해야 했다. 그들은 처음 출발이 1인자일 수가 없었다.

한국전쟁 기간 가운데 월남한 사람들은 60여만 명에서 많게는 139만 명까지라고 말하기도 한다. 문재인은 흥남 철수를 통해 거제도로 내려온 일가족에 있었다. 흥남 철수로 유명한 1.4후퇴 당시만 해도 169만 명이 남으로 내려왔다는 연구 결과가 있을 만큼 많은 사람들이 월남했다. 이런 월남 가족들은 하루아침에 생존의 모든 것을 잃고 잘 알지 못하는 낯선 땅에서 삶을 일구어야 했다. 남한 경제가 성장을 하게 된 이유 가운데 하나는 월남한 이들이 적극적이고 능동적으로 경제 활동을 했기 때문이다. 대대로 조상들이 살아온 땅이거나 평생 모은 재산을 다 잃고 온 그들은 자신의 터전을 잃게 만든 이들에게 좋은 감정을 가질 리가 없었다.

부친 문용형은 북한에서 엘리트에 속했고 사회적으로 안정적인 지위를 갖고 있었다. 함경도 명문 함흥농고를 졸업한 부친은 흥남 시청 농업계장을 유엔군이 진주한 짧은 동안(1950.10~12)에는 시청 농업과장도 했다"(문재인의 『운명』) 하지만 정치적 상황이나 전쟁은 가정을 일순간에 불확실성의 늪에 빠뜨렸다.

문용형은 북한 거주 당시 공산당 입당을 강요받았으나 끝내 버텼는데 그때 어찌나 고초를 겪었는지 다시는 공무원 생활을 하지 않겠다고 다짐했다고 한다.(문갑식의 문재인 전기) 그러나 남한에서의 삶은 그렇게 녹록치 않았다.

그는 남한에서 식구들을 먹여 살리기 위해서 고군분투했다. 체질에 맞지 않는 장사에 나서기도 했지만 장사에는 재능과 운이 없었던 모양이었다. 아버지가 돌아가셨을 때 그 한은 이루 말할 수 없었을 것이다. 고향에 돌아가고 싶어 하는 마음은 굴뚝같았지만 결국 이루지 못하고 말았다. 문재인은 고향에 대한 염원이 있기 때문에 통일에 대한 당위성을 갖고 있다. 평생 모은 재산과 직위를 잃은 아버지가 북한에서 쫓겨나 남한에서 고생만 하시다가 남한에서 돌아가신 상황을 지켜본 문재인이라고 하면 북한 공산당 정권에 대해서 그렇게 긍정적인 관점은 갖기는 어려울 것이다.

아버지가 『사상계』를 읽고 박정희 정권이 추진한 한일회담에 반대의사를 표명했던 아버지는 문재인에게 가치관을 심어주었을 수가 있어, 어쩌면 그것이 문재인이 반독재 학생운동에 나서는 계기가 된 것일 수도 있다.

영화 〈국제시장〉이 개봉되었을 때, 2014년 12월 30일 문재인 의원은 영화관을 찾았다. 문 후보 부모가 함경남도 흥남에서 부산으로 월남한 실향민이라는 점 등이 영화 속 이야기와 비슷해서 영화를 보았을 것이다. 문재인 의원이 자신의 이야기를 정치적으로 유리하게 이용하려한다는 비판으로 정치적 논란이 있기도 했다.

실제로 문 의원은 영화를 관람하면서 눈시울을 붉히기도 했다.

그는 주인공이 이산가족 상봉에 성공하는 장면을 언급하며 "그때 저희 어머니도 며칠 동안 TV만 보셨는데, 다른 가족들이 만나는 것을 보며 슬퍼하셨다"라며 "그 장면을 보면서 가장 눈물이 났다"라고 말했다. 문 의원은 "우리나라를 만들어놓으신 아버지·할아버지 세대의 노고와 헌신을 잊어서는 안 된다"라며 "특히 요즘 세대 간극이 심각한데, 젊은 사람들이 이 영화를 많이 봐서 부모 세대를 좀 더 이해하는 계기가 되면 좋겠다"라고 전했다. 또한 "이 영화에는 분단의 아픔도 진하게 배어 있다, 빨리 통일이 돼서 (이산가족들이) 꼭 만날 수 있는 기회가 왔으면 한다"라고 덧붙였다.

— 〈국제시장〉 본 문재인 "영화는 영화일 뿐"〈오마이뉴스〉 2014.12.31.

정치적인 논란과는 관계없이 심정적으로 보면 문재인은 실향민들의 아픔을 누구보다도 잘 알고 있다고 할 수 있으며, 이산가족 상봉에 대한 관심을 누구보다도 더 많을 것이라 생각된다. 또한 북한과 평화통일에 대한 리더로 활동할 수 있는 정서와 의지를 갖고 있는 정치인이라는 점은 간과할 수가 없을 것이다. 남북한의 하나됨에 대해 이만큼의 인식을 갖고 있는 정치인들은 없다. 이명박 정부는 아예 통일부를 없애려는 의도를 내세워 비판을 받은 바가 있었다. 당장에 북한을 외국으로 보겠다는 태도였기 때문이다. 그렇다면 수많은 실향민과 그들의 자녀들은 존재감이 사라진다. 같은 혈연적 관점이라는 것은 물론이고 평화통일의 관점도 폐기하는 것이었다.

2004년 7월 문재인은 모친과 함께 함경남도 함주에 사는 막내 이모와 이산가족 상봉했다. 통일의 필요성을 누구보다 잘 알 수밖에 없다. 정책의 추진에는 객관적 합리적인 것도 중요하지만 정서라는 것이 매우 중요하다. 정책 동기를 발동시키기 때문이다. 통일 문제도 마찬가지일 수밖에 없다. 전후 세대가 전반에 걸쳐 다수를 차지하면서 통일의 당위에 대해서 둔감하고 당장의 찰나적인 이익의 관점에서 바라보기 때문에 전체적인 시각을 가진 리더가 필요하다. 통일에 대한 생각과 마음은 다음과 같은 글에 잘 드러난다. 누가 실향민을 그리고 분단으로 고통 받는 이들을 대변할 수 있을지 잘 드러나고 있다.

2007년 3월 청와대 비서실장이 된 문 후보는 이후 노 대통령 퇴임 때까지 함께했다. 그는 제2차 남북정상회담 추진위원장을 맡아 이뤄낸 10·4 남북 공동선언을 '내 인생의 순간'으로 꼽았다. 그는 "실향민의 자식으로 희망이 남달랐고, 우리가 추진하고자 했던 의제들이 거의 합의문에 반영됐다. 혼자 만세삼창이라도 하고 싶었다"고 했다.
— [대선 후보 인물탐구](1) 내 인생의 순간들 : 문재인, 〈경향신문〉 2012.12.02.

Q. 남북 평화통일이 되면 가장 먼저 하고 싶은 일은 무엇입니까?

A. 옛날엔 통일 되면 흥남에 가서 변호사를 해야지, 했습니다. 통일은 결국 자본주의 체제로의 통일이 될 텐데, 북한 사람들은 자본주의에 훈련이 되지 않았으니 상당히 순진할 수밖에 없고 어려운 일을 많이 당할 것 같은 거예요. 그래서 흥남에서 무료 변호 상담, 무료 변론을 하면서 거기서 생을 마쳐야겠다, 이런 생각을 했었지요. 지금도 잊지 않고 있습니다.

평화통일이 된다면 가장 먼저 하고 싶은 일은 아흔이신 어머니를 모시고 어머니 고향을 찾는 것입니다. 제 친가 쪽은 할아버지 여섯 형제의 자식들이 피난을 왔지만 외가 쪽은 어머니 한 분만 내려오셨어요. 우리 외가는 성천강(城川江)을 가로지르는 만세교(萬歲橋)로 연결돼 있는데, 그 만세교를 유엔군이 철수하면서 차단했어요. 그래서 성천강 이북 사람들은 피난을 오지 못했습니다. 어머니 빼고 우리 외가 분들은 아무도 못 내려왔기 때문에 외가의 뿌리를 찾아보고 싶습니다. 그리고 개인적으로는 개마고원 트레킹을 해보고 싶습니다.

— 『대한민국이 묻는다 – 완전히 새로운 나라, 문재인이 답하다』, 29~30쪽.

문재인의 가족의 관점에서 남북한을 대할 수 있는 거의 유일한 정치 지도자라도 할 수 있다. 리더십은 그 사람이 어떤 본질적인 토대 위에 있는 것인지가 중요하다. 그런 토대 위에 정서와 공감 능력도 사람들을 이끌고 조율하는 리더십에서 매우 중요하다. 통일에서 중요한 것은 북한 지역에 대한 정서와 감성에 바탕을 둔 공감능력이 있어야 한다. 머리로 상상하는 통일만 가지고는 힘든 면이 있다. 특히, 우리가 하나의 민족이라고 하는 어떻게 보면 비이성적 비합리적인 민족주의라는 것은 하나의 핏줄이라고 하는 혈연적인 감정과 열정이 작용하고 있기 때문이다. 이러한 점을 지니고 있는 지도자는 이제 없다고 해도 지나침이 없다. 그러한 면에서 문재인이 남아 있다는 것은 그만큼 소중한 것이다. 통일리더십을 누가 발휘할 수 있을지 생각해보면 더욱 그러하다.

2.
상처주지 않는 복지 — 배려의 리더

Q. 엉뚱한 매력(웃음) 예를 든다면요.

A. 본인은 유머로 하셨는데 우리가 볼 땐 전혀 우습지가 않은데도 주변 사람 편하게 만들려고 노력하려는 배려. 기본적인 배려. 인간에 대한 배려가 몸에 배어 있는 분이죠.

— 〈오마이뉴스〉 인터뷰 김경수 [오연호의 대선열차 인터뷰 전문] 김경수 더불어민주당 의원 2017. 02

[어린 시절 상징하는 단어 '가난']

문재인의 집은 가난했지만, 그에게 가난은 단지 물질적인 자원 즉 돈이 없다는 것만을 의미하지 않았다. 가난한 사회적 관계 속에서 존재하기 때문이다. 아버지는 애초에 장사에 맞지 않았고, 그런 것에 관한 노하우를 쌓을 만한 여력도 없었다. 그 선한 본성이나 스타일을 볼 때 아마도 선의를 가지고 했기 때문에 온통 자신이 손해를 뒤집어 쓸 수밖에 없었을 것이다. 살림살이가 곤궁할 때 가족 구성원에게 정신적인 영향이 가지 않을 수 없을 것이다. 가난에 빠져 버린 가정은 학교생활에서 문재인에게 심리적 위축을 낳아, 학교에서는 자신 있게 행동을 하지 못했다. 연탄을 나를 때 묻는 검댕이가 창피하게 느껴졌다. 그것은 가난의 상징이었기 때문이다. 더구나 구호물자를 받기 위해 줄서는 것도 싫어할만했다. 하지만 어쩔 수 없는 일이었다. 중요한 것은 그러한 과정에서 얻는 깨달음일 것이다.

> "초등학교에서 도시락이 필요한 학년이 됐을 때 아이들 태반은 도시락을 싸 오지 못했다. 도시락을 싸 오지 못하는 아이들에게 학교에서 급식을 했다. 학교가 공급받는 급식재료 양이 일정하지 않았던지 강냉이떡을 한 개씩 줄 때도 있었고 반 개씩 줄 때도 있었다. 그나마도 안 될 때는 강냉이죽을 끓여서 줬다. 그런데 급식을 나눠줄 그릇이 없었다. 강냉이떡은 그래도 괜찮았지만 강냉이죽일 때가 문제였다. 도시락을 싸 온 아이들의 도시락 뚜껑을 빌려서 죽을 받아 먹도록 했다. 도시락 뚜껑이 부족할 때엔 2명이 교대로 사용하기도 했다. 나는 도시락 뚜껑을 빌릴 때마다 자존심이 상했다. 그런 개인적인 경험 때문에 무상급식 논쟁을 관심 있게 본다."
> — 문갑식, 〈문재인 전기〉에서

태반이 도시락을 싸오지 못하는 가난한 시대. 그러니 학교는 어린 학생들을 위해 급식을 나눠주었지만 상황은 여의치 않아 강냉이죽을 받아먹을 도시락이나 그릇 조차 없었다. 그러니 도시락을 가지고 온 아이들에게서 그 뚜껑을 얻어서 강냉이죽을 얻어먹어야 했던 것이다. 그것도 2명이 교대로 사용하기도 했다는 것이다. 남들처럼 도시락이라도 갖고 있다면 어떨까 싶은 생각이 당연히 들 수밖에 없다.

정치권에는 선거 때만 되면 가난한 시절의 이야기를 강조하는 사람이 참 많았다. 정치 리더들이 가난을 경쟁하듯이 상품화해서 유권자에게 어필하고 싶어하는 것은 자신이 서민출신이라는 것을 강조하기 위해 즉 동질감을 유도하기 위해서이다. 대체적으로는 그러한 어린 시절의 가난이 성공을 돋보이게 하기 위한 하나의 장치이자 수단으로 사용되고는 한다. 이를 가리켜 가난 마케팅이라고도 한다. 자신이 얼마나 대단한 존재인지 드러내고자 가난한 시절을 언급하는 것이다. 물론 그 가난은 과거일 뿐이다. 이제 가난한 가정에 있는 이들은 거의 없다. 더구나 그러한 가난한 처지에 있는 학생들에 대한 복지정책은 반대로 하는 리더들도 많다.

학교급식에 관해서 한창 논쟁이 있던 2015년 3월 18일, 새정치민주연합 문재인 대표는 "도지사 한 사람 생각 때문에 급식 문제가 좌지우지되는 것 같아 안타깝다"고 했다. 여기에서 도지사는 홍준표 경남도지사를 말한다. 이어 문재인 대표는 "홍준표 경남도지사도 어렸을 때 수돗물로 배를 채울 정도로 어렵게 살았다고 하는데 배고픈 서러움을 누구보다 잘 알 텐데"라고 말했다. 더 이상 가난 속에서 성공한 사례로 꼽히는 홍준표 지사는 가난 속에 있지 않았다. 또한 가난한 이들을 대변할 생각이 없고 가난한 아이들에게 예산을 퍼주는 걸 반대하는 사람을 위해서 일하고 있었다.

또한 문 대표는 "급식비가 초등학생은 월 4만5000원 중학생 5만 원이 넘고 고등학생은 6만 원 넘는다고 한다. 아이 둘이면 적어도 10만 원인데 가계에 큰 부담이 된다"고 말했다. 가계에 부담을 주기 때문에 밥 한 그릇 먹을 수 있도록 해야 하겠다고 말하는 것은 어린 시절 가난한 살림살이의 경험이 있기 때문에 공감과 감정이입이 된 결과일 것이다. 무상급식인가 무상급식 아닌가보다 더 중요한 것이 있다고 생각할 수 있는 것은 쉽지 않을 것이다. 어쨌든 여전히 그는 가난한 가정에서 태어났지만 여전히 가난한 아이들 속에 있으며 그들을 대변하고자 했다. 그런데 문재인이 매우 중요하게 생각하는 가치이자 원칙은 "무상급식을 하더라도 아이들의 자존심에 상처주지 않도록 세심한 배려를 해야 한다"는 나눔의 철학을 정립하는 일이었다.

한국전쟁 이후 어려운 시기에도 무상 급식 형태가 있기는 있었다. 그러나 가난한 아이들에게 자존심 같은 것이 있을 것이라 생각도 하지 않고 급식을 하기 일쑤였다. 이렇게 자존심을 해치고 수치심을 주는 급식은 오히려 하지 않느니만 못한 결과를 낳을 수도 있다.

이를 설명하기 위해 장학금의 역설을 생각할 수 있다. 학교에서는 가계곤란 장학금이 있다. 가정 형편이 어려운 학생들을 위한 것이다. 그런데 정작 가계가 곤란한 학생들은 이 장학금을 신청하지 않는다. 왜냐하면 자신의 집이 가난하다는 것을 증명해야 하기 때문이다. 물론 이러한 증명 과정에서 가난한 학생들은 자존심을 다치게 된다. 때로는 수치심을 가져야 한다. 가난함을 드러내서 돈을 받는다는 것은 쉽지 않은 일이다. 그것도 특정 소수에게 한정된다면 말이다. 다 같이 가난한 시대가 아니라 양극화가 더 심할 경우에는 더욱 위화감이 생길 수 있다. 좋은 방법은 선생님이나 조교가 개인적으로 면담을 하거나 조용히 받을 수 있도록 해야 한다. 이러한 세심한 배려가 필요한 것은 복지 정책 전반에서 생각되어야 한다. 이러한 점은 리더십 면에서 매우 중요한 것이다. 단지 무료로 주느

냐 유료로 주는가를 뛰어넘은 배려의 리더십이 필요한 대목이라고
할 수 있다.

Q. 김무성 새누리당 대표는 복지 · 증세 문제에서 복지지출 구
조조정과 무상복지 수정이 우선이라는 입장입니다. 대표님은 어
떤 견해인지 듣고 싶습니다.

A. 한마디로 복지 줄이자는 거죠. 전혀 맞지 않는 이야기, 현
실을 모르는 이야기입니다. 우선 무상복지가 잘못된 표현이라 생
각합니다. 무상이 어딨습니까. 국민들이 세금을 내고 복지 혜택
을 받는 것인데 세금 내는 것이 국민의 의무라면 복지는 국민이
누리는 권리이죠. 무상복지는 애당초 옳지 않은 표현이라고 생각
합니다. 다만 보편적, 선별적이냐 하는 논쟁은 있을 수 있습니다.
어떤 복지 분야는 당연히 보편적으로 가는 것이고 또 어떤 분야
는 대상자를 좁혀서 가난한 사람들에게 복지 혜택을 주는 것이
죠. 예를 들면 건강보험은 박정희 대통령 때 한 것이지만 부자라
고 배제합니까? 전국민이 다 혜택 보는 것이죠. 보편복지거든요.
의료, 교육, 보육 이런 분야는 보편복지로 가는 것이고 특별한 대
책은 선별복지로 가는 거죠. 복지를 전체적으로 늘려야하냐 줄여
야하냐 하는 관점으로 보면 우리나라는 복지가 이제 막 걸음마
시작한 단계입니다. 경제협력개발기구(OECD) 기준에 비해 턱없
이 낮은 수준이죠. 지금 정도의 복지에서 줄인다는 것은 전혀 말
이 안됩니다. 비유하자면 비만인 사람들이 다이어트 하는데 그걸
보고 영양실조인 사람들이 다이어트 해야 한다고 주장하는 것이
나 차이가 없다고 봅니다.

Q. 중부담 중복지 얘기하셨는데 현재 우리 수준이 고부담 저복지라고 판단하시는지, 저복지이긴 한데 현재 고부담인지, 중부담인지에 대한 생각 있으신지? 또 한국은 국내총생산(GDP) 대비 사회복지지출이 지난해 기준 10.4%로 OECD 회원국 평균(21.6%)의 절반 수준입니다. 대표님은 이 수준까지 비율을 높이겠다고 공언하셨는데요, 연대별 목표치가 있으신지 궁금합니다.

A. 복지를 줄이자는 김 대표의 주장은 세수결손이 심하다는 것이죠. 3년 연속 세수 결손 계속되고 있고 작년은 거의 11조에 달하는 아주 심각한 수준입니다. 근데 세수결손 근본 원인은 이명박 대통령 때부터 시작한 부자감세입니다. 그걸 정상화 안하고 복지 줄이자는 것은 정부의 잘못된 경제정책의 실패를 서민과 중산층에게 전가하는 것이라고 생각합니다. 지금 우리나라는 아주 저복지 상태고요. 부담으로 따지자면 전체적으로는 저부담 국가라고 생각합니다. 저부담 저복지죠. 근데 누가 저부담이냐. 일반 국민들은 중부담하고 있다고 생각합니다. 대기업들, 고소득자들이 다른 나라에 비해 저부담입니다. 그래서 전체적으로 저부담 사회가 되고 있는 것이죠. 중부담 중복지 가야한다고 생각하는데 그러려면 국민 세금에 손댈 것이 아니라 고소득자 대기업 부담 늘리는 쪽으로 가야한다고 생각합니다.

OECD 평균 절반 수준까지 가는 연도별 목표가 있느냐. 저희가 집권당이 아니니까 그런 목표를 세울 수는 없습니다. 중기 · 장기 제도개혁하고 함께 가야합니다. 다만 참여정부 때는 '비전 2030'을 통해 OECD 평균 정도 가는 목표연도를 2030년으로 설정한 바 있었습니다. 그래서 '비전 2030' 입니다. 그걸 2006년도에 발표했거든요. 거기서 설정하는 연도별 진도들이 이명박 정부 이후에 스톱이 되고 거꾸로 가고 그런 상황이기 때문에 2030년 맞추긴 어려울 것이라고 봅니다. 그동안 이명박 · 박근혜 정부서 정체된 만큼 새로운 플랜이 필요할 때인데 저희가 집권하게 되면 가장 우선적으로 복지에 대해, 재정에 대해 중기 · 장기 계획 세우듯이 복지에 대해서도 중기 · 장기 세워나가야 합니다… 박근혜정부도 집권 초 1기 때부터 해야한다고 생각했는데 대선 때 공약한 경제민주화를 할 수 있었는데 전혀 하지 않았죠. 대선공약 파기하는 상황 됐다고 생각합니다.

— [문재인 인터뷰] "국민은 중부담, 대기업 · 고소득자는 저부담… 저복지는 공통", 〈머니투데이〉, 2015.02.27.

인터뷰 내용에서 알 수 있듯이 문재인은 무상 복지 정책이라는 것은 사실상 없는 것이라는 점, 아직도 우리나라의 복지수준은 매우 낮다는 점, 부의 선순환을 통해 국가의 질서를 위한 중장기 예산 정책이 필요하다는 점을 말하고 있다. 이러한 정책안들은 누구나 입에 올릴 수 있을지 모른다. 하지만 문재인의 어린 시절이나 그 시절을 통해 얻은 깨달음을 볼 때 그것은 진정성이 느껴지는 것이다.

더구나 무조건 퍼주기 식이 될 수도 없다. 그것이 오히려 가난한 이들의 자존심을 건드릴 수 있기 때문이다. 퍼주기식이라는 말 자체가 많은 여유 없는 이들에게 상처가 되는 말이다. 퍼주기식이라는 담론이 만들어지면 복지 혜택을 받는 아이들이 얼마나 상처를 받을지는 생각하지 않는 것이다. 차라리 그 밥을 안먹고 말지 싶은 자포자기 심정이 생길 수 있다. 풍요로운 시대라는 21세기자본주의 한국에서 밥 한 그릇 때문에 사람의 존엄의 인격성을 무참하게 유린하는 일은 곤란할 것이다. 정당한 권리의 향유, 되찾음이라고 보는 것이 맞다. 리더는 생색을 내는 것이 아니라 실질적으로 도움을 주어야 한다.

3.
가난해도 원칙은 있다 — 모럴 리더십

"아버지의 장사 실패 후 집안 생계는 거의 어머니가 꾸려나갔다. 어머니도 경제적으로 능력이 없기는 마찬가지였다. 어머니가 처음 한 일은 구호물자 옷가지를 시장 좌판에 놓고 파는 것이었다. 동네에서 작은 구멍가게를 한 적도 있었는데 다들 가난한데다 몇 집 되지도 않는 동네여서 잘될 리가 없었다. 연탄 배달도 했다. 어머니는 아버지에게 연탄 배달을 거들게 하는 일은 없었다. 도움이 필요하면 나나 남동생에게 말씀하셨다. 학교 마치고 돌아온 후나 휴일이면 연탄 리어카를 끌거나 연탄을 손에 들고 배달하는 일을 도왔다. 나는 검댕을 묻히는 연탄 배달 일이 늘 창피했다. 오히려 어린 동생은 묵묵히 잘도 도왔지만 나는 툴툴거려서 어머니 마음을 아프게 했다. 한번은 리어카에 연탄을 잔뜩 싣고 내가 앞에서 끌고 어머니가 뒤에서 잡아주면서 내리막길을 내려가다가 힘이 달린 어머니가 손을 놓치고 말았다. 그 바람에 내가 무게를 감당 못해 길가에 처박힌 적이 있다. 연탄만 좀 깨졌을 뿐 다치지는 않았는데도 어머니는 크게 상심하셨다."

— 문재인의 『운명』에서

문재인의 어머니도 한국전쟁으로 인생이 완전히 바뀐 사람 가운데 한 명이다. 함흥에 있을 때는 공무원 간부의 아내로 안정된 삶을 살 수 있었지만 전쟁 때문에 모든 것이 변했다. 거제에서 불안정한 수입에 의존한 생활을 해야 했는데 이마저도 남편의 사업 실패로 끊어지게 되었고 오히려 많은 빚을 스스로 갚아야 했다. 갚은 방법은 장사를 하는 것이었는지 번듯한 장사가 아니라 행상만도 못했다. 닥치는 대로 일을 할 수밖에 없는 상황이었다. 제대로 된 수입원이 확립되지 않으니 돈이 되는 일이라면 가리지 않고 찾아 다녀야 하는 상황이었다.

> 어머니 강한옥(81)씨와 얽힌 일화도 남다르다. 어머니는 당시 중학교 1학년이던 문재인을 데리고 암표장사를 하기 위해 이른 새벽 부산역으로 향했다. 하지만 차마 아들 앞에서 떳떳하지 못한 돈을 벌수 없어 먼 길을 그냥 돌아왔다고 한다.
> ― 사진으로 만나는 '청년 문재인', 〈매일경제〉, 2012.07.05.

어느새 암표장사라는 것이 불법인지 아닌지 구분이 모호한 시대가 되었다. 그만큼 심각한 모럴헤저드가 지난 10년 사이에 벌어졌다. 물론 암표는 팔면 안 된다. 이런 걸 강조하면 고리타분한 사람이 되었다. 누군가 원칙은 지키고 있기 때문에 대한민국은 유지가 된다. 아이들에게 일을 시키고 싶은 부모는 없을 것이다. 상황이 일을 하게 만든다고 해서 마음이 편할 리가 없을 것이다. 돈이 절박하게 필요하다고 해도 해서는 되는 일과 하지 말아야 하는 일이 있다. 만약 아들에게 그것을 어기는 모습을 어머니가 보여주었다면 이후의 문재인이 없었을지도 모른다. 그것은 어머니가 아들에게 보여줄 마땅한 명분(名分)이자 입지였다. 비록 사법고시에 합격을 했다고 해도 인권이나 민주화보다는 부정부패 사건도 옹호하고 있었을지 모른다. 당연히 지금의 문재인은 있을 수 없다.

초등학교 1~2학년 때 배급날이 되면 학교를 마친 후 양동이를 들고 가 줄 서서 기다리다 성당에서 나눠주는 전지분유를 배급받아 오기도 했다. 싫은 일이었지만 그런 게 장남 노릇이었다. 그때 수녀님들이 수녀복을 입고 있는 모습은 어린 내 눈에 천사 같았다. 그런 고마움 때문에 어머니가 먼저 천주교 신자가 됐다. 나는 초등학교 3학년 때 영세를 받았다. 영도에 있는 신선성당이었다.

— 문갑식, 〈문재인 전기〉에서

문재인은 장남이었다. 문재인 스스로 가난 때문에 해야 할 일들이 하기 싫었고 창피했고 자존심이 상하는 일들이 많았다. 하지만 그것을 해야 한다는 생각을 버릴 수가 없었다. 어쩌면 본인도 장남이라는 입지에서 벗어나고 싶어 하는 심리가 있음을 느낄 수 있다. 장남은 어린 시절부터 자신이 해야 할 역할에 대해서 항상 견지를 해야 한다. 그렇기 때문에 거꾸로 부담을 많이 지는 일을 하지 않으려 할 수 있다. 일단 그것을 해야 한다면 완수해야 하기 때문이다. 하지만 거부를 해도 일단 맡으면 잘 해야 한다는 책임감을 갖게 된다. 어려운 상황이라고 해서 그만 두면 그것은 장남, 맏이의 역할이 아니라고 할 수 있다.

아들러의 심리학에 따르면 둘째는 첫째와의 경쟁에서 자신의 비교우위를 가지려하고 첫째는 틀 안에서 완수를 하려 한다. 막내는 이도저도 아닐 수 있으니 새로운 길을 여는데 골몰하지만 책임은 생각하지 않고 자유롭다. 이런 가난한 상황 속에서 자신의 역할을 다하려고 했다. 또한 이러한 상황 속에서 나름의 가치관을 형성하게 되었다.

경남중학교는 시내 잘사는 동네에 있었고 아이들도 대체로 부유했다. 가난한 아이들이 많았던 초등학교 때와는 분위기가 완전히 달랐다. 노는 문화가 전혀 달랐고 용돈 씀씀이도 큰 차이가 나서 함께 어울리기가 어려웠다. 어쩌다 친구들 집에 따라가 보면 나로서는 처음 보는 호사스러운 집에, 정원에, 가구가 놀랍기만 했다. 그에 더해 일하는 사람들로부터 도련님으로 떠받들어지는 모습에 더 주눅이 들곤 했다. 그 무렵 부잣집에는 '식모'라고 부르던 가사고용인을 두고 있는 집들이 많았다. 세상의 불공평함을 처음으로 크게 느꼈다.

― 문갑식, 〈문재인 전기〉에서

가난이 내게 준 더 큰 선물도 있다. '돈이라는 게 별로 중요한 게 아니다'라는 지금의 내 가치관은 오히려 가난 때문에 내 속에 자리 잡은 것이다.

― 문갑식, 〈문재인 전기〉에서

[자전거]
가난에서 비롯된 결핍감 못지않게 가난이 나를 가르친 것도 무

척 많았다고 말하고 싶다. 무엇보다 가난이 내게 준 선물은 독립심이었다. 웬만한 일은 스스로 알아서 해결하는 것, 힘들게 보여도 일단 혼자 해결하려고 부딪혀 보는 것, 이런 자세가 자립심과 독립심을 키우는데 많은 도움이 되었다. 긴 인생을 통 털어 볼 때 참으로 귀한 선물이 아닐 수 없다. 또한 '돈이 중요하긴 하지만, 그렇다고 제일 중요한 건 아니다' 라는 가치관은 나로 하여금 가난을 버틸 수 있게 하는 힘을 주었다.

하지만 가난 때문에 갖지 못한 물건들과 하지 못한 많은 일들, 그러한 결핍이 가져다주는 아쉬움이 왜 없었겠는가. 돈이 드는 일은 애당초 내 몫이 아니란 자각 때문에 말도 꺼내보지 못한 일들도 많았다. 그래서 나는 아직도 자전거를 타지 못한다. 내 자전거를 갖는 것은 고사하고 푼돈을 내고 빌려 타는 것도 형편이 허락하지 않아 자전거 배울 기회를 갖지 못했기 때문이다.

— 문재인이 블로그에 올린 글

가난한 상황 속에 처하게 되면 똑같은 상황이라고 해도 사람들의 마음가짐이나 행동선택은 달라질 수 있다. 가난에 한이 맺히면 부자가 되고 싶은 마음을 먹게 되거나 나아가 자신을 무시하고 상처를 준 사람들에게 복수를 하고 싶은 마음을 갖게 될 지도 모른다. 돈 때문에 상처를 받았으니 그것에 연연하기 쉬운데 '가난이 준 선물' 이라는 역설적인 말 뒤에는 돈이 별로 중요하지 않다는 말이 따라와서 인상적이다. 연연하기 쉬운 것은 돈을 바라보는 비틀린 사고로 이어질 수 있다. 세상이 불공평한 것을 느꼈으니 결국 돈을 가져야 살아남을 수 있다고 생각할 수 있고, 실제로 그런 마음으로 자수성가한 리더들이 많은 대한민국이다.

그러나 문재인은 그렇게 하지 않았다. 그 반대의 길을 간 것이다. 돈이 없으면 거꾸로 돈 없이 살아갈 수 있다는 것도 알 수가 있었으니, 본래부터 돈이 없이 살아낸 사람들은 돈에 대해서 없으면 없는 대로 버텨낼 수가 있다. 물론 이러한 깨달음은 얻는다는 것은 쉽지 않을 것이다. 그렇다면 이러한 인식을 혼자 스스로 터득하게 된 것일까.

"내가 사회의식을 비교적 일찍부터 키워나갈 수 있었던 것은 상당히 일찍 신문을 읽기 시작했던 것도 작용했을 것이다. 책에 굶주렸던 것과 같은 이유로, 나는 아버지가 보는 신문을 어릴 때부터 읽기 시작했다. 읽을거리가 궁해서였다. 당시 신문에 한자가 꽤 많이 섞여 있었다. 처음에는 한자가 없는 연재소설 같은 부분만 골라서 읽었다. 그러다 차츰 한자가 섞인 기사까지 읽게 됐다. 자꾸 읽다 보니 앞뒤 문맥으로 한자를 알 수 있었고 자주 쓰이는 쉬운 한자는 깨칠 수 있었다. 아버지는 그 당시 대표적 야당지로 이름 높았던 동아일보 고정 독자였다. 나도 그 신문을 오랫동안 보면서 사회현실에 대한 비판의식을 키워나갈 수 있었다. 그런 의미에서 나는 요즘 너무 많이 달라져 버린 동아일보가 안타깝다"
― 문갑식, 〈문재인 전기〉에서

이른바 사회의식을 가질 수 있었던 것은 자신이 그렇게 느끼고 생각한 것도 있지만 가정환경의 중요성을 생각할 때 아버지 때문이다. 그는 아버지처럼 경제적으로 무력하지 않기를 바랐겠지만 그의 행태들은 아버지를 모델로 하고 있다. 경제적으로 무능하고, 이 때문에 어머니를 비롯한 가족 전체의 생계를 어렵게 만들었던 아버지였다. 아버지의 사업은 비록 잘 안되어 물질적인 부분은 풍요롭지 못했을지라도 다른 면에서 풍요로움을 주었는지 모른다. 그것은 신문과 책읽기였다. 집안의 분위기 가풍에 따라서 얼마든지 자녀들의 행태는 달라질 수밖에 없다.

물론 엘리트라고 해서 무조건 책이나 신문 잡지를 많이 읽는 것은 아니다. 그런 면에서 문재인에게 아버지가 읽던 신문이나 잡지, 책은 가치관 형성에서 중요한 역할을 했다. 이러한 가풍이 없었고 단지 돈을 벌기 위해 원칙을 가리지 않은 집안이었다면 인생은 많이 달라졌을 것이다.

변호사가 되어도 부를 축적하는 것에만 집중해 인권변호사 등은 생각하지 못했을 것이다. 아버지에 대해서는 원망도 있었겠지만 정신적인 가치에서는 적어도 그리 하지 않았을 것이다. 비록 경제적으로는 풍족하지 않아도 정신적으로는 충만할 수 있는 가정환경이었기 때문에 버티고 성장할 수 있었을 것이다.

문 후보의 유ㆍ소년기 기억을 지배한 건 '가난' 이다. 함경남도 함흥에서 맨손으로 피란 온 부모는 가난한 삶을 안겼고, 어린 문재인은 가난 때문에 주눅 들고 모멸감까지 느꼈다. 그래도 좌절하지 않았다. 할 수 있는 건 열심히 공부하는 것뿐. 중학교 입시에서 체육 점수를 잘 받기 위해 뼈가 유연해진다는 식초를 찾다가 빙초산을 잘못 마셔 고생하기도 했다. 그가 '내 인생의 순간' 으로 '경남중 입학' 을 뽑은 건 이런 악조건 속에서 이뤄낸 생애 첫 성취이자,

"아버님 생전에 드린 유일한 선물"이었기 때문이다.

— [대선 후보 인물탐구](1) 내 인생의 순간들 : 문재인, 〈경향신문〉, 2012.12.02.
6면3단

가난 때문에 자존심이 상하고 모멸감을 느끼는 상황에서 혹은 일탈을 자행할 수도 있었을 것이다. 하지만 문재인이 선택한 것은 학업이었다. 물론 그에게 학업의 환경은 최악이라고 해도 지나침이 없었다. 그가 열심히 공부를 한 것은 비단 자신을 위한 것이 아니라 고생을 하는 부모님 특히 아버지를 위한 것이었다. 어쨌든 실패를 했어도 아버지는 최선을 다했다. 그것이 중요한 것이다. 실패가 중요한 것이 아니라 과정에서 얼마나 스스로에게 충실했는지가 문재인에게는 중요하게 영향을 미쳤다. 바로 외적인 가치보다는 내적 가치를 중요하게 생각하는 면모를 인식할 수가 있는 것이다. 가난한 삶 속에서 오로지 성공을 이뤄낸 자신에게 자화자찬하는 식의 사고를 가지고 있지 않았다. 무엇보다 어린 시절의 가난에 대한 문제의식과 깨달음은 그에게 도덕적 인식을 갖게 했다.

온 나라를 뒤흔든 국정 농단 사건의 배경에는 '소통 부족'과 '인사 실패'가 있었다. 그만큼 차기 대선에서 소통과 공정한 인사는 대선 주자가 갖춰야 할 핵심 자질이다. 비선(秘線)을 배제하고 인사를 잘할 것 같은 인물로는 문 전 대표가 17.9%의 지지를 얻어 1위였다. 이어 반 전 총장(14.4%)과 이 시장(11.3%), 국민의당 안철수 전 상임공동대표(6.7%)가 뒤를 이었다.

문 전 대표는 도덕성 분야에서도 반 전 총장(17.2%)과 안 전 대표(9.1%), 이 시장(7.0%)을 제치고 가장 높은 평가(19.7%)를 받았다.

— 문재인 '人事–도덕성' 반기문 '외교안보' 이재명 '소통' 1위 〈동아일보〉 2017.01.02. A5면1단

도덕성 면에선 흠 잡을 데가 적다. 스스로 '검증이 끝난 후보'라고 자부한다. 양산 자택의 집 처마 끝이 하천 위를 침범(?)했다는 이른바 '처마 게이트' 정도가 있었지만 더 이상 논란이 없다.

— 신드롬→필패론→대세론, 문재인의 인생3막 결말은, 〈머니투데이〉, 2017.02.03.

이렇게 80~90년대 부산경남지역 노동관련 소송을 혼자 도맡아 했으니 돈을 많이 벌었겠지, 라고 사람들은 오해할 수도 있을 테다. 하지만 실상은 전혀 그렇지 않았다. 해고 관련 소송의 경우 당사자의 사정이 어렵다 보니 외상이 많았고 수임료도 거의 필요 경비 정도에 불과했다. 그리고 산업재해 관련 소송과는 달리 승소율도 그다지 높지 않았다. 또한 노동쟁의 사건의 경우에는 소송당사자도 많고 검토해야 할 관련 기록도 엄청 많았으나 수임료는 염가였고 승소율 또한 기대에 미치지 못했다. 문 변호사님은 오직 노동운동에 대한 애정과 책임으로 이 모든 소송을 맡은 것이었다.

— 노동상담소 소장, 그리고 깽깽이풀, 설동일 (부산 혁신과 통합 상임대표)

변호사임에도 불구하고 또 대형 로펌에 갈 수 있었지만 가지 않은 그가 모은 재산은 변호사의 지위에 비해 많지 않은 편이다. 그

것은 어린 시절의 경험 때문일 것이다. 다른 정치인들이나 대선 후보자들과 비교해 봐도 이는 잘 알 수가 있다. 인세를 통해 얻은 돈이 큰 도움이 되었다고 하니 당장에 그렇게 현금이 많은 것도 아닌 셈이다. 부정부패에 대한 측면에서는 도덕성을 확보하고 있는데 이는 하루아침에 이뤄진 것은 아니라고 할 수 있다. 다른 정치인의 경우에는 갑자기 할래야 할 수가 없는 것이다. 가난했지만 돈이나 성공을 위해서 질주한 사람이라면 그를 중심으로 도덕적 윤리적인 리더십이 올바로 작동할 수가 없을 것이다. 투기와 투자, 그리고 불로소득과 금융소득의 구분이 없는 시대에 도덕적 리더십이 요구되고 있다.

4.
아름다운 청년, 희생과 배려의 프렌드십

"법률가는 보통 서민들이 겪는 사건들 속에서 억울한 사람을 돕고 보람을 찾아야 한다"
— 1982년 사법연수원 수료 후 대형 로펌에서 스카우트 제의를 거절하며

제가 문재인 후보를 아름다운 사람, 아름다운 청년이라고 부르는 데는 또 다른 이유가 있습니다. 문재인이란 인격체를 잘 드러내는 미담 하나를 소개하도록 하겠습니다. 이 미담은 경남고등학교 신문에 실렸던 내용입니다. 이 소박하지만 간단한 미담 하나가 문재인 군을 어린 수사, 정말 종교적 수사의 길을 가는 아름다운 학생이라는 칭호를 붙여준 에피소드입니다.

고등학교 1학년 때. 소풍을 가잖아요? 소풍을 가면 일단 버스를 타고 갑니다. 버스를 타고 가서 내려서는 산길로 올라가게 되어있죠. 뭐 저수지를 간다든지, 절에 간다든지… 걸어갈 때 다리 아픈 친구가 뒤처진 거예요. 근데 많은 학생들은 그냥 다리 아픈 친구가 절뚝이면서 뒤쳐져 가는 걸 보면서도 그냥 지나갑니다, 자기 앞길만. 그때 문재인 후보가 그 다리 아픈 친구하고 같이 보조를 맞추면서 걸어갔습니다. 여기서 우리는 독일의 유명한 극작가 브레이

트의 〈예스맨, 노맨〉의 선택의 기로를 확인할 수 있습니다. 브레이트의 교육극이죠. 그 친구가 이야기 합니다.

"나는 더 가기 힘드니 너라도 먼저가라, 너라도 먼저 가서 소풍을 즐겨라. 나는 여기서 기다리겠다."

그때, 브레이트적인 교육극의 선택은 두 가지입니다. 한 친구가 친구를 위해서 같이 소풍을 포기 하던지 아니면 나라도 먼저 소풍을 가서 소풍의 아름다운 이야기를 해줄게. 이게 〈예스맨, 노맨〉인데요. 이때 문재인군은 독일 브레이트식 선택을 하지 않았습니다. 완전히 한국적인 선택을 합니다. 한국적인 선택이 무엇인지 아십니까? "같이 가~자!"라고 하면서 업어버린 거예요. 이건 독일 교육극에도 없는 이야기입니다. 그냥 친구를 업은 거예요. 업고 걷기 시작한 거예요. 이 미담이 인간 문재인을 가장 적합하게 표현한다고 생각합니다. 같이 가다가 주저앉고, 도시락 같이 까먹고, 하염없이 털레털레 걸어서 도착 했는데…. 도착하자 30분 안에 또 돌아오게 됐어요. 그때서야 비로소 같은 반 친구들은 확인하게 됩니다.

우리가 소풍을 즐기고 있는 동안에 문재인이라는 친구는 친구를 업고 여기까지 왔다는 거죠. 여기서 1학년 같은 반 학생들은 굉장한 반성과 감동을 받게 됩니다. 돌아올 때는 어떻게 돌아왔겠습니까? 50명이나 되는 같은 반 친구들이 50분의 1씩 자신의 등을 대어줍니다. 아픈 친구를 위해서 업고, 또 다른 친구가 업고, 또 다른 친구가 업고. 그렇게 해서 50명의 같은 학생들을 완전히 하나된 공동체로 만든 것입니다. 이게 경남고등학교 시절 문재인이 이룩한 아름다운 신화입니다.

— 이윤택 연출가, 2012년 대통령 선거 문재인 후보의 TV찬조연설에서

같은 학교에 있던 이윤택 연출가는 독일의 유명한 극작가 브레이트(B. Brecht)의 글을 들어 문재인의 일화를 담아내고 있다. 브레히트는 단편 〈예스맨과 노맨〉에서 관성적으로 행동하는 것에서 벗어나는 것이 왜 중요한지 말한 적이 있다. 내용은 다음과 같다.

어느 마을에 살던 한 소년은 어머니가 병에 걸리자 어머니의 병을 낫게 하려고 의사를 찾아 산을 넘는다. 대학생 3명과 함께 힘든 길을 가던 중에 정작 소년은 자신이 병에 걸린다. 당시에 위대한 관습으로 받아들여진 원칙에 따르면 다른 일행에게 도움이 되지 않는 소년은 버려져야 했다. 이에 따라 소년은 산골짜기에 버려졌다. 이른바 기존의 관습에 익숙한 예스맨들의 선택이었다. 그대로 두면 소년은 죽어야 했다. 하지만 노맨들은 달랐다. 고질적인 관습이라고 생각한 이들은 소년을 버리지 않고 데리고 가기로 한다. 이 때문에 천만다행으로 소년은 구조된다. 소년이 병에 걸리거나 부상을 당했다면, 움직이기 힘들었을 것이다. 이 때문에 일행의 이동 속도가 떨어질 수 있기 때문에 다른 사람들을 위해 버리고 가자는 주장이 제기될 수 있다. 만약 버리지 않고 같이 간다면 누가 그를 도울 것인가가 문제가 된다.

그런데 다시 돌아오면 문재인의 경우에는 버리지도 무조건 구조하지도 않았다. 자신이 스스로 그를 업었다. 누가 업어야 하는가 따지고 요구하기 전에 스스로 모범을 보이고, 자기희생을 한 것이다. 여기에서 눈에 띄는 것은 남들에게 먼저 요구하지 않고 스스럼없이 나선 '친구 업어주기'가 뒤에 어떤 결과를 낳았는가 하는 점이다. 다른 이들에게 업어주라고 강요하지도 않았는데, 동급생들은 자발적으로 다리가 불편한 친구를 업어주기 시작했다. 그렇다면 다리가 불편한 친구를 내버려둔 다른 급우들을 나쁘다고 말할 수 있을까? 모두 선한 의지를 갖고 있지만 나서지 못하는 상황이었다라고 보는 것이 더 맞을 것이다. 다리가 불편한 친구를 외면하는 친구들을 비난하지도 않았고, 자신의 행동을 과시하지도 않았다. 묵묵히 행동을 했을 뿐이다. 아마도 친구를 업어주는 일을 과시했다면 다른 이들이 오히려 마음이 불편하여 쉽게 따라하지 못했을 가능성이 많다.

이런 경우는 우리의 일상생활에서도 많이 관찰할 수가 있다. 우선 다른 이들에게 할 것을 지시하는 경우도 있고, 그렇게 하지 않는 이들을 비난하거나 질책하는 경우도 많다. 그럴수록 자율의지에 따른 행동이 아니기 때문에 반발이나 기피의 심리가 나올 수 있다. 진정 마음으로 따르지 않을 수도 있다. 또한 자신의 행동을 지나치게 과시하거나 홍보하는 경우도 많다.

정치 리더들 중에도 자신의 치적을 과장하는 것은 물론이고 비록 성과가 있다고 해도 그것을 지나치게 알리는 바람에 오히려 역효과를 낳기도 한다. 그렇게 되었을 경우, 본래의 의도나 마음까지도 훼손당할 수가 있는 것이다. 또한 어떤 성과 이전에 공약 즉 빈 약속을 남발하는 경우도 많다. 지키지 못할 정책 과업을 할 수 있다고 말하는 것은 당장에는 선거를 이기기 위한 전략차원에서 당연하다는 인식이 너무나 확고하다. 진정 국민을 생각하는 리더라면, 자신이 할 수 있고, 할 자신이 있으며 완수할 수 있다고 여기는 정책 과제에 대해서만 약속을 해야 하는 것이 맞다.

그런 내실 있는 약속을 하는 정치 리더만이 그 진가가 알려졌을 때 오래 지지 받을 수 있다. 자칫 말로만 현혹시킬 수 있는 정치 리더는 생명력을 오래 담보할 수는 없다.

이 찬조연설 때문에 이윤택 씨는 박근혜 정부에서 '블랙리스트'에 올려졌다. 작품이 훌륭했음에도 불구하고 문재인 지지자라는 이유만으로 작품 지원에서 배제되었다. 그것은 문재인에 대한 탄압이었다. 다른 이들은 자신에 대한 탄압이라고 홍보하는데 사용할 텐데 문재인은 그러지 않았다. 문재인의 인간적인 면모를 알 수 있는 일화는 또 하나 있다. 문재인이 군복무할 때 상관의 에피소드이다.

어느 날 문재인 일병이 신문지에 꼭꼭 싼 물건을 나에게 주면서 책이니 한번 읽어보라는 것이다. 난 별 생각 없이 숙소에 가서 열어봤는데 지금은 고인이 된 리영희 교수가 쓴 『전환시대의 논리』였다. 나는 경악했다. 문재인 일병이 제대로 사고를 칠 모양인 것 같았다. 당시 이 책은 운동권 학생들의 바이블이었고 우리 같은 사람은 가지고만 있어도 구속될 수 있는 지옥의 금서였다. 더구나 병사들은 외박 복귀 시에 정문에서 철저하게 조사를 하는데, 어떻게 숨겨 들어왔는지도 의문이었다.

'데모하다 구속되고 강제징집 당해서 여기까지 온 주제에 누구 죽일 일 있나' 하고 생각했지만 곧 호기심이 생겨 책을 읽기 시작했다. 대략 20~30페이지 정도 읽었는데 우선 내용이 중위의 상식으로 이해하기 난해했고, 재미가 없었다. 무엇보다 걸리는 것은 '금서'라는 것이다. 며칠을 숙소에 숨겨 두었다가 아무도 없는 주말에 책을 전부 갈가리 찢어서 여러 군데 쓰레기통에 분산해 버렸다. 그리고 잊었다. 오랫동안.

병장 문재인이 전역하기 2개월 앞서 나는 특전사령부 교육대로 전속되었다. 문재인과는 30개월을 같은 부대에서 지낸 셈이다. 그렇게 헤어졌다가 우리가 다시 만난 것은 28년이 지난 2008년 9월이었다. 아내가 우연히 서울대 병원에서 문재인 씨를 만나서 내 이야기를 했고, 문재인 씨가 직접 나에게 전화해서 만나게 된 것이었다.

그와 만난 자리에서 나는 "고향 친구도 28년이 지나면 얼굴, 이름을 잊기 마련인데 어떻게 나를 기억하느냐"고 물었다. 그러자 문재인 씨는 그 당시 어린 나이에 시위·구속·재판, 전격적인 군 입대, 부대에서의 냉대 등으로 정신적, 육체적으로 어려웠던 시절인데 자신을 이해하고 붙들어줘서 무사히 군생활을 할 수 있게 해줬다며 고마워했다.

그러면서 "제가 준 책 어떻게 하셨습니까?" 하는 것이었다. 순간 무슨 책인지 기억이 나지 않아 잠시 머뭇거리자 "제가 준 『전환시대의 논리』 말입니다"라는 것이었다. 그때야 생각이 나서 내용이 난해하고, 금서였고 군에서 금지시키는 일이어서 찢어버렸다고 말했다. 그러자 환하게 웃으면서 "정말 잘 하셨습니다" 하는 것이었다.

그는 당시 생각이 짧아 그 책을 주었지만 그 일로 인해 내가 군에서 잘못되지나 않았는지 걱정이 되어 후회를 했으며 가끔 생각이 났다는 것이었다.

나는 그 말을 듣는 순간 뭔가 명치를 꾹 찌르는 것 같은 느낌이 들었다. 그 책을 준 것은 맞지만 그것을 읽고, 선택하는 것은 내 책임이었던 것이다. 설사 내가 잘못되었다고 해도 그것은 전적으로 내 책임이지 문재인 씨 책임은 아니었다.

— 당시 중대장이었던 노창남 예비역 대령의 글

대담하고 위험한 일이었다. 문재인은 당시 지옥의 금서라 불리던 책을 상관이던 노창남 중위에게 주었다. 물론 그 책은 당시에 많은 대학생들에게 영향을 크게 주었지만 전적으로 다 맞는 이야기를 하는 것도 아니다. 오늘날 관점으로 보면 별스럽지 않은 글들이 담겨 있었다. 하지만 당시에는 그것이 진리라고 생각했다. 충분히 이해할만하다. 그동안 속아왔다는 생각 때문에 정신적인 충격을 받는 것은 물론이고 그와 같은 책을 세상에 널리 알려 진리를 전파해야 한다는 생각도 많이들 했다. 어쩌면 좋은 사람에게 당시에 진리를 담은 책을 주고 싶은 마음 때문에 그 책을 주었을 것이다.

만약 정상적인 과정이었다면 그는 사법고시를 합격하고 군법무관으로 군복무를 했을 가능성이 높았지만, 문재인은 강제로 군대에 끌려갔다. 그래서 그의 기억에서 지우고 싶은 군대 생활이었을지도 모르는데 문재인은 상관을 찾았을 뿐만 아니라 인간적인 고마움을 전했다. 그의 인간적 면을 알 수 있는 것은 책에 대해 물어 본 것이다. 아무에게나 책을 줄 수 없음은 분명한 사실이다. 그것을 문제 삼을 수 있었기 때문이다. 믿을만한 사람에게 주었을 것이다. 그런데 문재인은 염려가 되었다고 말하고 있다. 그 책 때문에 겪을 수 있는 고초가 예상되어 후회를 했다는 것이다.

젊은 날의 열정에 책을 주기는 했지만 현실적으로 닥칠 수 있는 위험 때문에 걱정을 한 것이다. 문재인이 자기 신념에만 강한 사람이라고 하면 걱정을 하거나 염려를 하지 않을 것이다. 옳은 일을 했기 때문이라는 확신을 가지면 그뿐일 것이다. 하지만 문재인은 그렇게 하지 않았다. 그런 면에서 문재인은 인간을 우선하는 심성이나 가치관이 먼저라고 할 수 있다. 그렇기 때문에 인권변호사 활동을 한 것이고 그것에 이어 '사람'을 강조하는 캐츠프레이즈를 대선에 들고 나올 수 있었던 것이라 볼 수 있다.

5.
범생이 리더는 그만 — 비(非)범생 리더

> 그는 가난한 형편에도 불구하고 공부를 잘했다. 초등학교에 입학하기 전 부산영도로 이사를 와 고등학교 때까지 부산에서 살면서 당시 명문이던 경남고에 진학했다. 하지만 공부를 잘 했다고 '범생이'는 아니다. 고등학교 시절 흡연과 음주를 하다가 학교 측에 들통나는 바람에 몇 차례 정학을 당하기도 했다.
>
> 하지만 이러한 사실을 그의 집에서는 전혀 인지하지 못했다. '고등학생 문재인'은 부모님 몰래 작은 일탈을 즐기던 꾀 많고 영리한 학생이었다.
>
> — 사진으로 만나는 '청년 문재인', 〈매일경제〉, 2012.07.05.

우리나라는 모범생이 리더가 된다고 하지만 실제로는 그런 리더들이 실패하는 경향이 많다. 세상을 모범적으로 살았는가 아니면 모범적인 것이 과연 무엇인가라고 물어보자. 이제 우리에게는 모범생보다는 비모범생 리더가 필요한 때가 되었다. 그렇게 해야 실제적이고 현실적인 문제 해법이 도출되고 실현될 수 있을 것으로 보이기 때문이다.

문재인이 공부는 잘해서 학교 성적이 높기는 했지만 모범생이라고 여기지는 않는 경향이 있었던 것은 담배를 피고 음주를 했기 때문이라고 한다. 또한 몇 차례 정학을 당하기도 했단다. 대개 담배나 음주를 하지 않고 그것은 철저하게 교칙에 따라 금지되는 법이니 보통의 기준으로 보면 모범생이 아니라고 할 수가 있을 것이다. 다음의 글은 문재인이 그야말로 왜 문제아가 되었는지 짐작할 수 있는 대목이 등장하기도 한다. 실제로 문재인이 왜 정학을 당했는지 알 수 있는 대목이 그의 글에 등장한다.

고3 봄 소풍 때 일이다. 자유시간에 친구들과 인근 마을에서 술을 사 갖고 와 마셨는데 그중 한 명이 몸을 가누지 못할 정도로 많이 취했다. 들킬까 봐 걱정이었는데 아니나 다를까 집합시간에 이 친구가 담임선생님 앞에서 인사불성 뻗어버렸다. 할 수 없이 함께 술을 마셨다고 이실직고한 후 몇 명이 그 친구를 업고 병원에 갔다. 학교에서 처벌을 하니 마니 하다가 그래도 의리를 지켜 이실직고한 정상이 참작돼 뻗은 친구만 정학 받은 것으로 끝났다.
여름방학이 끝날 무렵 친구들과 축구시합을 한 후, 학교 뒷산에서 술 마시고 담배 피우며 고성방가하다가 하필 당직을 하고 있던 지도부 주임 선생님에게 걸렸다. 그리고 몽땅 유기정학을 받았다. 중·고등학교 때 내 별명은 '문제아'였다. 처음엔 그냥 이름 때문에 생긴 별명이었는데 그 두 번의 일로 진짜 문제아가 됐다.
— 문재인의 「운명」에서

문 후보는 경남중·고 시절 별명이 '문제아'였다. 처음엔 그냥 이름에서 따온 별명이었다. 하지만 반항심이 생기면서 정말 문제아가 됐다고 한다. 그는 "빈부 격차가 확연한 교내 분위기에서 처음으로 세상의 불공평함과 위화감을 피부로 느꼈다"고 했다.

문 후보는 이른바 '노는 친구들'과 어울렸고 고3 때는 술·담배도 했다. 그는 친구에게 시험 답안을 보여주다 두 번, 술을 마시다 두 번 정학을 당했다. 입시 공부는 뒷전이었으나 성적은 상위권이었다고 한다.

경남고 동기인 건축가 승효상씨는 "아웃사이더 기질이 있었다. 신념에 배치되는 일은 용납하지 못했고, 제도권에 맞는 성격은 아니었다"고 했다.

문 후보는 서울대 상과대학에 응시했다가 떨어져 재수 끝에 1972년 경희대 법대에 (4년) 장학생으로 진학했다. 사학(史學)을 공부하고 싶었지만 부모님과 선생님의 뜻을 거스르지 못해 마음을 바꿨다.

— [민주당 대선후보 문재인] 학창시절 별명 '문제아' … 신념 꺾지 않는 아웃사이더 기질, 〈조선일보〉, 2012.09.17.

처음에 문재인은 이름 때문에 문제아라고 이름을 얻게 된다. 지금도 많은 경우에 이름을 가지고 문제가 있다는 식으로 언급하는 이들이 많다. 초등학교에서 주로 하는 별명놀이와 같은 것임을 생각할 수 있다. 그가 이른바 문제아의 기조를 보인 것은 빈부격차라고 하는 사회 문제에 기인했다. 그것은 비단 관념적인 내용으로 책에만 존재하는 것이 아니라 학교 내, 나아가 학급에 존재하고 있었다.

이러한 빈부 격차를 느낄 수 있었던 것은 본인이 너무 어려운 가정환경 속에 있었기 때문이다. 학비조차 제대로 없는 상태에서 부잣집 급우들의 생활을 볼 수 있기 때문에 좌절감을 많이 느낄 수 있었을 것이다. 그런 불평등이 생기는 구조나 시스템에 관심을 갖지 않을 수 없다. 개인적으로는 미래에 대한 불안은 방황을 낳게 하는 것임을 누구나 공감할 수 있을 것이다. 문재인의 실력으로는 어느 대학을 가도 여유가 있었지만, 학비를 덜 수 있는 곳으로 안전하게 가야 한다는 점은 부담감으로 작용했을 것이다. 더구나 문재인 스스로 모든 것을 해결해야할 지경이었으니 말이다. 그의 책을 보면 이같은 상황이 비교적 자세히 나와 있다.

인용글에서 눈길을 끄는 것은 친구에게 답안지를 보여주다가 정학을 당한 내용이다. 부정행위 즉 남의 답안지를 본 것이 아니라 보여주었으니 다른 친구보다 성적이 나아야 가능한 일이다. 정말 자기 성적만 챙기는 학생이었다면 답안지를 보여줄 수는 없을 것이다. 친구를 도와주는 일에 마음씀씀이가 있었던 문재인의 실제 사례를 생각한다면 충분히 공감이 간다. 대개 노는 아이들과 어울렸다고 하는데 그것 자체가 문제라고 볼 수는 없을 것이다. 오히려 그 친구들이 더 마음이 좋은 사람들일 수 있고 인생을 제대로 알 수도 있을 것이다. 더구나 문재인처럼 가난 때문에 좌절하고 방황하는 이들인지 몰랐다. 더구나 문재인은 단지 문제아가 아니었다. 술이나 담배 때문에 그를 문제아라는 딱지로 삐딱하게 볼 필요는 없다. 평소에는 충분히 성실하게 학업에 최선을 다했다. 그렇기 때문에 성적이 상위권이었지, 술이나 담배를 노상 계속 피는 불량아는 아니었다. 오히려 꽉 막힌 범생이 아니었을 뿐이었다.

다행히 그 무렵 부산에서 최고 일류 학교로 꼽히던 경남중학교에 합격할 수 있었다. 내가 다니던 초등학교에서 합격자가 몇 명 되지 않았다. 부모님도 정말 기뻐했다. 아마 내가 태어난 후 가장 큰 기쁨을 드린 때였을 것이다.

— 문재인의 『운명』에서

그가 이유 없이 성적이 높았다는 식으로 접근하는 것도 바람직하지는 않은 것이다. 그는 학업에 충실하면서도 때로는 틀에 갇힌 생활에서 조금씩 벗어났던 것이다. 생각을 하면 언제나 일탈을 하고는 정상적인 생활이 도저히 불가능할 수밖에 없다. 문재인 스스로 너무 모범생이어서 답답한 사람은 아니라는 점을 드러내기 위해서 이러한 점이 강조되는 것일 수 있었다. 문재인은 그냥 단순 일탈을 할 수는 없었다. 그에게는 아버지라는 롤 모델이 있었기 때문이 아닐까 싶다.

아버지가 사상계라는 지성적인 잡지를 읽고 있었다는 점은 문재인의 의식에도 긍정적으로 작용을 했고 일본과의 굴욕적인 한일 회담에 대한 문제의식도 갖게 했음을 알 수가 있다. 그러한 점이 대학교에서도 계속 이어졌다고 볼 수 있다. 왜냐하면 사법고시 3차 시험에서 자칫 떨어질 수도 있었는데, 안기부 요원의 질문에 자신이 시위한 것에 대해서 잘못이 아니라고 생각한다고 당당하게 말했기 때문이다.

문재인은 자신의 할 일을 하면서도 자신이 해야 하거나 자신이 맡은 일들에 대해서는 최선을 다하려 했다는 것을 짐작하게 한다. 단순히 소부르주아적 낭만주의나 겉으로 드러내기 위해서 일탈을 한 것도 아니다. 이러한 점은 대학에서도 마찬가지였다. 사법고시를 공부하면서도 시국시위에 참여한 그의 면모에서 잘 알려져 있다.

1974년 10월 18일 경희대 법대 도서관에 한 학생이 나타났다. 그는 "내가 시위를 주동하게 됐으니까 참여하자"며 고시생들을 설득했다. 한 학생이 나서서 "우리는 너와 생각이 다르니까 당장 나가라"며 그를 쫓아냈다. 쫓겨난 학생은 지금의 문재인 노무현재단 이사장, 쫓아낸 학생은 뒷날 검찰에 몸담았다가 한나라당 국회의원을 지낸 ㄱ씨다. 문 이사장 역시 고시장학생으로 입학해 고시반에서 사법시험을 준비하던 법학도였다. 유신 시절 경희대의 첫 데모다운 데모였던 이 시위로 문 이사장과 민주당 정범구 의원 등 많은 학생이 구류를 살고 학교에서 처벌을 받았다.

문 이사장을 몰아낸 고시생들이 할 말을 잃은 건 그 다음이었다. 사법시험 1차 합격자 발표가 났는데, 학내에서 달랑 문 이사장 혼자 합격한 것이다. 질풍노도의 시절 경희대 학생운동권에서 전설처럼 전해지는 이야기 가운데 하나다.

— [표지인물] '문재인의 운명' 이전의 또 다른 운명, 〈주간경향〉 951호 2011.11.22.

사실상 영화 같은 장면이라고 해도 지나침이 없다. 문재인은 총학의 총무부장을 맡고 있었다. 그러면서 사법 고시반에서 공부도 하고 있었다. 대개 사법고시에 충실하기 위해서 학생회일 그것도 간부 일을 하는 것은 쉽지 않은 일이다. 하지만 문재인은 그렇게 하지 않았다. 더구나 자신이 시위를 주도하기도 했다. 그런데 그렇게 시위에 정작 참여한 문재인만이 합격을 하고 나머지는 합격을 하지 못했다는 점이다. 어쨌든 문재인은 자기가 해야 할 일을 하면서 학생운동도 했던 것이다. 그것이 문재인이 평소에 지향하는 것이라는 점은 충분히 알 수가 있었다. 그렇기 때문에 단순히 그를 반항아나 문제아 그리고 제도권에 맞지 않는다고 하는 것은 맞지 않는 말이다.

> [사법시험 1차 합격의 전설]
> 이 일화에서도 알 수 있듯이 '티 나지 않는' 또는 '티 내지 않는' 실력은 문 이사장의 오랜 성품이다. 가장 정치인답지 않으면서 놀라운 정치력을 발휘하는 것이라든가, 전혀 운동권 같지 않은데 알고 보면 가장 치열하게 운동을 한 점 등이 그의 그런 면모를 잘 보여준다.
> — [표지인물] '문재인의 운명' 이전의 또 다른 운명, 〈주간경향〉 951호, 2011.11.22

티를 내지 않는 것, 그것이 문재인의 본질이다. 티를 내면서 자신이 어떠한 존재인지를 알리는 것에 큰 가치를 두지 않는다. 자신이 해야 할 일과 그렇지 않은 일을 자신의 안에 침잠 시키지 않고 다른 주체들과의 관계성 속에서 고민할 뿐이다. 그렇다고 해서 문재인의 입지와 위치가 편한 길은 아니었다. 언제나 그는 어려운 상황 속에서도 최선을 다하려고 노력을 해왔다. 외진 곳이나 변방이라고 좌절하지 않았던 것이다. 인류역사는 언제나 변방에서 각고의 노력을 하면서 성장한 이들이 맡게 된다는 진리를 확인하게 되는 것이다.

유신시대 중에서도 가장 엄혹했던 긴급조치 시절의 학생운동은 다른 때보다 몇 배 더 어렵고 잔혹했다. 그 중에서도 변방에 해당되는 경희대에서 학생운동은 이른바 'SKY'를 중심으로 한 본진보다 열 배는 더 까다롭고 고달프고 외롭고 처절하다고 감히 말할수 있다. 이는 경희대 6·3세대, 71세대, 긴급조치세대 등을 두루 취재한 경험에서 우러난 기자의 결론이다. 이런 환경에서 문 이사장은 1974년 가을에서 이듬해 봄까지 학내 운동의 불을 지피고 꽃을 피우는 역할을 주도했다.

— [표지인물] '문재인의 운명' 이전의 또 다른 운명, 〈주간경향〉 951호, 2011.11.22

우리 주위에는 소위 모범생 리더들이 많다. 이러한 리더들은 일반 국민이나 시민 그리고 서민들의 삶이 어떤지 잘 체감하지 못하며 나중에 경험을 한다고 해도 체득을 하거나 실감을 하지 못한다. 체험이 없기 때문에, 누구를 위한 정책을 어떻게 적용할 수 있을지 근본적인 한계에 다다르게 된다. 특히 교육정책의 경우 모범생 출신들이 그렇지 않은 학생들에게 해당하는 정책들을 입안하고 운영하는 경우가 많다. 그러한 점에서 문제 학생들의 심정을 알 수 있는 리더가 교육 정책을 마련하고 운영 관리할 필요성도 제기되는 것이다. 적어도 그러한 정서를 공유하는 이들이 리더가 되어야 좀 더 실제적이고 효과가 있는 교육정책이 기획입안 되고 실행되어 모순을 해결하는 데 한층 다가갈 수 있지 않을까.

6.
품격은 왜 드러나지 않을까
— 미디어에 드러나지 않는 품격의 리더

Q. 노 대통령 서거 발표부터 장례식을 치르기까지 의연한 모습을 보여줘 깊은 인상을 남겼습니다.

A. 겉으로만 그랬습니다. 침착해야 한다, 침착해야 한다, 자기 주문을 하면서 안간힘을 쓴 거죠. 제가 무슨 대단한 인품이 되어 갖고 그런 건 아니고요…. 혼자 많이 울었습니다.

— [허문명 기자의 사람이야기] 문재인 노무현재단 이사장. 〈동아일보〉, 2011.08.08

[경남고25 김정학 동기가 여러분께 드리는 글]

친구들에게 우리들의 친구인 문재인이 대통령 후보군에 속하게 된 지도 어느덧 오래되었다. 각자 정치적 견해가 다를 수 있고, 재인이를 지지하지 아니하는 입장에 있거나 혹은 지지하는 입장에 있을 수도 있겠지만, 그냥 그런 것을 떠나 우리들의 친구가 대통령의 유력한 후보군에 포함되었다는 사실 자체가 너무 기쁘지 아니한가?

그리고 사람들이 재인이가 경남고 출신이라는 사실을 알고 우리들에게 말을 걸어 올 때 특히 학창생활 3년을 고스란히 같이한 동기인 우리들은 남다른 친밀감을 간직하고 있어서 어깨가 으쓱해지는 즐거움이 있지 아니한가? 나는 이미 2번 정도 재인이의 학창시절 이야기를 해달라는 주문을 받은 적도 있다. 그런데 막상 떠올리니 이야기 거리가 될 만한 게 별로 기억나지 않는 게야. 그래서 이 기회에 문재인이라는 친구를 제대로 한번 알아볼 겸 남들의 궁금증을 해소해 줄 만한 우리들끼리의 정보를 나눌 겸 이렇게 글을 쓴다. 혹시 재인과 어린 시절을, 학창시절을 함께 하면서 보낸 많은 시간들 중에서 혹시 소중하게 간직하고 있는 추억이나 에피소드가 있으면, 나에게 알려주라. 내가 취합, 정리해서 다시 그 정보를 경남고 25회 동기 모두가 공유할 수 있도록 공개할게.

그렇게 되면, 언제 누가 재인에 대하여 물어와도 우리 동기들 모두는 누구라도 재인에 대하여 쉽게 한마디 이야기쯤은 해주며 어깨가 으쓱해질 수도 있겠지.

나의 경우를 먼저 들게. 나는 경남고 학창 시절을 생각하면, 제일 먼저 떠오르는 것이 등, 하교길에 내 책가방을 들어준, 지금은 누구인지도 구체적으로 기억하지 못하는 많은 친구들에 대한 고마움이다. 나아가 먼길 소풍을 갔을 때에는 심지어 나를 업어준 친구들도 있었지만 지금은 그들 역시 누구인지 구체적으로 기억하지는 못한다. 그냥 친구 사이에 물 흐르듯 자연스런 우정이라고 생각하고 서로 그렇게 베풀고 받았기에 기억하지 못하는 지도 모른다.

그러나 그 기억은 지금도 아니 세월이 갈수록 더욱 따뜻하게 내 마음에 남아 있다. 혹시 누가 이 일을 기억하고 있다면 나에게 그 추억을 전해주면 참 좋겠다. 또 가까이는 지난 40주년 홈커밍데이 행사 때 내 곁에서 내짐도 들어주고 늘 옆에서 같이 해 준 친구들도 너무나 고마웠다. 세상을 살아오면서 나는 이렇게 많은 신세를 지고 살아왔다는 생각이 든다. 그런데 그것이 부담으로 다가오기보다는 오히려 조건 없는 순수한 우정을 남달리 많이 직접 느낄 수 있는 기회였기에 이를 떠올리면 늘 가슴이 훈훈하다. 그런데, 나는 재인이로부터는 또 다른 큰 우정을 받았다. 이미 알고 있는 친구들은 잘 알고 있을 것이다. 내가 젊었을 적에 법대를 나왔으나 집안 사정으로 고시공부를 접고 조그만 사업을 한 적이 있었다. 머리와 성실성으로 승부할 수 있는 줄 알았다. 그런데 비록 조그맣지만 그 사업이란 것이 아무나 하는 것이 아니었고, 그야말로 엉망진창이 되어 앞날이 캄캄했다. 그 무렵 재인이는 변호사가 된 지 얼마 되지 않아 그다지 여유가 있을 때는 아니었을 것이다.

그런데 나의 이러한 사정을 알고 자기가 모든 비용을 다 댈 테니 나에게 다시 고시공부를 할 것을 권했고 내가 주저하자 후배까지 보내어 기어이 결심하게 만들었다. 그리하여 나는 염치없지만 서울에서 부산으로 맨 몸으로 재인이가 이미 구해놓은 부산 구포에 있는 고시원으로 내려갔고 그로부터 2년 동안 재인이가 그동안 내용이 바뀐 고시공부 책 모두를 새 책으로 사서 넣어주고 고시원비, 용돈까지 대어 주면서 공부를 시켜주었다. 다행히 1년 만에 1차, 2년 만에 2, 3차를 합격하고 사법연수원에서도 열심히 공부하여 판사 임관까지 받을 수 있었으나, 어쩜 불합격의 굴레에서 빠져나오지 못했다면 재인이는 어떤 무한 책임까지 질 각오였을까?

그 뒤에는 서로 서울과 부산에서 거주한 관계로 만나는 것조차도 쉽지 않은 사이가 되었지만, 그리고 아직 그 빚을 조금도 갚지 못하고 있지만, 세상에 이렇게 자랑스러운 우정을 내가 가지고 있다는 사실이 그저 생각만 하여도 항상 벅차고 훈훈하다. 사람이 남에게 신세를 많이 진 사실이 이렇게 가슴이 뿌듯하다니….

말이 길었다. 끝으로 한 번 더 제의한다. 혹시 재인와 어린 시절을, 학창시절을 함께 하면서 보낸 많은 시간들 중에서 혹시 소중하게 간직하고 있는 추억이나 에피소드가 있으면,

나에게 알려주라. 친구들아 우리 모두 그 시절 훈훈한 추억을 공유하자.

다시 내용을 요약하면, 앞의 글에서 문재인이 소풍을 가서 업어주었고, 나중에는 사법고시를 보도록 지원을 해준 친구는 결국 시험을 통과해 판사가 되었다. 부모형제 도와주는 것도 쉽지 않은 일인데 같은 반 친구가 시험을 보도록 도와주는 것은 일은 분명 쉽지 않다. 사실 인간적인 면모라는 것이 매우 중요하다고 하지만 그것을 드러내는 것은 쉽지 않은 일이다. 이런 것이 세상 사람들에게 알려지는 것도 쉽지 않다. 이러한 사례를 문재인이 스스로 말하지는 않았고, 친구가 스스로 이야기를 했던 것이다. 물론 이런 인간적인 면모를 알리는 것은 단지 자랑하기 위해서가 아니다.

리더십이라는 것은 그 사람의 됨됨이가 기본적으로 바탕이 되어야 한다. 사람들이 따를 수 있는 것. 그러한 면이 있는 사람일 때 리더십이 발휘될 수 있기 때문이다. 만약 그런 면에 결핍이 있다면, 결국 다른 요소로 사람들을 움직일 수밖에 없다. 돈이나 권력 그리고 지위, 승진과 같은 이른바 외적인 요소일 것이다. 최고의 리더십은 사람들에게 내적인 감화를 통해서 일어나는 통솔과 이끌어감일 것이다. 물론 그것이 전부는 아닐지라도 그것이 일단 바탕이 되어

야 한다는 말이다. 하지만 인간적인 면모가 중요하지만 제3자에게
는 잘 와 닿지 않으므로 전달하기 쉽지 않을 수 있다. 문재인을 아
끼는 사람들은 그런 점들을 항상 안타까워한다.

저는 문재인의 이런 모습이 안보여서 안타까웠습니다.

TV토론을 보면서 어, 저 친구가 왜 저렇게 가만히 있지? 저 친
구가 저런 모습이 아닌데, 왜 그냥 있지? 왜 말을 못하지? 왜 자신
의 인간적인 모습을 보여주지 못하지?

상당히 안타까웠습니다. 젠틀하다, 성격이 좋다? 우리는 문재인
후보를 그렇게 이야기합니다. 이것은 젠틀한 것, 성격이 좋은 것,
예의가 있는 것, 이런 차원이 아닙니다.

자기희생이죠. 아름다운 청년.

자기를 희생할 수 있는 수사와 같은 모습을 문재인 후보는 고등
학교시절부터 가지고 있었습니다.

그것이 안 보이는 거예요. 왜 안보였겠습니까? 대통령은 큰 정
책은 이렇게 이야기할 수 있습니다.

그러나 사소한 공약이나 경제적 수치나 이런 것들은 대통령이
하는 게 아니잖아요?

전문가들이 하는 거예요, 정치라는 것은. 대통령은 좀 더 형이
상학적이고 큰 이야기를 해야 됩니다.

저는 그렇게 생각합니다.

대통령이 될 자격이 있는가, 없는가를 물어보려면, 당신이 영향
을 가장 많이 받은 인물이 누구인가? 어떤 책을 읽었는가? 어떤 음
악을 좋아하는가?

이런 형이상학적인 질문을 해야죠. 왜 대통령 후보에게 뭘 해달라, 뭘 해달라, 현실적인 이야기만 합니까?

그러다 보니까 대통령 후보의 진정한 인간적인 모습이 안 나오는 것이죠.

저는 이것이 너무 안타까웠습니다. 그래서 저는 오늘 여기서 '대통령의 품격'에 대해 이야기하러 나왔습니다. 대통령은 아무나 하는 것이 아닙니다. 대통령이 되어야 할 사람이 대통령이 되어야 하는 것이죠. 그것을 우리는 '대통령감'이라고 이야기합니다.

— 이윤택 연출가, 2012년 대통령 선거 문재인 후보의 TV찬조연설에서

그렇다면 실제로 좋은 사람들이 이렇게 사람들에게 잘 알려지지 않는 이유는 무엇일까. 이를 설명하기 위해서 대통령 연구자들이 자주 인용하는 사례를 하나 봐야 할 것이다. 미국의 대통령 연구자들은 미디어에 비친 모습과 실제 모습이 상반되는 정치인으로 앨 고어와 빌 클린턴을 꼽는다. 미디어에 등장하는 앨 고어는 지적인 이미지를 넘어 냉철하게 보인다. 감성적이고 인간적인 면은 별로 보이지 않는다. 이 때문에 사람들과 잘 어울릴 것 같지도 않다. 하지만 실제로는 매우 인간적이고 감성적인 사람이며 사람들과도 격의 없이 어울리는 것으로 잘 알려져 있다.

빌 클린턴은 그 반대라고 알려져 있다. 미디어에 등장하는 빌 클린턴은 언제나 친근한 모습이다. 밝고 따뜻하며 인간적인 모습을 보인다. 또한 항상 사람들과 격의 없이 대하고 어울리는 모습도 자주 등장한다. 그러나 정작 빌 클린턴은 혼자 지낼 때가 많고 사람들과 그렇게 잘 어울리지 않는 것으로 잘 알려져 있다. 텔레비전 카메

라가 등장하면, 빌 클린턴은 전혀 다른 모습을 보인다는 것. 어쩌면 그렇기 때문에 빌 클린턴이 백악관에서 성 스캔들을 일으킬 줄은 아무도 생각하지 못했던 것이겠다.

미디어에 비친 모습이 전부라고 생각하는 사람들은 거의 없지만, 정작 미디어에 비친 모습만 가지고 판단하게 되는 것이 보통이다. 하지만 그렇다고 해도 끊임없이 미디어 저 너머의 본질에 대해서 놓치지 말고 파악해야 한다. 흔히 정치인들은 자신의 대중적 인지도를 위해서 방송 출연을 하는 경우가 많아졌다. 그것을 처음으로 시도한 것은 김대중 대통령이라고 할 수 있다. 진지하고 엄한 모습으로 각인되었던 김대중 대통령은 예능 프로그램에도 출연해서 부드러운 이미지 때로는 인간적인 면모를 보여주어 대중적인 호감을 자아내게 했다.

이윤택 연출가는 자신이 알고 있는 문재인이 미디어 앞에서 잘 드러나지 않는 점을 말하고 있다. 문재인이 가장 많이 지적받은 것은 말을 잘 하지 못한다는 것이다. 여기에서 말을 못한다는 것은 말을 정말 못한다는 것이 아니라 미디어를 대하는 사람들에게 크게 호응을 얻어낼 수 있는 말을 못한다는 의미일 것이다.

어떤 이들은 정치인을 검투사라고 말한다. 싸움을 대리로 해주는 사람이기 때문에 강하고 격하고 독한 말이나 행동을 해주어야 한다고 여기지만, 사실 그 반대로 인격이나 품격을 보여주어야 한다. 하지만 이것이 쉽지는 않다. 본래 미디어는 있는 그대로를 보여주는 것이 아니라 보이건 보이지 않건 연출이 가미되어 극적인 효과를 이끌어낼 수 있어야 하기 때문이다. 의제나 아이템, 인물의 선정 배치와 부각 자체가 이미 메시지를 다르게 전달하고 있는 것이겠다.

　무엇보다 대중성 때문에 대중매체에 등장하기는 하지만 정치 리더들은 감성적이거나 인격만을 드러낼 수는 없다. 정책이나 국정에 대한 말을 해야 하기 때문이다. 특히 대선을 앞두고 국민들에게 인격적으로 친근하게 다가가는 것도 있지만 솔직히 무엇을 해줄 것인가를 공언하는 자리이다. 이러한 공언에 관한 담론은 모두 딱딱한 이야기들이다. 진지하게 이런 이야기를 다루면 진가가 드러날 수 있다. 하지만 방송이라는 매체는 속성상 보여지는 것이 중심이기 때문에 쉽지 않다. 때문에 과장을 못하는 이들은 오히려 주목을 받지 못할 수도 있다. 상대방을 강력하게 비판하거나 현재의 권력자에게 대한 통렬한 인격 모독 수준에 이를 정도로 비판을 하는 것이 일반화된 정치 풍토라는 점을 생각하면 문재인은 지나치게 양반이라는 인상을 주기 쉽다.

　새로운 정치 문화를 이룩한다면 어떤 이들이 더 주목을 받아야 하는 것인지는 자명한 일이다. 이런 면에서 문재인의 가치를 새롭게 바라볼 수가 있을 것이고 그렇게 해야 하는 것이 올바른 국정운영을 위해서도 필요한 일일 것이다.

7.
어려운 고난 속에 피어난 자율 철학

아버지의 사업 실패 후 가계는 어머니 강한옥씨(85)가 거의 꾸려나갔다. 좌판 옷장사, 구멍가게, 연탄배달 등 여러 일을 했지만 호구지책을 겨우 면할 정도였다. 그래도 교육열만은 높았다고 한다. 어떻게든 월사금을 마련했다. 문 후보는 "(부모님은) 중·고교 6년 내내 공부하라고 잔소리하거나 간섭하지 않았다. 그냥 믿고 맡겨주셨다"고 했다. "도움이 되는 사람이 돼라"는 말도 항상 했다고 한다. 이 같은 가풍은 문 후보 자녀교육관에도 투영됐다. 1남1녀를 두고 있는 문 후보의 교육방침은 '본인 의사 존중'이다. 그는 "두 명 다 본인들이 하고 싶은 일, 가고 싶은 길을 가도록 인정해주고, 스스로의 선택을 존중하며 키워왔다"고 했다. 아들 문준용씨(30)는 건국대 시각디자인과를 졸업해 미국 파슨스 디자인 스쿨에서 석사 학위를 받았고, 현재 미디어아티스트로 활동 중이다. 딸 문다혜 씨(29)는 3살배기 아들을 둔 주부다. 문다혜씨는 아버지의 출마선언식 무대에 오르지 않았으나, 무대 뒤편에서 지켜본 것으로 알려졌다.

— [대선 후보 인물탐구](2) 가족 이야기 문재인, 〈경향신문〉, 2012.12.04.

문재인은 아버지를 닮아서인지 어린 시절부터 공부를 열심히 하고 책을 항상 곁에 두었다. 하지만 교육에 대한 열정은 문재인 의원의 어머니에게서도 그대로 볼 수 있었다. 가정 살림이 어려운 상황에서도 월사금을 마련하기 위해서 고군분투했던 것이다. 빈털터리로 북한에서 남한으로 쫓겨 온 상황에서 어머니 혼자 생계를 담당해야 했기 때문에 더욱 더 어려울 수밖에 없었다. 그럼에도 불구하고 문재인 의원의 부모는 공부를 하라마라 잔소리를 하지 않은 것이다. 지나친 간섭과 강제로 타율적인 교육을 할 수도 있었지만 문재인의 의원의 부모는 그렇게 하지 않은 것이다. 말 그대로 자율적인 교육철학이 적용된 것이다.

외려 이렇게 자율방임을 할수록 의식이 있는 아이들은 스스로 주체적이고 독립적으로 자신의 인생 목표를 찾아가는 경향이 있다. 교육철학은 대물림 되는 것일까. 이런 간섭 없이 이뤄진 교육에 관한 가풍이 문재인 자녀에게도 그대로 이어졌다는 점은 인상적이다. 간섭하지 않는다고 하여 아예 내버려두거나 관심이 없다는 것은 아니라는 점을 우리는 잘 알 수가 있을 것이다.

"대학 다니던 중 구속되고 제적까지 됐죠. 구속돼 있는 동안 아버지는 면회를 한 번도 안 오셨어요. 나는 그것이 아버지가 말씀은 하지 않으셔도 저를 나무라는 것이라고, 또는 저를 원망하는 것이라고 느꼈어요. 옳은 일이라도 가족을 생각한다면 그럴 수는 없다고, 마음으로 용서하시지 않은 거라고 생각했죠.

그런데 감옥을 나오고 난 다음 아버지가 저에게 꾸짖는 말씀도 하시지 않는 겁니다. 아버지는 그때 그 상황이 그냥 아프셨던 것 같아요. 그래서 저를 원망하거나 나무라는 심정을 가졌던 게 아니라, 그런 상황에서 제가 얼마나 고통스럽고 힘들었을까 그렇게 생각하셨던 것 같아요. 아버지의 그런 마음을 알아선지, 제가 부모가 되고 나니 자식이 잘못해도 나무라거나 그러지 않게 됩니다."

— 문재인의 『운명』, 23~24쪽.

문재인의 아버지는 과묵한 성격에 말수도 별로 없었다. 신중하게 말하는 스타일이라고 할 수 있다. 문재인과 같이 그렇게 말이 많은 스타일은 아니었던 것이다. 말이 많다고 해서 생각이 뛰어나고 말이 적다고 해서 그렇지 않다고 볼 수는 없는 노릇이다. 문재인의 아버지가 영업을 잘 했다고는 할 수가 없다. 우리가 흔히 혼동하는 것은 말을 잘한다고 해서 부자가 된다거나 국정 운영을 잘하는 것은 아니라는 점이다. 방송인이나 정치인을 비교하는 이유가 그런 점에서 공통적인 점이 있지만 방송인이나 연예인 출신 가운데 뛰어난 정치인이 과연 몇 명이나 있는 생각하지 않을 수 없다. 오히려 자신의 존재감을 더 우선하는 특성하기 때문에 조직이나 시스템 차원에서 움직이는 정책가의 역할에는 맞지 않을 수 있다.

Q. 아이들의 아버지로서 문 후보는 어떤 사람인가요?

A. 남편은 굉장히 자상하고 가정적인 사람이에요. 가족과 밥 먹는 시간을 가장 소중하게 여기고 아이들과 함께 시간 보내는 걸 최고의 휴가로 생각하는 사람이죠. 무뚝뚝한 경상도 남자이지만 또 '딸 바보' 예요. 시험공부로 밤을 새야 하는 딸이 무섭다고 하니까 옆에서 졸면서도 같이 있어주는 아빠입니다.

Q 정책을 살펴보면 교육 비중이 높습니다. 문 후보님께서는 어떤 교육관을 가지고 자녀를 가르쳤는지 궁금합니다.

A. 저는 되도록 간섭하지 않고 자유롭게 맡겨두는 편입니다. 제 변호사 생활이 참 힘들었어요. 고통스럽기도 했고요. 그래서 그런지 보통은 아버지들이 아들에게 자기가 하는 일들을 물려주고 싶어 하는데 저는 아이들이 인문 계통보다는 좀 더 자유로운 공부를 하기를 바랐어요. 세상의 정치에 너무 고통받지 않는 삶을 살았으면 좋겠다고 생각했거든요. 그런 바람이 있었는데 비교적 잘 자라주었다고 생각합니다.

— [대선 후보 직격 인터뷰] 문재인 민주통합당 대선 후보, 〈레이디경향〉, 2012년 11월호

문재인 의원이 교육에 대한 관심이 많다는 것을 언급하는 것은 한편으로 경제학적인 관점이나 산업적인 측면을 넘어서서 전인적인 교육이라는 점을 알게 한다. 그것은 간섭과 타율을 넘어선 교육정책이라는 점을 단적으로 알 수가 있다. 단지 겉으로만 그렇게 하는 것이 아니라 가족에서부터 실제로 실천을 한 셈이다. 가족을 우선하고, 아이들을 위한 자율성과 개성을 위한 교육정책이 이뤄져야 한다는 점을 생각할 수 있다. 대개 법조인이라고 하면 자녀들도 법조인으로, 의료인이라고 하면 의료인으로 만들어야 하는 것처럼 가정교육이 이뤄지는 것이 현실이기도 하다. 이러한 점은 남에게 드러내기 위한 과시형 교육이기도 하다. 또한 일정한 결과물을 얻어내기 위한 타율적인 교육의 산물이기도 하다.

중요한 것은 겉으로 드러난 그럴듯함이 아니라 아이들이 건강하

고 건전하게 잘 자라주는 것이다. 문재인 스스로 겉으로 보기보다 법조인의 삶이 그렇게 녹록치 않았기 때문에 상대적으로 자녀들은 다른 영역에서 자유롭게 자라주기를 바랐기 때문이라고 했다. 이러한 점은 그럴듯한 직장이나 직업에 대한 허위가 깨어지고 폭로되는 것을 말한다. 특권이 있기 때문에 특정 직업군이 편한 것은 아닐까. 그것은 남의 희생을 바탕으로 한다. 21세기에는 20세기와 다른 교육철학과 정책이 필요한 이유라고 할 수가 있다. 외연적으로 보이는 결과를 위해서 온가족이 희생할 때 행복한 가정은 찾을 수 없을 것이다. 자신이 하고 싶은 일을 하면서 행복한 만족을 얻고 잘 살 수 있는 것에 교육이 이바지해야 한다.

하지만, 문재인은 자녀의 진로에 대해 아름답게만 포장하지는 않았다.

> 아들 준용씨에게는 어릴 적 엄한 모습을 보였다고 한다. 그는 "콩을 안 먹겠다며 대드는 아들에게 한 번 손찌검을 한 적 있다"고 고백했다. 그날 후회 때문에 아들이 고교 3학년 시절 진로를 바꿔 미대에 진학하겠다고 하자 이를 받아들였다고…
> — 사진으로 만나는 청년 문재인, 〈매일경제〉, 2012.07.05

대체적으로 밖으로 보이는 모습은 좋게 말하는 경향이 있다. 손찌검을 하거나 엄한 태도를 보인 것을 솔직하게 말하고 있다. 더구나 그에 대한 후회의 감정으로 미대 진학을 허용했다는 점은 자율적인 교육철학과 맞아떨어지는 것이기도 하면서 자신의 행동에 대한 반성과 성찰을 하는 사람이라는 점을 보여주고 있다. 어쨌든 의

사나 변호사같은 엘리트 집단에서 추구하는 직업을 강박하지는 않았던 것이다. 아니 변호사 아버지의 사회적 활동에 대한 대가였는지도 모른다. 변호사가 본래 얼마나 힘든 직업이 될 수 있는지를 잘 보여주었기 때문이다. 좋아 보이는 직업의 허상은 벗겨져야할 시점이 되었다.

8.
2등이 아니라 진정한 1등 ― 숨겨진 실력의 리더

대학 입학과 함께 유신체제가 시작되면서 문재인은 운동권 학생의 길을 갔다. 학내에서 유신 반대 시위를 주도한 그는 제적을 당했고, 서대문형무소에 수감됐다. 석방되자마자 입영통지서가 날아들었다. 사실상 강제징집이었다. 신병훈련을 마친 그가 배치된 곳은 특전사령부 제1공수특전여단. 당시 특전사령관은 12 · 12 때 신군부 세력에 의해 총격을 당했던 정병주 소장, 소속 여단장은 전두환 준장, 소속 대대장은 장세동 중령이었다.

특전사 제대 후 아버지가 급작스레 사망하자 그는 사법시험을 준비하기 시작했다. '아버지에게 잘된 모습을 한 번이라도 보이고 싶다'는 마음이었다. 80년 '서울의 봄' 때 복학도 했다. 그러나 다시 시위를 하다 구속됐다. 1차 합격 후 2차 시험을 치르고 결과를 기다리던 중이었다. 그는 청량리경찰서 유치장에서 사시 합격통지서를 받았다. 경희대 학생처장과 법대 동창회장이 그의 사시 합격을 축하하기 위해 유치장으로 찾아왔다. 경찰서장은 그들을 유치장 안으로 들여보내 줬고, 그 안에서 조촐한 소주 파티가 열렸다. 합격 직후 안기부(현 국정원) 직원이 문재인을 찾아와 "과거 데모할 때와 생각이 같은가"라고 물었지만 문재인은 "그때 나의 행동이 잘못했다고 생각하지 않는다"고 답했다. 합격 취소를 각오한 말이었지만, 그런 일은 일어나지 않았다.

1982년, 문재인은 사법연수원을 차석으로 마쳤다. 수료식 때 법무부장관 표창도 받았다. 하지만 시위 경력 때문에 원하던 판사 임용에는 실패했다. 대형 법률사무소의 스카우트 제의를 마다하고 그는 노모가 있는 부산으로 내려왔다… 그가 민주당의 대통령 후보가 되었다.

— 문재인 '수감중 사시합격하자 안기부 찾아와…', 〈중앙일보〉, 2012.09.17.

대학 3학년 때인 1974년 교내 첫 유신 반대 시위를 주도했다. 이듬해 4월 인혁당 재건위 사건으로 8명이 사형 집행당한 다음 날 유신 독재 화형식을 주도하다 구속돼 제적당했다.

— [민주당 대선후보 문재인] 학창시절 별명 '문제아' … 신념 꺾지 않는 아웃사이더 기질, 〈조선일보〉, 2012.09.17

1975년 4월 11일 유신 반대 집회에서 대학교 3학년이었던 문재인은 총학생회 총무부장이었다. 경찰의 감시가 극심해지자 총학생회장이었던 강삼재 전 부총재가 나타나지 않자, 총학생회장 대신 문재인이 시위를 주도한다. 문재인은 이 일로 구속돼 제적당했다.

당시 경희대 총학생회장은 1985년 최연소 의원으로 시작해 5선에 성공하고 통일민주당 대변인, 신한국당 사무총장, 한나라당 부총재가 되었던 강삼재였다. 2012년 12월 14일, 강삼재 전 한나라당 부총재가 문재인 민주통합당 대선후보 지지선언을 했다. 기자회견을 열고 "문재인 후보는 민주주의를 바로 세우면서 국민 대통합을 이룰 적임자"라고 했다. 그는 "20살 때 저희들이 만났을 때 문 후보는 다른 친구들과 남달랐다, 둘의 운명이 이런 식으로 갈지 몰랐지만 참한 친구가 멋진 국가 경영을 통해 대한민국을 빛내주기를 바란다."고 했다.

— 강삼재 전 한나라당 부총재, 문재인 지지선언 : 문 후보와 경희대 시절 첫 인연… "문 후보는 대통합 이룰 적임자", 〈오마이뉴스〉, 2012.12.14.)

문재인은 구속되어 감옥에 갔고 그 때문인지 그는 남들은 가장 힘들어서 피한다는 특전사(特殊戰司令部)에 징집 되어갔다. 그가 자대에 가는 열차에서 위로주를 가장 많이 받은 이유다. 만약 그가 그 상황을 힘들어하고 이를 비관적으로 생각했다면 잘 견뎌낼 수도 없었을 것이고 우수한 성적과 모범적인 생활도 하지 못했을 것이다.

나는 군대 경험이 내 삶에 큰 도움이 됐다고 생각한다. 난생 처음 해보는 그 많은 일들이 막상 닥치니 해낼 수 있더라는 경험, 그것이 나를 훨씬 긍정적이고 낙관적인 사람으로 만들지 않았나 싶다. 변호사 시절이나 청와대 시절에 처음 겪는 일을 만날 때 참고할 선례가 없어 스스로 부딪혀가야 했는데 그럴 때마다 이런 마음가짐이 큰 도움이 되었다.

— 문재인 블로그에 올라온 글

그는 특전사 생활을 하면서 수차례 표창을 받았다. 그가 군대생활을 아주 우수하게 잘한 것은 그는 단지 질서를 무너뜨리려는 반사회적 인격을 소유한 이가 아니었기 때문이다. 체제 파괴분자가 아닌 것이다. 다른 고위층 자제들이 병역을 기피할 때 그는 당당히 특전사를 우수하게 다녀왔던 것이다.

> 문재인은 노무현처럼 어딘가 한에 맺힌 정치인 냄새가 물씬하다. 성장과정부터가 그렇다. 어려서부터 극심한 가난에 시달렸으며 경희대 입학 후 전두환 정권에 항거하다가 5·17 비상계엄 조치로 청량리 구치소에 수감 되었다. 그러나 옥중에서 공부해 사법시험에 합격, 화제가 되었으며 경희대학교 조영식 총장이 신원보증을 서 극적으로 석방된 인물이다.
>
> 이후 사법연수원에 들어가 동기였던 박원순, 고승덕, 조영래 등 인재들 사이에서도 일등을 하며 두각을 나타냈지만 학생운동 전력 때문에 당국으로부터 판사직 임용을 거부당했다. 이는 당시 사법연수원에서 12등이었던 고승덕이 판사로, 상위권이 아니었던 박원순도 검사로 임용된 것을 고려하면 상당히 불합리한 처사였다. 기득권 타파를 외치는 그의 성장 배경에는 이 같은 뼈아픈 스토리가 숨겨져 있다.
>
> — 이철 칼럼, 문재인 포비아, 〈한국일보〉, 2016.12.21

1980년 사법고시를 패스한 문재인은 당시 22기로 입소해 연수원 내 최고상인 법무부 장관상을 수상했으나 학생운동 전력으로 성적이 차석으로 밀리고 판사에 임용되지 못했다. 문재인은 변호사로 나서야 했는데 누구나 가고 싶어하는 돈 많은 '김앤장' 등 유명한 법률사무소를 마다하고 부산으로 내려갔다.

만약 무조건 성공 지향적이었다면, 판사에 임용되지 않았을지라도 유명 법률사무소에 들어갔을 것이다. 어떻게 보면 돈만을 쫓아서 사법시험에 응시하거나 법조인이 되고자 한 것은 아니라는 점이다. 아버지에게 잘 된 모습을 보이고 싶은 때문이라는 말은 설득력이 있어 보인다. 더구나 노모가 있는 부산으로 내려온 것도 그의 삶의 가치가 무엇인지 짐작하게 할 수 있다. 그는 성공만을 그러니까 1등만을 염원한 사람은 아니었고 인간의 삶을 어떻게 충실히 할 것인가에 관심이 많았던 것은 아닐까.

이때 연수원에서 수석을 한 사람은 김용덕 대법관이었다. 그는 1976년 경기고를 수석으로 졸업, 서울대학교 재학 중이던 1979년 21회 사법시험에 합격 다음해 사법연수원 12기로 입소해 연수원 수석으로 서울민사지법 판사가 되었다.('박지원 운명 쥔 김용덕 대법관⋯ 문재인과 연수원 수석 다퉈', 〈헤럴드 경제〉, 2016.02.18)

오로지 그는 학교 공부와 시험을 위해서 달려온 사람이라 문재인과 비교가 되었다. 여하간에 다양한 경험을 한 것뿐만 아니라 약자와 시대적 아픔에 공감을 하고 직접 개선을 위해 참여했던 문재인은 수석이었음에도 차석이 되었지만 그 내막을 안다면 아무도 그를 차석이라고 부를 수가 없을 것이다. 문재인이라는 사람은 최연소 사법고시 패스에 연수원 수석이라고 치켜세워질 수 있었던, 그 뒤로 실제 수석이었지만 불의에 항거했다는 이유로 밀려난 인재였다. 그런 사람들이 인정받는 사회일 때 더 많은 정의가 실현되지 않을까 싶다. 새로운 시대에는 무조건 성적만 좋은 사람이 아니라 사회적 의식과 정의감에 따라 불의에 대항하여 실천한 면도 평가되어야 하지 않을까.

여하간 그는 당장에 돋보이는 것보다는 때로는 비판도 받고 불이익도 받으면서도 자신의 자리에서 어떤 신의와 양심에 따라 최선을 다한다. 내실을 기하는 스타일이기 때문에 느리더라도 더욱 더 준비에 철저한 스타일이라고 할 수가 있다.

"포퓰리즘적인 정책들을 내놓고 있다"는 비판도 있지만 정책적인 면에서 다른 대선 주자들에 비해 준비된 모습, 앞서가는 모습, 안정적인 모습을 보여주는 것이 사실이다. 먼저 판을 깔아가고 있다는 느낌을 준다. 조기 대선이 현실화하는 흐름 속에서 이런 부분은 문재인에게 큰 힘이 될 것이다. 집권할 경우 분야별 정책을 즉시 현실화할 수 있는 바탕을 어느 정도 다져가고 있는 것으로 보인다. 다만 재정 조달 방안과 정책 추진 과정에서 불거질 사회 갈등을 어떻게 최소화할 것인가 등에 대한 좀 더 구체적인 방안들이 보강돼야 한다는 목소리가 있다.
— [대선 주자 톺아보가—①] 문재인 前 더불어민주당 대표, "나만큼 준비되고 검증받은 후보 있나", 소종섭 편집위원, 〈시사저널〉 2017.01.25.

문재인은 언제나 내실을 기하는 것을 우선으로 한다. 헛공약이나 화려한 수사법을 내세우지 않는다. 바탕이나 토대를 마련하지 않고 본격적으로 추진하거나 실천하지 않는다. 준비가 되어 있지 않은데 큰소리부터 치지 않는다. 허세 장사를 하는 상인들 같은 정치인들이나 국정운영자들과는 다른 면이 존재한다. 확실하게 파악이 될 때까지 알아보고 듣는다. 잘 파악이 되지도 않는데 먼저 약속하고 해법을 적용하지 않는다. 그러나 현실 정치에서 재빨리 선취를 하거나 유리한 입지를 차지해야 하기 때문에, 이런 점은 약점으로 작용할 수도 있다. 어쩌면 우직한 소보다는 재빠른 쥐가 정치에는 더 맞는지 모른다. 하지만 그러한 영악한 행동이 대한민국을 위기로 빠뜨린 것은 아닐까. 혹은 그러한 사람이 우리 사회의 상위 그룹에 맞기 때문이 아닐까.

Q. 특전사 복무도 화제가 됐어요(그는 강제 징집당해 특전사령부에서 공수병 폭파병으로 복무했다).

A. (멋쩍게 웃으며) 민정수석 하면서 사람 뽑으려고 검증을 하는데, 이른바 상류사회, 주류라고 하는 사람들 중에서 군대 안 간 사람이 너무 많아 놀랐습니다. 진정한 보수는 헌신하고 봉사하고 자기희생을 하는 게 아닐까요. 공적인 의무에 솔선수범해야 하는데 돈의 힘, 권력의 힘으로 의무는 요리조리 피하고 지도자입네 하면 국민이 승복하겠습니까?

— [허문명 기자의 사람이야기] 문재인 노무현재단 이사장. 〈동아일보〉, 2011.08.08

1등을 좋아하지 않는 사람들은 없다. 1등을 하면 성실함과 능력을 인정받는 것이라고 생각하고 게다가 1등한 사람들은 부와 명예 그리고 지위를 가지게 된다고 본다. 하지만 학교 성적과 부, 명예, 지위는 아무런 관련이 없다. 이런 사고방식을 가지게 된 데에는 한국의 특수한 교육시스템 때문이다. 인간다움과 인격성, 그리고 도덕성과 사회성 발달이 아니라 암기지식의 테스트 결과에 따라서 특정 기회를 제공하는 형태의 교육시스템을 가지고 있었기 때문이다. 이는 원래의 전인교육이라기보다는 선발시험교육이라고 할 수 있다. 기회는 한정되어 있고 사람들을 떨어뜨리기 위한 교육이 마치 진리인 것처럼 통용되었다. 선발시험에서 떨어졌다고 사람을 우열로 나누고 평생 가치절하 하는 것은 인간의 잠재성과 존엄성을 철저히 파괴하는 것이다.

우리 사회에서 1등은 특권을 가져도 되는 자격조건이라 오해되었다. 돈이 많고 권력이 있고 시험 성적이 우수했다고 하여 기본적으로 지켜야할 원칙 준수를 폐기했다. 이는 진정한 1등이라기보다는 꼴찌만도 못하다. 꼴찌는 오히려 규칙 준수를 더 잘해야 하는 처지가 되기 때문이다. 자신들의 힘과 권능으로 질서를 파괴하고 도피하는 것은 1등 우선주의가 얼마나 허구적인 것인지 알 수가 있다. 진정한 1등일수록 기본적으로 준수해야 할 의무와 약속을 더 잘 이행하여야 하지만, 1등 기업은 편법으로 상속 증여를 하고 최고 성적이 좋다는 변호사들은 교묘하게 법을 피해가며 자신들의 부를 쌓아가는 기업의 논리를 방어하며 돈을 많이 받는 것을 자랑한다. 병역의무를 지키고 많이 번만큼 많이 돈을 내는 것이 진정한 1등들이 해야 할 일이다. 하지만 대한민국의 1등들은 1등다운 면모를 보이지 못했다. 오히려 대한민국의 진정한 1등들은 오히려 2등 3등 아니 그 외의 사람들이다.

9.
말을 느리게 한다? — 우보천리 리더십

　　문 전 대표가 정치인으로서는 조금 답답해 보일 수 있는 성격을 갖게 된 일화가 최근 알려졌다… 지난 17일 탁현민 성공회대학교 겸임교수는 자신의 페이스북에 문재인 전 대표와 나눈 대화를 소개했다. 탁 교수가 "사람들이 답답하다고 한다"며 문 전 대표에 대한 아쉬움을 토로하자 문 전 대표는 "그건 아마 평생 인권변호사를 하면서 갖게 된 버릇일 것"이라며 말문을 열었다.

　　문 전 대표가 평생 인권변호사를 하면서 만나온 사람들은 대개 말도 잘 못하고, 두서도 없고, 늘 쫓기고 당해온 사람들이었다. 그런 사람들의 이야기를 끝까지 들어주지 않고 중간에 잘라 말하면 땅만 보고 기가 죽어 돌아가더라는 것. 문 전 대표는 "그래서 사람들 말을 중간에 끊거나 하지 못하고 다 듣고 나서야 생각을 말하는 습관을 갖게 됐다. 아마 그래서 늦고 답답해 보일 것"이라고 말했다.

　　사실 정치인에게 실질적으로 요구되는 덕목은 '좋은 성품' 보다는 '대중을 사로잡을 수 있는 카리스마' 다. 정치적 성향을 막론하고 전 대통령들은 어떤 면에서는 대중들이 요구하는 카리스마 또는 호소력을 가지고 있는 사람들이었다. 그런 점에서 야권의 가장 강력한 대선 주자 중 한 사람인 문 전 대표의 사람 좋은 성품이 욕망이 꿈틀대는 정치판에서는 단점으로 작용한다는 것. 문 전 대표는 자신의 본래 스타일을 유지하며 대중에게 호소력을 갖추는 데 성공할 것인가, 아니면 자신의 스타일을 바꿔 보다 강력하고 단호한 지도자의 모습을 보여주려는 시도를 할 것인가.

— 문재인 전 대표가 '답답하다'는 소리를 들을 만큼 느리게 말하는 이유, 〈인사이트〉, 2016.11.28

문재인에게 아마도 지겹게 따라다니는 말이 답답하다는 말일 것이다. 이를 대번 지적하는 이들은 느린 말투를 지적하기도 한다. 정치인이기 때문에 그럴 수 있다. 말을 빠르게 하거나 리드미컬하게 말을 해야 하지만 문재인의 말은 감정적이지도 않고 열정어린 힘이 실리지도 않는다. 비유나 은유의 화법을 통해 현란하게 말을 하지도 않는다. 이를 다음과 같이 표현한 이도 있었다. "문 전 대표는 힘 있는 목소리로 진중하게 말을 한다. 헨델의 아리아처럼 느리기에… 문 전 대표는 좋은 지휘자인데 말의 속도가 일정…"([고승혁의 아장아장정치부] '기사'를 쓰기 위해 정치인의 '말'과 '문장'을 줍는다. 〈국민일보〉, 2016.04.18) 진중한 목소리로 말을 하기 때문에 이것이 헨델의 장중한 아리아처럼 느껴지기도 한다는 것이다.

좋은 지휘자라는 표현은 문재인에게 맞는 리더십이 무엇인지를 생각하게 만든다. 더구나 그가 말을 느리게 하는 것은 인권변호사 시절에 약자들을 말을 많이 들어주었기 때문이었다. 변호사는 똑똑하고 많이 아는 전문가들이다. 대개 자신이 많이 알고 똑똑하면 말을 많이 하게 된다. 그렇다면 정작 도움이 필요한 이들은 자신들의 말을 잘 하지 못하게 된다. 그렇다면 주객이 전도되기가 쉽다.

이러한 점은 정치나 국정운영에서도 똑같이 적용될 수 있는 점일 것이다. 자신이 똑똑하고 성공한 사람으로 생각하는 지도자들이 독불장군식으로 국정운영을 하는 것을 너무나 많이 봐왔다. 최고의 리더만이 아니라 대부분의 정치 리더들이 이러한 태도를 지니고 있다. 그들은 자신들을 과시하기 위해 대중 앞에 나타나고, 심지어 많은 언론이나 평자들은 이러한 태도를 요구한다. 그러나 국민을 대표하는 이들은 자신이 잘난 것을 보여주는 것이 아니라 국민의 민원을 들어주고 해결해주는 사람이어야 한다. 이 또한 겉으로 보이는 미디어의 시각적 효과 프레임에 갇히는 것을 말한다.

느리다는 것은 느림의 철학을 말하는 것이다. 느리지만 결국 느리게 가는 사람이 인내하며 최종 목표를 이룰 수 있다. 물론 단점도 분명히 존재하지만 그러한 리더의 쓰임이 어느 때 필요한 것인지 생각을 해야 한다.

요즘 문재인에게서는 전성기의 이창호가 느껴진다. 종편의 융단폭격을 받는 모습에서, 초중반에 갖은 공격을 받고도 묵묵히 버티다가 끝내기에서 이기는 이창호의 향기가 느껴졌다.

문재인의 행적을 보면 '우보천리(牛步千里)'라는 말이 떠오른다. 묵묵히 한 걸음씩 나아가는데 옆에서 보기엔 답답하다. 훨훨 날아가거나 하다못해 뛰어가는 느낌이라도 있으면 좋으련만, 느리게 한 발자국씩 되새김질하며 걷는 황소. 그런데 이게 무섭다. 날아가면 떨어지고, 뛰면 지치는데 황소의 걸음은 도무지 지칠 줄 모른다. 검으로 따지면 무딘 날의 명검이랄까. 언뜻 보기엔 둔중하다.

날도 제대로 서 있지 않다. 풀잎도 못 베는 검이다. 그러나 바위는 벨 수 있다.

　지금 대선은 포석을 막 끝낸, 중반의 초입으로 본다. 흐름이 좋다. 집도 많고, 두터운데 모양이 좋다. 확정가가 많고, 미생마(삶이 완전하지 않은 말)가 없다. 상대가 초반에 부분적으로 전투(네거티브)를 걸었으나 간명하게 처리하고 대세점을 차지해 좋은 형세다. 이 판은 큰 변수가 없는 한 무난하게 이길 것으로 본다. 가장 큰 경쟁자가 초반에 '빽'을 여러 번 해준 덕분이다. 바둑 두기 전까지는 가장 두려운 상대였는데 막상 대국에서 자충을 연이어 두었다. 조심해야 할 것은 계가의 묘(妙)다. 바둑은 공배(흑과 백 누가 두어도 집이 안 되는 곳)를 다 메우면 끝난다. 공식적으로는 말이다. 계가란 그 결과를 확인하기 위한 일련의 행위일 뿐이지만, 여기서 장난질을 칠 수 있다. 내 집과 상대방의 집의 경계를 밀면 안팎으로 2집 차이난다. 2줄 밀면 4집이다. 내용은 이기고 승부는 질 수도 있다. 그러니 독자들은 함부로 내기바둑 두지 말 것을 당부한다.
　— [특집] 대선주자들이 바둑을 둔다면 어떤 기풍일까 : 문재인, 반기문, 이재명, … 〈딴지일보〉 2017.01.31.

　그를 바둑에 비유한 글인데 문재인은 실제로 바둑을 오랫동안 두었다. 우보천리. 우공이산을 생각할 수 있는 대목이다. 느린 황소가 매력적이라고 하는 이들은 없을 것이다. 많은 일들을 빨리빨리 처리해주기를 바라는 이들에게는 더욱 그렇다. 그러나 세상에 빨리빨리 처리해서 할 수 있는 일이 얼마나 될까. 갈수록 그러한 일은 더욱 없어진다. 농부의 옆에 있는 황소같이 밭을 갈고 그것에서 시간을 두고 결과물을 기다리는 날까지 기다림의 철학이 필요한 세월이 되었다고 보는 것이 맞을 것이다. 황소는 느리지만 결국 큰일을 해낸다. 쥐처럼 이러저리 옮겨 다니는 존재들은 결국 남의 식량을 축낼 뿐이다. 칼로 치면 둔중한 검이다. 둔중한 검은 날카롭지는 못하지만 바위를 깰 수 있다. 사소한 일에는 별로 예기롭지 못하고 표가 잘 나지 않지만 큰일을 하는 데는 적임자일 수 있다는 것이다.

문재인은 2016년 12월 2일 tbs 교통방송 〈김어준의 뉴스공장〉에 출연해 이런 질문을 받는다. "이재명 시장이 상종가다. 이재명은 사이다다. 문재인은 고구마다. 이 시장은 빠르고 명쾌한데 문 전 대표는 느리고 모호하고 답답하다고 한다. 야권 지지자들 사이에서 이런 비판이 있다." 이에 대해서 문재인은 일단 인정을 한다. 이런 인정은 문재인의 미덕이다. 하지만 고구마의 의미를 이렇게 말한다.

"맞다. 하지만 사이다는 금방 목이 마르다. 밥이 아니니까. 고구마는 든든하다" 자신이 평소에 느리고 답답하다는 평가를 듣고 있는 것을 알고 있는 것이다. 또한 문재인은 "이재명 시장 잘 하고 있다. 정말 사이다 같다. 위치 선정 빠르다. 최전방 공격수로 잘하고 있다. 하지만 나는 당하고 보조를 맞춰야 한다. 책임이 더 무겁다"고 했다. 이는 느리고 빠른 역할이 있음을 알고 있는 것이다. 더구나 이재명의 위치와 자신의 위치, 입지가 다르다는 점을 강조하고 있다. 문재인 스스로는 최전방 공격수가 아니라는 점을 말하고 있다. 당하고 보조를 맞추어야 하고 책임을 더 무겁게 지고 있는 위치이기 때문이다. 생각해봐야할 것은 대통령이 최전방 공격수처럼 움직이어야 하는가라는 것이다.

10.
인심 잃은 이유? — 오디세이 리더십

　대통령은 어떤 사람이어야 합니까? 도덕적인 사람이 되어야죠. 대통령이 도덕적이지 못하니까 계속 부정, 부패, 비리, 척결… 이게 끊이지 않습니다. 전 지구적으로 문제가 되고 있습니다. 대통령이 도덕적이지 못하기 때문이죠.

　문재인은 도덕적인 사람인가? 그렇죠. 하나 예를 들어 볼까요? 문재인 후보가 청와대 근무할 때, 경남고등학교 동기 동창들이 기대를 하고 많이 찾아갔습니다. 아예 면회가 허락되지 않았습니다. 전화도 받지 않았습니다. 어떤 친구가 어떻게 어떻게 해서 청와대 들어갔는데 문재인 후보가 그 친구를 보는 순간 의자를 바로 딱 180도 돌려 앉았다고 합니다. 그래서 동기들에게 인심을 많이 잃었죠.

　저를 예로 들어 볼까요? 저도 2005~7년 시절에 국립극단 예술감독으로 재직하고 있었습니다. 국립극단 예술감독은 어떤 청탁이나 정치적인 것으로 결정되는 자리가 아닙니다. 그냥 연극 연출가는 한 번씩 하는 자리예요. 그때 노무현 대통령도 제가 연출한 창극 〈제비〉를 보러 오셨어요. 근데 대통령 비서실장이 안 왔더라고요. 제 친구가 제 연극을 보러 안 왔어요. 대통령도 오는데. 제가 상당히 섭섭했습니다. 이 친구가 참 너무 하다. 내가 지 동기라고 안 오는 구나. 국립극단에 와서 아는 체하면 아, 저 친구가 서로 연줄이…. 이런 생각 때문에 안 온 것 같아요. 누가 혹자는 우스갯소리로 이런 이야기를 합니다. 당신이 이렇게 지원 유세를 나서면 아, 문재인 대통령 시절에는 문화부 장관을 하지 않을까, 이런 말도 해요.

저는 문재인 후보가 대통령이 되면 아마 잠수해야 될 겁니다. 많은 문화 예술인들이 기대를 하고 있습니다. 특히 연극인들이 너무나 없이 살거든요. 이 사람들이 너무나 많은 부탁거리 너무나 많은 것들을 들고 저한테 찾아올 거예요. 대통령 친구니까. 근데 문재인 후보가 들어줄 것 같습니까? 절대 안 들어줍니다. 제가 1986년 12월에서 87년 2월 그 3개월 동안 문재인 후보를 서너 번 만났습니다. 왜 만났는가 하면 표 팔려고 만났어요. 제가 연극을 다시 시작해서 변호사 사무실에 표를 100장을 가지고 갔습니다. 지금 돈으로 하면 만원, 100장이면 백만 원이죠. 그때 돈 있는 제 동기들은 표를 안 팔았어요. 표를 받고 그냥 돈 100만 원을 그냥 저에게 줬어요. 어떤 친구는 한 장도 안 팔아줬죠. 문재인 변호사는 저한테 표를 예순네 장을 팔아줬습니다. 제가 그걸 기억합니다. 예순네 장. 64만 원을 저한테 입금시키고 36장을 돌려줬는데 거기 36장 표가 때가 새카맣게 쩔어 있었어요. 사람들에게 판 거예요. 이게 손을 거친 거예요. 팔다가 팔다가 안 판 것은 할 수 없이 돌려주고 판돈 64만 원만 저한테 돌려주었습니다. 문재인 변호사는 청렴한 면에서는 거의 극단적일 정도로 자신을 깨끗하게 지켰습니다.
— 이윤택 연출가, 2012년 대통령 선거 문재인 후보의 TV찬조연설에서

흔히 부정부패를 저지르는 이들이 따로 있는 것처럼 말하는 경향이 있다. 하지만 그렇게 말하던 사람들도 비리에 연루되는 경우가 많다. 평소에 부정부패 척결을 내세우는 사람들도 그것에서 자유롭지 못하게 되는 이유 가운데 하나는 바로 주변 사람, 아는 사람 때문이다. 여기에서 주변 사람이나 아는 사람은 가족은 물론 친인척일 수 있고, 같은 지역의 동창이나 동문일 수도 있다. 혈연이나 학연과 지연은 물론이고 지인이라는 점은 부정부패의 시작이 되기 시작하는 것이다. 그것은 바로 정과 의리, 가족애라는 선한 가치가 악의 가치로 변화라는 지점에 있다. 우리사회에서 아는 사람이 있다는 것은 대단한 자산이자 미덕으로 여겨지고 있다.

예컨대, 대형 종합병원에 아는 사람이 있으면 수술날짜를 잡을 수 있냐고 쉽게 물어본다. 항공권 예약에서도 이러한 점은 쉽게 등장한다. 이렇게 아는 사람이라는 이유만으로 기회를 잡게 된다면 그만큼 다른 사람들은 뒤로 밀리게 되는 결과가 된다. 이 때문에 다른 사람들도 아는 사람을 통해서 기회를 잡게 되고 나중에는 정상적인 경로로 대기를 하는 이들은 매우 큰 불편을 겪게 된다. 이러한 점은 자원은 물론이고 권력의 집중도가 높은 곳일수록 더욱 심할 수가 있다.

권력의 집중도가 높다는 것은 그만큼 영향력이 강하게 미칠 수 있다는 점을 말하는 것이다. 이러한 문재인의 성격이나 행태에 대해서는 우호적인 평가만 있는 것은 아니다. 이에 대해서 비판이 가해질 수 있다. 다음은 이러한 비판적인 고찰을 담은 글이다.

그랬다. 문재인에 관한 일화 중에 재미있는 것이 있다. 그 일화를 읽을 때는 문재인의 큰 장점으로 여겨졌으나, 이 글을 쓰는 순간에는 그의 협량함과 소통부재의 대표적인 경우로 생각되니 참으로 기이한 일이다.

문재인이 참여정부의 민정수석과 비서실장으로 재직했던 시절의 이야기인데, 그는 청와대 집무실에서 친구들과 만나는 일을 극도로 피했다. 도저히 거절하지 못할 경우에는 만나 주기도 했는데, 친구들은 그의 뒷모습만을 볼 수 있었다 한다. 의자를 돌려놓은 채로 친구들의 용건만 들었기 때문이다.

한편으로 보면 청렴결백의 상징처럼 보일 수도 있겠지만, 다른 한편으로 보면, 스스로를 경계하고 있었다고 보일 수도 있다. 마음이 바다와 같이 넓고, 심지가 대쪽처럼 곧은 사람이라면, 경계할 사람도 없고, 만나지 못할 친구도 없는 법이다. 친구와 얼굴을 마주하고 있으면, 마음이 흔들릴까 지레 겁을 먹고 있었음이 틀림없다.한번은 우연히도 같은 엘리베이터를 문재인과 단둘이 탄 적이 있어서, 그의 실물 관상을 볼 수가 있었다.

TV화면에 비치는 모습과는 달리 무척 강직한 인상이었다. 타협할 줄을 모르는 완고한 면이 보였다. 어떤 단체의 수장보다는 수장을 보필하면 적당한 정도의 인물로 보였다. 그랬기 때문에 지난 대선 때도 그 많은 우호세력을 모두 다 제 발로 걷어차 버리고, 패배의 길로 찾아 들어 갔지 않았을까 하는 생각이 든다. 특히, 한광옥, 한화갑, 김경재의 박근혜 지지가 치명적이었다. 나중에 들은 이야기지만, 소위 구 민주계 지지자들의 태반이 박근혜를 지지했다고 실토를 했다. 문재인이 대통령으로 되는 꼴을 못 봐 주겠어서 그리 했다고 했다. 속으로 엄청 화가 났지만, 그것도 문재인과 이해찬을 비롯한 친노들이 자초한 일이니 어쩔 것인가.

— [이재관 칼럼] 시저가 건넜던 루비콘강, 문재인에겐 없다! 2015.09.12

이 글은 앞서 지적했던 찾아오는 친구들을 아예 만나지 않는 것에 대해서 문제를 삼고 있다. 그것이 장점일 수도 있지만 오히려 협량함과 소통부재라고 말하는 것이다. 협량함이란 아량이 넓다는 것일 수 있는 말과 반대에 있다. 아예 소통을 하지 않겠다고 의지로 읽을 수 있을지 모른다. "마음이 바다와 같이 넓고, 심지가 대쪽처럼 곧은 사람이라면, 경계할 사람도 없고, 만나지 못할 친구도 없는 법이다"라고 하면서 "친구와 얼굴을 마주하고 있으면, 마음이 흔들릴까 지레 겁을 먹고 있었음이 틀림없다"라고 언급하고도 있다. 지레 겁을 먹었기 때문이라고 말하는 것은 문재인이 청탁에 얼마나 시달려왔는지 오랫동안의 경험을 간과하는 것이기도 하다.

이런 태도야 말로 1인자형 리더십의 전형이라고 할 수 있다. 어떤 상황에서도 자신은 통제할 수 있다는 자신감이 가득 차 있는 마음이다. 인간, 아니 사람이라면 가능하지 않은 경지를 강요하고 있는 셈이다. 리더는 인간이기를 포기하는 것이 아니라 그 약점과 부족한 점을 파악하고 그에 대응하여 조치를 취하고 소망스런 결과를 얻어내기 위해 노력하는 사람이다. 오히려 자신은 끄떡없다는 오만함이 오히려 더 문제를 일으킬 소지는 언제나 있어 보인다.

세이렌(Siren)을 이긴 오디세이를 보면 이를 짐작할 수 있다. 세이렌이 사는 섬을 지날 때마다 선원들은 세이렌이 부르는 아름다운 노래에 정신을 빼앗겨 암초에 부딪혀 목숨을 잃었다. 트로이 전쟁 영웅 오디세이는 세이렌의 섬을 지나가야했는데 아예 자신의 몸을 돛대에 눈을 가렸다. 그리고 선원들의 귀에는 밀랍으로 봉해 들리지 않도록 했다. 오디세이는 자신이 어떤 명령을 내려도 듣지 말 것을 선원들에게 명령했다. 트로이의 전쟁 영웅도 이렇게 자신을 겸허하게 인정하고 그에 맞는 행동을 해 치명적인 생명의 위협에서 벗어날 수가 있었다. 진정한 영웅은 자신감과 대범함에만 있는 것은 아닌 것을 알 수 있다.

한편으로는 다른 점을 생각할 수가 있다. 아는 사람이나 친한 사람들이 와서 어려운 부탁을 하는데 흔들리지 않는 사람들을 과연 정상이라고 할 수 있을까. 보통의 마음을 가진, 심성을 지닌 사람을 대한다면 한국인의 정서상 흔들릴 수 있을 것이다. 차마 외면하지 않는 것 그것이 인지상정일 것이다. 더구나 만나주기라도 하면 이것이 곧 소문이 퍼지기 때문에 많은 이들이 문이라도 두드릴 마음이 생길 것이다. 아예 마음에 흔들릴 여지를 남겨두지 않는 것이 필요하다. 의자를 뒤로 돌려 앉는 것은 일종의 상징 효과라고 할 수가 있을 것이다. 이렇게 행위를 했을 때 그 의미를 다르게 해석하거나 비판을 한다면, 오히려 그렇게 생각하는 것이 타당하지 않을 것이다. 청탁이나 비리를 근절하겠다는 의지의 발현인데 이를 나무라는 것은 여러모로 찬성할 수가 없는 것이다.

"TV화면에 비치는 모습과는 달리 무척 강직한 인상이었다. 타협할 줄을 모르는 완고한 면이 보였다"라는 부분을 주목하여 보자. 강직한 면, 타협할 줄 모르는 완고한 면 때문에 수장보다는 수장을 보필하면 적당한 정도의 인물이라고 했다. 수장은 강직하지 않고 타협적이고 완고하지 않아야 한다는 말이다. 하지만 이것이 정말 타당한 말일까. 최고 리더에게도 강직하고 완고하며 타협하지 않아야 할 때가 있다. 또한 이러한 면 때문에 우호세력들을 발로 차버린 셈이 되었다고 한다. 과연 진정한 우호세력이었는지 따져보지 않고 그렇게 말할 수 있을까. 어떤 사안에 대해 완고한지, 아닌지 하는 그런 점을 구체적으로 헤아리는 일이 더 필요할 것이다. 우리는 리더는 어떠해야 한다는 고정된 이미지나 인식을 가지고 무수한 정치 리더들을 재단하고 있지는 않을까. 그리스 신화에 등장하는 프로쿠르스테스(Procrutes)가 침대의 크기에 맞게 사람을 잘랐듯이 말이다.

제2부

11.
겸양적 책무 리더십

　둘은 '변호사 노무현 문재인 합동법률사무소'를 차렸다. 87년 6월항쟁 때 민주헌법쟁취 국민운동본부(국본)가 서울보다 부산에서 먼저 결성됐는데, 부산국본의 상임집행위원장이 노무현, 상임집행위원이 문재인이었다. 당시 김광일·이흥록 변호사와 함께 노무현·문재인은 대표적인 부산지역 재야인권변호사였다. 87년 민주화 이후 이들에게 동시에 정계입문 권유가 있었다. 노무현은 88년 13대 국회에 입성했다. 당시 노무현을 떠민 이가 문재인이었다. 하지만 자신은 변호사로 남았다. 그는 민주사회를 위한 변호사 모임(민변) 부산지부와 경남지부장을 역임하며 부산·경남 시국사건 변론을 도맡았다. 그는 2002년 대선 국면에서 부산 선대본부장을 맡으면서 노무현 대통령 당선에 기여했다.

　─ 문재인 '수감 중 사시합격하자 안기부 찾아와…', 〈중앙일보〉, 2012.09.17.

　만기제대 후 1971년 고향에 돌아온 노 전 대통령은 고졸 출신에게 사법고시 응시자격을 주는 '사법 및 행정요원 예비시험'에 합격했지만 두 차례 연속 낙방했다. 1973년 부모들의 반대를 무릅쓰고 동네처녀인 부인 권양숙 여사와 결혼해 아들 건호 씨와 딸 정연

씨를 낳았다. 그 뒤 1975년 제17회 사법시험에 고졸 출신으로는 유일하게 합격했다. 사법연수원을 수료한 후 노 전 대통령은 1977년 대전지방법원에서 판사로 부임했지만 7개월 만에 그만두고 1978년 부산에서 변호사 사무실을 개업했다. 그는 주로 등기업무, 조세 · 회계사건 등을 수임해 돈을 벌었다. 1981년 5공화국 정권의 민주화 세력에 대한 용공조작 사건인 '부림사건' 변론을 맡으면서 인권변호사로 변신했다. 그러다 1982년 대학생 시절 시위 경력 때문에 판 · 검사 발령을 받지 못한 문재인 변호사를 만나면서 '현실정치'에 눈을 떴다.

— [노무현 前 대통령 서거] 최고 권력자서 피의자 신분으로 '영욕의 63년', 〈한국경제〉, 2009.05.23

1987년 6 · 10 민주화운동 이후 노 전 대통령은 사실상 변호사 업무에서 손을 뗐고, 문 후보가 사무실 살림을 전담했다. 이듬해 4월 총선을 앞두고 노 전 대통령은 통일민주당 김영삼 총재로부터 영입 제안을 받았다. 문 후보는 "뒷일은 맡기고 정치권으로 가시라"고 했다 한다. 이후 문 후보는 부산에 남아 동의대 사건 등 시국 · 노동사건 변호에 전념했다.

— [민주당 대선후보 문재인] 학창시절 별명 '문제아' … 신념 꺾지 않는 아웃사이더 기질, 〈조선일보〉, 2012.09.17.

2년 동안 사법 연수원에서 열심히 노력했지만 반독재운동 전력 때문에 수석을 하고도 판사 임용은 물론 검사 임용도 되지 못한 문재인은 부산으로 향했고, 부산으로 내려간 문재인은 노무현과 같이 일하게 되지만 처음부터 인권변호사라는 타이틀을 달고 활동하려 했던 것은 아니다. 어려운 지경에 처한 사람들을 돕고자 하는 것이 었다. 그 길이 말이 좋아 인권변호사였다. 고난과 고통의 연속이었다. 변호사하면 생각나는 여유는 생각할 수 없었다. 그러한 고생 때문인지 나중에 인권변호사가 대중적인 각광을 받게 되면서 인권변호사라는 타이틀이 자신의 가치를 알리는 홍보 수단이 되었던 것과는 거리가 멀었다. 특히, 87년 민주항쟁이 있은 뒤에 바뀐 것 중에 하나가 바로 인권변호사에 대한 주목이었다.

문재인은 노무현을 국회로 보낸다. 6월 항쟁 이후 7~8월 노동자 대투쟁이 시작됐고, 수많은 노동자들이 구속되거나 해고됐다. 당시 변호사 노무현은 전국을 누비며 시위에 참여했고, 결국 대우조선 사건으로 구속되기에 이른다. 문 후보는 부산지역 변호사 120명 가운데 99명이나 되는 대규모 공동 변호인단을 꾸려 재판에 임했고, 노 전 대통령은 구속적부심으로 풀려났지만 변호사업무는 결국 정지된다. 이후 1988년 4월 13대 총선을 앞두고 노 전 대통령은 김영삼 총재의 영입제안을 받아 신군부 5공 핵심이었던 허삼수 전 대통령 사정수석비서관을 상대로 총선에서 승리해 국회에 입성했다.
— [문재인 민주 후보 확정]문재인은 누구… 월남 피난민 아들에서 대통령 후보로… 〈뉴스1〉, 2012.09.16.

민주 항쟁은 새로운 시대를 예고하고 있었고, 그것은 새로운 정치 세력의 등장을 의미했다. 노무현 대통령도 인권 변호사로 정치권의 입문 제의를 받게 되는데 문재인도 이때 같이 권유를 받지만, 자신은 거절을 하고 노무현 변호사를 적극 권하게 되는 것이다. 대개 권력에 마음이 있어서 인권변호사를 하였다면 재빨리 갔을 것이다. 다른 사람을 추천하고 자신을 제외하면 섭섭한데 문재인은 그렇지 않았다. 문재인은 적극적으로 노무현을 추천했고 자신은 뒤로 물러섰다. 문재인은 부산에 남아서 지역의 인권변호 일을 적극적으로 담당하고 처리했다. 어떻게 보면 남아있는 자의 역할과 책무였던 셈이다. 그때는 노무현이 대선 후보가 되리라고는 생각하지 못했을 것이고 제도권에 들어가 정치 변화를 이끌어야 한다는 당위 정도에 머물렀을 것이다.

그 누구도 당시에는 예측하지 못했을 것이지만 운명이 그러했는지 노무현은 대선 후보가 되었다. 물론 2002년에는 부산에 남아서 노무현 후보를 당선시키기 위해 최선을 다한다. 대통령이 될 줄 몰랐던 노무현 대통령. 청와대에는 믿고 의지할 만한 참모가 필요했던 것은 사실이다. 누구에게 말할까.

2003년 1월 13일 이호철과 함께 당선인을 다시 만났다. 사직동 근처 어느 한정식집이었다. 당선인은 무거운 얘기를 꺼냈다. 나에게 청와대 민정수석비서관을 맡아달라고 했다. 달리 맡길 만한 사람이 없다는 말씀이었다. 이호철에게도 무슨 일이든지 맡아서 도와달라고 했다. 우리 반응이 떨떠름하고 미지근하게 보였던지 당선인은 "당신들이 나를 정치로 나가게 했고 대통령을 만들었으니 책임져야 할 것 아니냐"는 말씀까지 했다.

당선인에게 이렇게 말씀드렸다. "제가 정치를 잘 모르니 정무적 판단이나 역할 같은 것은 잘 못할 것 같습니다. 그러나 원리원칙을 지켜나가는 일이야 할 수 있지 않겠습니까. 제가 해야 하는 역할을 그렇게 생각하신다면 저를 쓰십시오." 그러면서 두 가지 조건을 말씀드렸다. "민정수석으로 끝내겠습니다." "정치하라고 하지 마십시오." 당선인은 매우 기뻐하면서 그러자고 했다.

— 문갑식, 〈문재인 전기〉에서

책임져야 할 것 아니냐. 마침내 노무현은 문재인의 마음을 후벼 파는 말을 한 셈이 되었다. "나를 정치로 나가게 했고 대통령을 만들었으니 책임져야 할 것 아니냐"라는 말에 문재인이 외면할 수가 없었던 것이다. 왜냐하면 그것은 사실이었고 본질이었기 때문이다. 그리고 문재인이 항상 마음의 빚으로 남겨둔 것이기도 했다. 문재인에게 부귀와 영화를 줄 테니 하라는 말에는 전혀 마음이 흔들리지 않을 테지만, 책임을 지라는 말에는 어쩔 수가 없었던 것이다.

결국 문재인은 민정수석비서관을 수락한다. 아니 그 말을 수락할 수밖에 없었을 것이다. 하지만 문재인에게도 그냥 순순히 허락이 아니라 허락의 조건이 있었던 것이다. 여기에서도 겸손한 문재인의 성품이 드러난다. 정치를 모른다고 인정한다. 때문에 정무적인 판단이나 역할은 못하며 원리 원칙을 지키는 선에서 역할을 하겠다고 말한다. 또한 민정수석만 하고 정치는 하지 않겠다고 못을 박는다. 일단 노무현 대통령은 기쁜 마음에 그렇게 하겠다고 했다. 문재인은 자신의 소견을 확실하게 밝히기도 했다.

"앞으로도 정치를 할 생각은 없다. 정치 쪽은 내가 잘할 수 있는 분야가 아니다. 노무현 (대통령) 당선자가 펼치고자 하는 새정치, 여러 가지 개혁에 있어서 여러 사람들이 함께 참여할 필요가 있다고 생각해 부족한 부분이나마 참여하기로 했다. 노 당선자에게 이제 빚을 갚고 싶다. 정치를 잘 모르며 민정과 사정, 제도개혁, 인사검증 등 중요한 민정수석의 업무를 잘 감당할지 걱정이 된다. 지금은 나서지 않고 묵묵히 배우겠다."

— 2003.01.23 참여정부 청와대 민정수석으로 내정된 후, '정치에 거리를 두다 이번에 특별히 민정수석을 맡은 계기'를 말하며

여기에서 빚이라는 것은 노무현에게 정치를 하라고 권유한 것이다. 자신이 해야 할 일을 노무현이 했다고 생각하니 빚이라고 했다. 자신이 잘 하지 못하는 일이지만 그것을 해야 할 상황이 왔기 때문에 매우 곤혹스러운 점은 있다. 노무현 대통령은 당장에 문재인에게 민정수석만 하라고 했고, 문재인도 그런 선에서만 최선을 다할 생각이었다. 나서지 않고 묵묵히 배우겠다는 말에서 그의 정치와 리더십에 대한 견해가 담겨 있음을 짐작할 수 있다. 하지만 시간이 흐른 뒤 상황은 문재인이 약속받은 대로 가지 않았다. 그것이 바로 정치였고 문재인에게 처음부터 주어진 길이었는지 모른다. 그렇기 때문에 문재인은 스스로 그와 같은 일련의 과정을 운명이라고 표현했는지 모른다.

민정수석 시절 검찰 개혁뿐 아니라 국정원·경찰 등의 권력기관 개혁, 국민참여 재판제 도입과 같은 법원개혁, 각종 장·차관

인사, 정책 대소사에 그의 의견이 반영됐다. 그러면서 '왕수석'이란 별명을 얻었다. 그러나 그는 수석을 맡은 지 1년 뒤인 2004년 2월, 민정수석에서 물러나야 했다. 그의 사퇴엔 열린우리당의 '부산 차출론'이 작용했다. 노 대통령과 당을 위해 4월 총선에 나서라는 요구였으나 그는 거절했다. 요지부동인 그에게 열린우리당에선 "왕수석 노릇을 하니 계속하고 싶은 모양"(염동연 전 의원)이란 공개적 비야냥도 나왔다.

— 문재인 "수감 중 사시합격하자 안기부 찾아와…", 〈중앙일보〉, 2012.09.17.

문재인이 왕수석이라는 말을 들은 것은 노무현 대통령이 믿고 의지했기 때문에 많은 일들에 관여했기 때문이다. 그런 그가 물러나게 된 것은 결국 정치였다. 애초에 민정수석만 하고 정치에 나가지 않겠다고 한 것은 이런 세력 확장과 지원에 자신이 나서는 일을 동의하지 않았기 때문이다. 애초에 청와대나 정치에 뜻이 없었기 때문에 이는 당연한 것이었는데 이런 내부 사정에 관계없이 외부에서는 비판을 당하게 되는 모양새였다. 청와대에서 왕수석 노릇을 하는 게 즐거워서 그러는 것이라고 공격받기 좋았다. 현실 정치에서 대통령의 후광효과에 따라 정치에 나서야하는 역학 구조가 존재했기 때문에 매우 고민스러운 부분이었다. 정치적 역량이 없는 상황에서 단지 명예욕이나 권력욕 때문에 가서 망친 경우가 얼마나 많은가. 자신이 그것을 망치면 어떻게 할까.

노무현의 서거 이후 '폐족(廢族)'을 자처하며 물러나 있던 노무현계는 문재인을 중심으로 다시 모이기 시작했다. 그러나 문재인은 스스로 "나는 정치와 어울리지 않는 사람"이라는 입장을 계속 유지했다. 2009년 10월 경남 양산보궐선거에서 그는 친노그룹 송인배 후보를 지원하면서도 끝내 유세 연단에는 오르지 않았다. 누굴 도울 순 있어도 직접 정치를 하진 않겠다는 뜻이었다.

— 문재인 "수감 중 사시합격하자 안기부 찾아와…", 〈중앙일보〉, 2012.09.17.

"정치에 뜻이 없다"(2002년 6.13지방선거 당시 노무현이 부산시장 후보로 나서달라고 간곡히 부탁했을 때) 이렇게 문재인은 항상 자신은 정치에 어울리지 않는 사람이라고 강조해왔다. 정치권력에 뜻이 있거나 명예를 위해 자신을 드러내고, 자신의 의지로 성취감을 느끼는 이들에게는 이런 정치에 나서라는 권유는 매력적일 수 있지만 그에게는 전혀 그렇지 않았다. 그렇다고 해서 정치가 사적 이익을 침해하기 때문은 아니었다. 즉 문재인이 공적 의식이 없었기 때문은 아니다. 거꾸로 너무 공적의식이 많기 때문에 혹은 더 잘해야 한다는 생각 때문에 사양하는 것으로 볼 수도 있다. 정치적 역량이 뛰어난 사람에게 맡겨야 한다는 생각인 것이다.

하지만 정치인이 정무적인 감각이나 관계성에만 탁월해야 하는 것은 아닐 것이다. 도와줄 수는 있어도 자신이 직접 하지 않겠다는 것은 자신이 스스로 명성이나 권력을 얻지는 않겠다는 의미일 것이다. 정치인이 되기 위해 보좌관부터 단계를 밟아가는 정치 풍토와는 사뭇 다른 스타일이라고 할 수밖에 없다. 이는 시민운동을 하는 사람들의 대체적인 경향이기도 하기 때문에 이를 이기적인 것이라고 몰아붙이는 것은 배경에 대한 이해가 부족한 것이기도 하다. 그런 그가 정치에 들어설 수밖에 없었던 것은 노무현이 그렇게 만들었다는 생각 때문이었을 것이다. 그러나 그것은 누구의 탓일까.

1982년 여름, 저는 '행동하는 원칙'을 만났습니다. 1982년 여름 변호사 노무현 법률사무소. 그분을 처음 만났습니다. 첫인상은 남다른 소탈함이었습니다. 연수원 시절에 만난 법조계 선배님들과는 사뭇 다른 사람 냄새나는 법조인이었습니다. 하지만 학생운동으로 유치장에서 사법고시 합격 소식을 듣고, 연수원 차석의 성적으로도 판사에 임명되지 못한 초임 변호사였던 저는, 쉽게 마음을 열지 못하고 있었습니다. 그걸 아셨는지 그 분은 말이 아니라 행동으로 저의 마음을 두드렸습니다. 당시 변호사들의 접대 문화와 소개비 관행, 제가 '젊은 변호사들이 고쳐 나가야 하지 않을까?'라는 생각을 떠올렸을 때, 그분은 이미 실행에 옮기고 있었습니다.

2009년 5월, 원칙은 갔지만 우리는 그 원칙을 보낼 수 없습니다. 2009년 5월 23일 오전 11시 기자회견장, "노무현 전 대통령께서 오늘 오전 9시 30분 이곳 양산 부산대병원에서 운명하셨습니다" 그 날 저의 목소리에는 부서지는 낙엽소리가 났습니다. 그분과 함께 쓰러지고 싶은 인간 문재인의 마음과 그 위대한 원칙을 이대로 사라지게 둘 수 없다는 '노무현의 친구, 문재인'의 마음이 서로 싸우고 있었기 때문입니다. 결국 '노무현의 친구 문재인'의 마음이 이겼습니다. 그것이 지금 제가 노무현재단의 이사장인 이유입니다.

— 온라인 '노란가게'(www.norangage.com)에 실린 문재인 이사장의 '원칙은 갔지만 저는 원칙을 보내지 아니하였습니다'라는 글에서

노 전 대통령 퇴임 후 그는 법무법인 부산의 변호사로 돌아갔다. 평온했다. 그러나 그리 오래가지 않았다. 2009년 5월 부산대병원에서 노 전 대통령의 서거 사실을 공식발표해야했다. 노무현재단 이사장으로 있으면서 정치권과 거리를 두어왔지만 정치권은 그를 가만 두지 않았다. 야권은 그에게 정치인의 길을 가라고 주문했고, 마다하지 못한 문 후보는 4.11총선을 통해 19대 국회에 입성한다. 총선 당시 형성한 낙동강벨트가 소기의 성과를 달성하지 못하면서 그에 대한 평가가 추락하기도 했지만 정치인 문재인이 이제 민주당 대선후보가 된 것이다.

— [문재인 민주 후보 확정] 문재인은 누구… 월남 피난민 아들에서 대통령 후보로… 〈뉴스1〉, 2012.09.16.

애초에 문재인은 재단의 이사장 같은 것은 맡을 생각이 없었다. 그러나 노무현 대통령의 죽음은 그렇게 될 수밖에 없도록 했다. 노무현 정신과 원칙을 사라지게 할 수 없다고 판단했기 때문이다. 어쩌면 노무현 대통령이 그리 된 것은 자신이 추천했기 때문이고 자신은 부산에 남아 있었기 때문이라는 자책감이 작용했을지 모른다. 정치에 들어가지 않겠다고 그렇게 다짐을 받았던 문재인은 2012년 제19대 총선 때 부산 사상구에서 출마했고, 당선했다. 대통령 노무현이 더 이상 세상에 없기 때문에 애초에 다짐받았던 약속은 없어진 셈이다. 오히려 대통령 노무현이 존재하지 않기 때문에 그 책무의식 때문에 선거에 기어코 나올 수밖에 없었던 것이다.

"당신(노무현 전 대통령)은 이제 운명에서 해방됐지만 나는 당신

이 남긴 숙제에서 꼼짝 못하게 됐다. 운명 같은 것이 나를 지금의
자리로 이끌어 온 것 같다."

― 2011년 출간한 자서전 『운명』에서

12.
보이지 않게 움직이다 — 자기희생의 리더십

문재인 변호사는 정말 부잣집 아들인줄 알았다.

대학생활의 첫 해인 1972년은 10월 유신독재로 인한 암울한 시대적 환경으로 인해 공부보다는 휴교(강)하는 일이 많았고 학교주변 술집에서 막걸리를 마셔가며 토론하는 일이 유행이던 시절이었다. 당시 문재인 변호사는 그런 우리들에게는 무척이나 인기가 많은 친구였다. 그는 그런 자리에서 정말 술값을 잘 내는 선수였기 때문이었다. 지금 생각하면 얼마 안 되는 막걸리 값이었지만, 학생의 입장이 다들 비슷한지라 문재인 변호사가 자주 술값을 계산하자 얼마 지나지 않아 우리의 술값은 으레 그가 계산할 줄로 알고 있었다.

또한 그는 토론에 강하고, 술에도 강했다. 그러다보니 때로는 술에 취한 다른 친구들의 뒷감당도 문재인 변호사의 몫이었다.

결국 다음날 아침, 문재인 변호사의 하숙집 아줌마 신세를 지는 것으로 끝이 나기도 했다. 이런 일이 계속되자 나는 그가 부산의 돈 많은 부잣집 아들로 생각했으며 그 생각은 내가 1974년 문재인 변호사의 집을 방문할 때까지 이어졌다. 대학교 3학년 시절인 그 해 여름날 당시 그의 집이 있었던 부산 영도구 영선동 산동네의 입구에서 설마 여기가 그의 집일까라고 생각했었다. 부잣집 아들이라고 생각했던 문재인 변호사의 집은 놀랍게도 단칸방에 마루 하나였으며 손님을 재울 마땅한 공간조차 없었기 때문에 그날은 집 가까운 여인숙에서 잠을 잤다. 산동네 마을의 형편이 대부분 그러다 보니 그 여인숙은 주인들이 손님들에게 잘 공간을 제공하는 일종의 영빈관이었다.

문재인 변호사는 특유의 겸연쩍은 표정을 지어보였지만 그의 태도는 당당했다. 나는 그때의 문재인을 잊지 못한다. 부잣집 아들로 착각할 정도로 그가 우리들을 위해 자주 내었던 술값은 자신을 위해 쓸 돈을 아낀 것이었다.

돈이 없어도 주눅 들지 않고 본인이 손해 봐도 묵묵히 자신을 희생할 줄 아는 이가 바로 문재인 변호사이다.

— 내가 아는 40여 년간의 문재인 변호사, 그는 한결 같이 신뢰할 수밖에 없는 사람이다! 박종환(대학 동기. 전 치안정감)

문재인이 가난한 집 출신이라는 것은 다 아는 사실이다. 대학생이 되었지만 고시생들이 얼마나 돈이 많을지 그것은 충분히 상상 가는 일이기도 일이다. 그들이 돈이 없고 여유가 없어 언제나 공부만 할 수가 없기 때문에 술 한 잔이라도 기울이는 것이 낙이라고 할 수 있다. 하지만 빤한 사정이기 때문에 술값을 낸다는 것은 부담일 수도 있다. 그런데 문재인이 술값을 내는 것은 의외라고 볼 수가 있다. 가난한 살림살이에 돈이 어디 있을까 싶기 때문이다. 문재인이 매번 냈는데, 혹여 이를 가리켜 가난한 것을 보여주기 싫었을 것이라 생각할 수도 있다. 하지만 그런 걸 보여주기 싫다면 아예 술자리에 나오지 않을 것이고 시험 준비에만 매달리면 될 것이었다.

　문재인에게 중요한 것은 친구들간의 우정과 의리라는 점이다. 아니 그것보다 중요한 것은 좋은 자리에 들어가는 비용을 자신이 부담하는 것이다. 자신의 용돈을 아껴 친구들이 좋은 자리에서 스트레스를 풀 수 있도록 한 것이다. 물론 문재인은 가난하다고 해서 주눅이 들지 않았고 그로인해 어긋난 성정을 갖고 있지 않은 사람이었다. 사실 많은 경우 자기 공부하기도 바쁜데 술값을 없는 살림살이에 내는 것을 하지는 않을 것이다. 오히려 그런 자리에 끼지 않고 혼자 열심히 공부해서 합격했다고 자랑을 할 것이다. 하지만 같이 어울리는 것만이 아니라 그들에게 술값을 매번 내주었으니 그의 성정을 짐작할 만하다. 그렇다고 자신의 목적을 잊지 않았던 점이 중요했다.

　"지금 몇 시냐? 잠 안자니?"

　78년 어느 여름 어느 날, 당시 군 복무 중이었던 나는 휴가를 나와 문재인 변호사를 만나러 전남의 대흥사에 간 적이 있었다. 당시 그는 특전사를 제대하고 고시 공부를 위해 어느 선배의 소개로 대흥사에서 머물던 중이었다. 그날 오후 5시경 대흥사 아래 구멍가게에서 문재인 변호사와 나는 그간의 회포를 푸느라 두부김치를 안주로 무려 한 바케쓰 남짓의 막걸리를 마셨다.

　얼마나 시간이 지났는지, 술기운에 길도 아물아물하고 달도 없는 칠흑 같은 어둠속에 가로등도 없는 산골이라 불붙인 초를 신문지로 말아 들고 더듬더듬 그가 공부하던 대흥사를 간신히 찾아들었던 기억이 난다.

그렇게 도착하자마자 쓰러져 어떻게 잠이 들었는지도 모르겠는데 목이 말라 문득 눈을 떠 옆을 보니 그 많은 술을 같이 마셨던 문재인 변호사는 책상에 앉아 불을 켜고 앉아 공부를 하고 있었다. 취중에 "몇 시냐?"고 물었더니 "새벽 4시 30분"이라고 대답했다. 그 말을 듣는 것과 동시에 나는 다시 잠에 빠지고 말았다.

다음날 아침에 보니 멀리서 찾아온 친구를 위해 그렇게 많은 술을 먹고도 그날 해야 할 공부를 다 하기 위해 밤을 새웠던 것이다. 옷을 갈아입을 때 그의 엉덩이와 허벅지를 만져보니 곰팡이가 생긴 모양으로 딱딱하게 굳은살이 박여 있었다. 그의 공부가 얼마나 치열한지 알 수 있었다.

그가 사법시험에 합격하고 사법연수원을 차석으로 졸업한 것을 보고 다들 수재라고 말들 하지만, 내가 본 그는 정말 자신이 세운 목표달성을 위해서는 밤을 새워서라도 다 해내고 마는 집념과 열정을 가진 사람이었다.

— 내가 아는 40여 년간의 문재인 변호사, 그는 한결 같이 신뢰할 수밖에 없는 사람이다! 박종환(대학 동기. 전 치안정감)

멀리 친구가 찾아왔을 때 공부해야할 것이 쌓인 상태에서는 대개 오지 말라고 하거나 적당히 만나 줄 수 있을지 모른다. 그러나 멀리서 친구가 왔으니 그대로 허투루 하지 않고 매우 많이 마셔준 모양이다. 그렇다고 해서 그날의 학습량을 포기한 문재인은 아니었다. 밤에 친구가 자고 있을 때 홀로 일어나 공부를 했던 것이다. 하지만 문재인은 친구에게 자기 시간과 몸을 내주었고, 대신에 밤새 그날의 공부를 했던 것이다. 상당한 희생과 정신력이 없다면 불가능한 것이겠다. 그는 그렇게 자신의 것을 희생을 하면서도 다른 이들을 좀 더 배려하고 헤아리는 모습으로 사람들을 감화시켜왔다.

"어머님이 나서지 않으면 이 사건은 사형으로 끝납니다."

문재인 변호사에게 이 말을 듣고 나는 몸져누웠다. 한 달을 일어나지 못했다. 자식이 사형 당할지 모른다는 말의 충격은 그처럼 컸다.

1989년 동의대 사건의 재판은 정말 그럴지 모른다는 시퍼런 서슬로 시작되었다. 동의대 도서관에서 농성한 학생을 진압하던 경찰관이 7명이나 죽은 엄청난 사건이었다. 사건이 처음 발생한 당시 학생들이 모든 비난의 화살을 받았다.

언론은 학생들을 흉악범이자 고의적인 살인자로 몰아세웠다.

경찰에서 기본 진압 수칙을 지키지 않았다거나 안전조치를 하지 않았다는 잘못은 훗날 재판 과정에서 밝혀진 사실이었다. 노태우 정부는 그 사건을 전 세계에 알려 미국뿐만 아니라 이스라엘 같은 나라에 다녀온 사람도 그 사건이 어떻게 되었는지 물을 정도였다.

정부는 학생들을 폭도로 몰면서 그걸 빌미로 민주화 운동을 말살하기로 단단히 작심한 모양이었다. 내가 문재인 변호사를 만난 건 그 사건 구속자 가족으로서였다. 그때 나는 충격으로 드러누워 있으면서 곰곰이 문 변호사 말을 생각했다. 내가 어머니로서 생명을 내놓아야겠구나. 그래야 이 사건을 풀 수 있겠구나. 문 변호사와의 만남을 계기로 나는 구속자 가족 대표를 맡아 앞뒤를 돌보지 않고 뛰어 다니게 되었다.

동의대 사건은 노태우 정부에서 가장 큰 시국 사건이었다. 구속 자만 77명이었다. 민변 변호사를 중심으로 공동변호인단이 출범 했다. 워낙 사건 규모가 커서 문 변호사가 그 사건을 총괄했다.

처음에는 어찌할 바를 몰라 우왕좌왕하던 부모들도 문 변호사와 만나면서 용기를 얻고 점차 제자리를 찾았다. 문 변호사가 이 사건에 들인 공은 말로 표현하기 어렵다. 그는 트럭 몇 대 분이라고 할 만큼 방대한 소송 기록을 꼼꼼하게 챙겼다. 밤새 기록을 검토하다 아침에 수면부족으로 시뻘건 눈으로 출근하곤 했다.

재판 과정에서 경찰이 고층 작전의 기본 수칙을 무시하고 안전 그물과 매트리스도 설치하지 않고 진압을 한 사실이 드러났다. 경찰이 안전 조치를 소홀히 하는 바람에 추락해서 죽은 경찰관이 4명이나 되었다. 도서관 화재도 학생들이 고의로 일으킨 것이 아니라 기름이 증발하여 생긴 기체에 불이 붙어 발생한 것으로 밝혀졌다. 문 변호사는 화재 원인을 밝히려고 모의 도서관을 만들어 화재 검증을 하기도 했다.

문 변호사는 가정 형편이 어려운 학생 가족에게는 1심뿐만 아니라 2심까지 무료 변론을 했다. 변론비도 저렴했다. 어떤 학생 부모가 그 사건을 모 변호사에게 들고 갔더니 선임비로 1,000만원을 내놓으라고 해서 입을 딱 벌리고 돌아왔다. 문 변호사도 직원 봉급을 줘야 하고 사무실 경비도 만만찮았을 텐데… 동의대 재판이 덩치가 워낙 크다 보니 다른 사건은 맡지도 못했다.

그런데 문 변호사는 그런 내색을 한 번도 하지 않아 늘 고마우면서도 미안했다. 문 변호사가 혼신의 힘을 기울인 덕분에 구속자 가족들과 학생들은 희망을 얻었다. 모든 언론과 권력이 학생들을 몰아붙일 때 변호사의 사명인 사건의 진실을 밝혀주었기 때문이다. 문 변호사의 만남을 계기로 나는 23년이나 이어질 재야 운동에 뛰어들게 되었다. 보람이야 크지만 고생길이었다. 어찌 생각하면 얄밉기도 하다.

내 남편은 말단 공무원이었다. 내가 시민운동의 길로 들어서자 문 변호사가 남편 봉급 받아서 시민운동에 쓰면 3일이면 다 없어진다고 했다. 내가 웃으며 그럼 어떻게 하면 되냐고 하니 남에게 기대지 말고 시민운동을 하는 길을 권했다. 내가 직접 돈을 벌라는 말이었다. 그래서 문 변호사 건물 1층에 복국집을 차려서 장사를 했다. 그 수입을 시민운동 자금으로 썼다.

— "어머님이 나서지 않으면 사형으로 끝납니다", 나를 재야 운동으로 이끈 만남, 이정이(6.15선언 실천 부산 상임대표, 부산 민주공원 이사, 부산 동의대 사건 가족 대표)

이해를 위해서 부산 동의대사태를 설명해야할 듯싶다. 부산 동의대사태는 1989년 5월에 학내 입시부정에 항의하는 시위가 일어나고, 이때 잡혀간 학생들을 석방시키기 위해 학생들이 전경 다섯 명을 감금한다. 이에 경찰이 이들을 구출하기 위해 투입되던 가운데 7명이 사망하고 6명이 다친 사건이다. 여기에 화재 때문에 11명은 중화상을 입었다. 이에 대한 책임을 물어 76명의 학생이 구속되었다. 46명의 대학생들은 2002년에 민주화 운동자로 인정되기도 했다. 민주화유공자로 학생들을 인정하면 경찰의 명예가 훼손된다고 유가족이 주장하였으나 이는 받아들여지지 않았다. 학생시위의 원인은 입시부정이었기 때문에 경찰은 그들의 적대적인 존재로 볼 수 없어서이다.

보상금심의위원회에서는 국가가 순직 경찰관 1인당 최고 1억 2700만원을 보상할 것을 최종 의결하기도 했다. 어쨌든 이 사건을 담당했던 변호인이 문재인이었던 것이다. 다른 사건을 맡을 수 없을 만큼 공을 들여 전심을 다했다. 물론 돈을 많이 주는 것이 아니었다. 비용을 적게 받은 것만이 아니라 그렇게 전심전력을 하면 다른 사건을 수임하지 못하기 때문에 다른 변호사들에 비하면 매우 저렴한 비용으로 어려운 일을 담당했고, 진실을 밝히기 위해서 노력을 다했다. 학생들의 잘못이 아니라 경찰의 잘못으로 경찰관 사망사고가 일어난 것을 직접 밝혀내기도 했다. 물론 무력감에 빠진 학생 부모들을 설득하고 적극 나서도록 만든 것은 문재인이었다. 심지어 시민운동에도 뛰어들게 만들기도 했다. 물론 이 재판 사례는 무척 어려운 것이었다. 아직도 그 논란은 끝나지 않았다. 그러나 적어도 일방적으로 학생들에게 불리하게 책임이 가해질 수 있는 것을 최대한 인권 유린이 되지 않도록 최선을 다했다. 보이지 않는 기여와 희생의 리더 모습은 한겨레신문에 돈을 낸 것에서도 알 수가 있다.

"문재인 의원님은 한겨레신문의 주주시죠. 한겨레신문 창간이 88년도인데 그것은 대부분 아십니다. 한겨레신문이 중간에 많이 힘들었습니다. 특히 언제 힘들었냐면 본사는 있는데 지부를 만들어야 하잖아요. 부산지부가 있어야 부산 뉴스를 서울로 올리고 신문이 오면 배부를 해야 하는 등등 지역본부가 있어야 되는데 지역본부를 만들기 위해서 한겨레신문이 지부를 만들기 힘들었습니다.

주주 중에 돈이 있는 사람이 내놓아야하는 상황이었습니다. 당시 문재인 의원님이 전세를 그때 아파트 2천만 원에 사셨는데 변호사 신용대출을 받으셔서 2억을 받으셔서 2억을 한겨레신문 부산지부를 설립하기 위해 내놓으셨어요. 중요한 것은 (부산만 한 것이 아니고 전국적으로 광주도 하고 다 했는데) (신문사가 빌려갔으니까 돌려받았겠죠) 저는 이런 이야기가 알려지지 않은 것도 대단하고 그리고 2천만 원인가(3천만 원인가) 전셋집에 사는 사람이 아무리 변호사지만 신용대출을 해서 2억이라는 돈을 자기가 생각하는 곳에 투척한다는 것이 참 평범하게 넘어갈 문제는 아닙니다. 지금까지 아직도 받고 있지 않은 유일한 사람입니다.(그 돈을 준다고 했는데 그게 뭐 들고 와서 준다고 했겠습니까?)"

— 송인배 참여정부 비서관

1987년 6.10민주항쟁의 결과는 언론의 탄생으로 이어졌다. 그 언론은 바로 한겨레신문이었다. 많은 사람들이 동참을 했지만 헌신적인 참여를 따진다면 문재인을 빼놓을 수가 없는 것이다. 자신이 살고 있던 집보다 10배에 달하는 돈을 대출을 받아서 신문사 지부를 만든 것도 놀라운데 그것을 아직도 찾고 있지 않다는 점에 더 놀랄 수밖에 없을 것이다. 오늘날 관점에서는 그 돈에 관해서 투자나 지분이라는 생각으로 여러 가지 요구를 할 수도 있을 텐데 말이다. 옳은 일에는 자신의 여건을 가리지 않고 희생과 헌신을 하는 리더라면 사람들이 따르고 싶지 않을 수가 없다. 오히려 현실에서는 자신은 돈을 하나도 내지 않거나 다른 이들에게 돈을 내게 만들고 그것을 통해 자신이 누리거나 생색을 내려는 이들이 리더라고 자임하고 있는 게 많기도 하다. 하지만 그러한 문재인 같은 사람들은 항상 뒤에 숨어 있기 때문에 그러한 사람들만 있는 것으로 보인다, 문재인 같은 사람이 적절한 시점과 상황에 전면에 이제 나와 줘야 세상은 그렇지 않다는 것을 보여줄 수 있고 모럴 헤저드가 확산되는 것을 일정하게 제어해주어야 할 필요가 있을 것이다.

13.
내색하지 않고 슬며시 — 무가식의 속심 리더십

나는 그가 좋았다. 말이 많은 편도 아니고, 재미난 농담도 할 줄
모르고, 좀처럼 실수하는 법이 없어 뭔가 좀 어렵게 느껴지고…,
한 마디로 부담 없이 친해질 요소라고는 하나도 갖고 있지 않은 그
였지만, 함께 사귀는 내내 나는 그의 속 깊은 따뜻함에 언제나 감
탄할 수밖에 없었다. 그는 매우 사려 깊고 남에 대한 배려가 몸에
밴 사람이었다. 순박했다. 변호사라면 출세한 직업인데 잘난 척 하
는 법이 없었다. 입에 발린 얘기로 호의를 표하지 않았다. 함께 길
을 가다가 서점이 보이면 슬그머니 끌고 들어가 책을 사서 준다거
나, 함께 놀러 간 시골 장에서는 물건 좋아 보이는 마늘 두 접을 사
서 나한테 한 접 슬쩍 건네준다거나 하는 식이었다. 우리는 그렇게
깊은 정이 들었다.

— '나의 친구 문재인'을 떠나보낸 사연, 이창수 (친구)

문재인, 그는 말이 많은 편이 아니다. 그렇다고 해서 간간히 하는
말이 재미가 있는 것도 아니다. 말이 많아야 재미있는 것은 아니지
않나. 그런데 실수도 잘 하지 않는다. 좀 실수도 하고 그래야 인간
적인 매력이 있다라는 말쯤이겠다. 문재인은 쉽게 친해질 수 없는

점이 많다는 것인데 하지만 그가 사려 깊고 배려를 잘 한다는 것을 알게 되면 편한 친구가 된다. 무엇보다 먼저 말이 앞서지 않는 사람이다. 대개 무엇을 주겠다고, 하겠다고 말은 자신 있게 하지만 실제로 그렇지 않은 경우가 많다. 호의나 공치사를 잘 하지도 않으니 말이라도 이렇게 친근감을 더하려고 노력을 하지도 않는다. 하지만 이러한 입에 잘 붙는 말이 아니라 행동으로 상대방에게 표현하는 스타일이다. 말을 하기 전에 미리 행동하고 검토하여서 실질적인 무엇이 쥐어지게 하는 사람인 것이다. 그렇기 때문에 애써 말을 강하게 많이 하지 않는다고 해도 믿고 신뢰할 수 있는 것이다.

문 변호사님은 소송기록이 아무리 많더라도 일일이 그것을 읽어보며 직접 검토하셨다. 그래서 항상 바쁘셨다. 다른 일로 변호사 사무실을 방문 한 김에 잠깐 인사라도 드리려고 찾을라치면, 만만한 후배니까 그랬겠지만, 일 없으면 그냥 가면 되지 뭘 새삼스럽게 인사냐는 투였다. 소송 기록 정리 등 처리해야 할 업무가 태산이라 의례적인 인사 정도는 생략할 수 있다는 거였다. 하지만 이런 모습은 처음 만나는 사람들한테서는 때로 냉정하다는 오해를 살만도 했다.

문 변호사님은 가식과 과장을 싫어하셨다. 노동자복지연구소를 만들 때의 일이다. 소장이 나라는 것을 알고는 한마디 하시는데 나한테는 꽤나 매몰차게 들렸다.

"박사 하나 없는데 연구소는 무슨…. 그냥 노동자복지상담소로 하면 되지."

없는 것도 있는 듯이 포장해야 노동자들이 올 텐데, 그리고 나만하더라도 노동운동 짬밥이 만만치 않아 나름대로는 노동 분야에 대해서는 박사 못지않은 지식을 가졌다고 자부했는데….

(사)노동자를 위한 연대를 발족할 때도 그랬다. 나의 직책이 '사무처장'이라는 걸 아시고는 처장은 무슨 처장이냐고, 그냥 사무국장으로 하자고 하셨다. 그 당시에는 부산의 참여연대나 경실련에 근무하는 후배들도 다들 사무처장이라는 직함을 사용하던 때였는데…

— 노동상담소 소장, 그리고 깽깽이풀, 설동일(부산 혁신과 통합 상임대표)

가식을 싫어한다고 했을 때 통상적으로 예의를 갖추는 것을 멀리한다면 물론 오해를 낳을 수 있는 여지는 충분하다. 사람 사는 정이라는 것이 있으니 관계를 꼭 그렇게 팍팍하게 할 필요는 없을 것이라 여길 수 있기 때문이다. 물론 문재인이 그렇게 하는 것은 필요 없는 허례허식을 별로 좋아하지 않고, 격식이나 허위를 바람직하지 않다고 보기 때문이다. 그것이 사람 사이에 벽과 위계를 만들어 소통을 방해하고 왜곡된 관계를 만들어낸다고 여길 수 있다. 본질적인 것이 중요하기 때문에 겉으로 형식적이게 하는 언행은 중요하지 않다고 여기는 것이다.

그러나 본인이 그렇게 생각한다고 해서 누구나 다 그렇게 생각하는 것은 아닐 것이다. 그렇기 때문에 마음을 모르면 냉정한 사람이라고 할 수도 있다. 더구나 직함에 관한 발언도 그의 성격을 잘 말해주고 있다. 흔히 사회에서는 직함 인플레이션 현상이 있다. 이름만 그럴듯하게 짓는 경우가 그에 속한다. 그에 걸맞는 내용이 없는데 겉만 그럴듯하게 치장하는 것을 찬성하지 않는 문재인이었다.

같은 직함이라고 해도 좀 더 나은 직함을 선호하고 싶은 마음이 있다. 하지만 본인이 영감님과 같이 전근대적인 용어를 바람직하게 생각하지 않는 터였기 때문에 대놓고 어떤 점을 말하기는 힘들 것이다. 그가 말하는 요지는 노동 현안을 다루는 일이 중요하지 그 직함을 부풀린다고 해서 좋을 것은 없다는 것이겠다. 본질과 원칙 그리고 진정성에 충실하게 하는 데에 더 마음이 있는 문재인이다. 문재인의 품성을 알 수 있는 다른 에피소드를 다시 하나 볼 수 있다.

2012년 1월 4일.

문 이사장님이 '힐링 캠프'라는 프로그램에 출연하게 되었다. 수줍은(?) 그가 걱정이 되어 녹화 장소였던 충북 제천에 무작정 따라 가게 되었다. (마침 난 그 날 재판 등 개인 일정이 없었다.) 대기실에 '힐링 캠프' 작가가 와서, 당초 대본에 없던 '스피드 퀴즈'를 하게 되었다고 전한다. 직전에 방송된 '박근혜 전 대표' 편의 경우, 박근혜 전 대표께서 '스피드 퀴즈'를 너무나 잘 하셨고 그 때 시청률이 너무 높았다고 하면서…

솔직히 박 전 대표 방송 편에서 30대인 나도 모르는 것들을 박 전 대표께서 너무나 잘 맞혀서 놀라웠는데, 전혀 대본 없이 박 전 대표께서 퀴즈를 다 맞혔다고 한다.

부랴부랴 나는 문 이사장께 걸 그룹 '카라'의 멤버 이름을 외우시라고 강요(?)를 한다.

문 이사장님은 허허 웃기만 하신다.

"그냥 모르면 모르는 대로, 있는 그대로 하자"시며…

원래 문 이사장님도 청와대에 들어가기 전인 2003년까지는 예능 프로그램 등도 즐겨 봤는데 청와대에 들어간 이후에는 바쁘고 신경 쓸 일이 많아 '오락 프로그램'을 볼 시간이 없었단다.

녹화가 시작되고, '카라'가 아니라, '2NE1'이 문제로 나왔고, 문 이사장님은 "……"

— 정말 유서를 못 버리겠더라, 솔직함과 겸손함 사이에서. 조동환(변호사)

상대 경쟁자가 잘했다고 하면 통상적으로 그에 상응하는 결과를 내야 한다고 생각하기 마련이다. 그렇기 때문에 최소한 좀 더 나은 자구책을 마련하려 한다. 어떤 리더들은 자신들이 먼저 나서서 상대방을 이길 수 있는 방법을 찾으려 하기도 한다. 그 과정에서 주변사람들을 닦달하게 되고 부담을 주게도 된다. 물론 거꾸로인 경우도 있다. 주변사람들이 나서서 방법을 찾고 그것을 본인에게 하도록 강요할 수 있다. 그런 상황에서 평소에 하지 않는 것을 한 것처럼 구는 경우가 종종 있다. 보이는 것이 중요하다는 인식 때문이다. 텔레비전 프로그램이야말로 보이는 것이 전부가 아니겠는가. 더구나 요즘에 유행하는 걸그룹에 대해서 안다면, 좀 더 젊고 트렌디한 느낌을 주기 때문이겠다. 하지만 걸그룹을 몇을 안다고 해서 것이 젊은 감각을 가졌다고는 할 수 있을지 의문일 것이다. 당연히 트렌디 한 사람도 특정 걸그룹에 대해서는 알지 못할 수 있다. 그것은 상대적으로 각자 다를 수밖에 없는 것임에 분명하다. 그럼에도 이런 것을 해야 하는 것은 대중적인 친화도를 높이기 위한 것이라고 할 수 있다. 그런 것을 공감한다고 해도 문재인의 생각은 그냥 모르면 모르는 대로 하자는 것. 이러한 점은 인위적인 가식을 싫어하고 있는 그대로 보여주는 것을 더 선호한다는 점을 드러내는 주는 것이다. 만약 그럴듯한 것들을 생각하는 이들이라면 노동현장 속에서 활동을 했을까.

"억울한 일을 당하고도 법을 잘 모르거나 애태우는 근로자 여러분들 돕고자 합니다. 상담료는 받지 않습니다."

고 노무현 전 대통령과 문재인 전 더불어민주당 대표가 1980년대 운영했던 '변호사 노무현·문재인 법률사무소'의 광고물이 누리꾼들 사이에서 관심을 모으고 있다. 20~30대 여성들이 모여 활동하는 비공개 다음 카페 소울드레서(Soul Dresser)의 한 누리꾼 회원은 "아버지 책장에 있던 법률서적 사이에서 광고물을 발견했다"면서 관련 사진을 카페에 게재한 것으로 알려졌다. 희귀한 자료가 여러 온라인 커뮤니티로 확산되면서 눈길을 끌었다.

누리꾼이 공개한 법률 사무소 광고물을 보면, 당시 변호사 노무현·문재인 법률사무소는 '여러분의 땀과 눈물과 기쁨 속에 항상 함께 있고 싶습니다' 며 '억울한 일을 당하고도 법을 잘 모르거나 돈이 없어 애태우는 근로자 여러분들을 돕고자 하니, 어려운 일이 있으면 주저 없이 상담 문의 바랍니다' 라고 안내했다.

노 전 대통령과 문 전 대표가 운영했던 법률사무소는 1980년대 부산·경남 등에서 노동사건을 전담하면서 노동, 인권 변론을 도맡다시피 했다. 상담 내용은 △임금 및 퇴직금 △체불 노임(임금체불) △부당해고 및 차별대우 △산재보상 신청 및 손해보상 청구소송 △각종 부당노동행위 구제절차와 기타 노동관계 법률 등을 상담한다고 명시 했다. 그러면서 돈 없는 이들이 언제든지 법률사무소를 찾아올 수 있도록 '상담료는 받지 않습니다' 라고 했다.

광고물을 본 누리꾼들은 "돈 없고 빽 없는 노동자들이 언제든지 무료로 법률 사무소를 찾을 수 있도록 했군요. 감동입니다!", "소중한 근현대사 자료네요. 고이 간직해주세요", "지금 저 번호로 전화를 걸면, 그 분이 받아주시면 좋겠습니다"라는 등 다양한 소회를 댓글로 남겼다.

— '변호사 노무현 · 문재인 법률사무소' 1980년대 광고물 화제, 〈한겨레신문〉, 2016.11.28

지금이야 그 존재감을 다르게 보지만 본래 노동문제 인권문제는 빛이 나지 않는 것이었다. 돈이 벌리지도 않을뿐더러 이기기도 힘들고, 사회적인 주목도 받지 않는 것이었다. 상대를 하는 사람들은 힘도 없고 금력도 없는 가난한 서민 노동자들이었다. 이른바 외적인 인센티브가 없기 때문에 동기부여가 안 될 수 있었다. 그렇기 때문에 그런 것은 결국에 자신이 그것이 옳다고 믿지 않으면 할 수가 없는 것이다. 돈을 벌 수 있는 것도 아니고 누가 알아주지도 않는 것이지만 문재인은 내색하지 않고 오랫동안 맡아왔다. 만약 그가 잘나가는 법률사무소에서 고액의 연봉을 받기를 원했다면 그렇게 하지는 않았을 것이다. 돈과 권력을 쫓았다면 기회가 왔을 때 정치인이나 청와대에 들어가려고 기를 썼을지 모른다. 그러한 태도는 언제나 일관되게 문재인에게 나타나는 것이라고 할 수 있다. 지금도 마찬가지이기 때문에 화려하게 빛나는 일들을 하지 않는다고 가치가 퇴색될 수는 없을 것이다. 그것은 지금 당장이 아니라 열매를 맺는데 과정이 필요한 일들이기 때문이다.

14.
이가 많이 빠진 리더 — 솔선수범 리더십

청와대 생활은 힘들고 고달팠다. 업무량이 한계용량을 늘 초과하는 느낌이었다. 언제나 잠이 부족했다. 심지어 치과치료를 받느라 드릴이 어금니를 긁어내고 있는 상황에서도 졸음이 쏟아졌다. 이렇게 무리를 하다 보니 민정수석 1년 만에 이를 열 개나 뽑아야 했다. 이건 나만 그런 게 아니라 민정수석실 사람들이 대부분 그랬다. 재미있는 것은 이를 뺀 개수가 직급에 따라 차이가 났다. 우리는 이것을 두고 업무연관성에 대한 분명한 증거라고 우스갯소리를 나누기도 했다.

— 문재인 블로그에 올린 글

동남 방언, 그 중에서도 거제도 방언은 '쌍시옷(ㅆ)' 발음을 잘 못한다. 덕분에 대선 토론회에서 박근혜 당시 후보가 눌변으로 비판을 받는 와중에도 비슷한 비판을 받아야 했다. 발음이 좀 새는 경향이 있는데, 이는 청와대 민정수석 재직 시절 과로로 치아가 10개 정도(!) 빠져서 임플란트로 대체했기 때문이라고 한다.

— 위키백과

이빨 빠진 호랑이라는 말이 있다. 권력을 잃은 권력자의 모습으로 표현되는 말이다. 하지만 거절 끝에 청와대에 들어간 문재인은 일을 열심히 해서 이빨이 빠진 모습이 되었다. 이는 권력의 누수 때문이 아니라 열심 진력을 다한 상황이었기에 청와대 업무가 그만큼 고달팠다는 것을 증명하고 있다. 1년 만에 열 개나 뽑아야 했다고 하니 그 업무 강도가 얼마나 셌는지 알 수가 있다. 그런데 희한하게도 지급이 높을수록 이빨이 더 빠졌다는 것이다. 직급이 높을수록 나이가 많기 때문일까. 오히려 직급이 높을수록 일을 많이 했기 때문일 것이다. 어떻게 보면 스트레스가 그만큼 많았기 때문에 치아에 영향을 주었을지 모른다.

위기 상황에 벌어졌을 때 한국군과 미국군의 대응 방식에서 차이가 난다는 인터넷 게시물이 화제를 모은 적이 있다. 한국군은 위기 상황에서 말단이 나간다고 한다. 한편, 미국은 최고계급이 나간다고 한다. 이는 한국에서는 위계서열이 높을수록 직접 일하기보다는 다른 하급자를 시키는 것을 말한다. 반대로 미국은 직급이 높을수록 일을 많이 하는데 이는 직접 책임지고 업무를 수행하는 빈도가 많다는 것을 말한다. 사실 직급이 높다는 것은 일을 적게 하고 대접만 받으라는 것이 아니라 좀 더 책임을 져야할 일이 많기 때문에 상급자의 대우를 하는 것이다. 좀 더 많은 지식과 경험 그리고 지혜를 갖고 있는 사람을 상위 직급에 놓은 이유라고 할 수 있다. 인체의 물리적 조건을 본다고 해도 젊은 시절에는 근력이 크지만 지적인 역량은 좀 덜할 수 있기 때문에 정신적인 스트레스를 견딜 수 있는 연장자를 상위 직급에 배치한다.

그러나 한국에서는 주객이 전도되는 경우가 많다. 상위직급이 권력이 높다보며 자신들의 해야 할 일을 오히려 하급자에게 전가하는데 힘을 사용한다. 이렇게 상대적으로 편하게 자신의 일신을 영위하는데 권력을 사용하는 것이다. 이런 습속이 반복되다보니 상위 직급에 낙하산으로 떨어져 특권만 누리려는 일이 반복된다. 이러한 점은 보스 정치를 강화하고 줄 대는 습성을 강화하기에 이르렀다. 하급자들은 자신들이 특권을 누릴 날을 위해 절치부심 인내하고, 차례를 기다리는 일이 당연한 것처럼 되었다. 이러한 구조에서는 전문적인 역량이 구축될 수 없고, 기계적인 업무 기능에 복지부동하는 행태가 창궐할 것이다.

> 변호사님은 산업재해 소송의 경우, 재해 현장에 대한 현장검증을 재판부에 자주 요청하셨다. 판사들이 그 위험한 작업 현장을 방문해 직접 보고 느낄 수 있게 하고 싶으신 것이었다. 험한 지역에 대한 현장검증을 감안하여 4륜구동의 SUV 차량을 선택했다고도 하셨다. 문 변호사님의 이러한 노동자들에 대한 배려와 애정은 곁에서 일하는 나를 언제나 부끄럽게 만들고 뒤돌아보게 만들었다.
> ― 노동상담소 소장, 그리고 깽깽이풀, 설동일(부산 혁신과 통합 상임대표)

산업 재해 소송의 경우, 재해가 발생한 현장을 보는 것이 중요하다. 그러나 그러한 현장을 가보지 않고 대개 사진 등의 간접적인 자료를 통해서 재판관이 판단하는 경향이 많다. 문재인은 현장을 직접 가보아야 재해를 당한 노동자의 처지를 제대로 보여줄 수 있다고 생각한 것이다. 그것이 당연히 맞는 것이지만 사법 현실이 그렇지 못한 것이다. 더구나 험한 지역을 방문할 수 있는 차량을 따로 선택하는 것은 배려심이 있기 때문에 가능한 것이고, 그것은 노동자들에 대한 애정이 없다면 불가능한 것이겠다. 물론 이러한 태도들이 다른 사람들에게 공감과 감화를 주는 것은 어쩌면 당연한 노릇일 것이다. 그렇게 되는 이유는 그렇게 되기 쉽지 않아서이다.

문재인도 그러한 일을 쉽게 하지는 않을 것이다. 그렇게 해야 올바른 판단이 내려질 것이라는 믿음이 있기 때문에 했다고 보아야 한다. 이 가운데 시간은 얼마나 없고 바쁜 와중에 나름 스트레스를 받을 수밖에 없을 것이다. 이러한 하나의 소송 사안에 대해서도 그러한데 국정 전반에서는 더욱 그럴 수밖에 없을 것이다. 겉으로는 드러내지 않지만 속심으로 꼼꼼하게 따지고 배려하는 것이 체질화되었다고 해도 과언이 아닐 것이다. 다음은 정기적으로 등산모임을 할 때 문재인이 어떻게 했는지 알 수 있는 일화이다.

문재인 변호사님은 다른 사람에 대해서는 매우 너그러웠으며 깊이 배려했다. 무뚝뚝한 경상도 남자의 성품이야 어찌할 수 없지만 속 깊은 정과 다른 사람에 대한 배려가 몸에 밴 분이다. 그가 (사)노동자를 위한 연대 대표를 맡으면서 맨 먼저 추가한 일이 노동단체 실무자들과 함께 월 1회 등반을 정례화 하고 등반 안내역을 자임한 것이었다. 단체장이 됐으니 상근 실무자들을 챙겨야 한다는 이유였다.

그런데 그 등반 안내가 놀라울 정도로 섬세하고 따뜻했다. 실무자들의 체력을 고려해서 가능한 한 평탄하게 산을 오를 수 있게 경로를 잡는 것은 말할 것도 없고 내려와서 막걸리 한 잔 할 수 있는 맛집도 면밀하게 봐 두는 것이었다. 이런 등반 행사를 통해 단체

사업의 현황이나 실무자들의 의견이 두루 소통되었고 상호 친밀감도 몰라보게 높아졌다.

또 문 변호사님은 야생화 보기를 좋아 하셨는데 야생화 산행의 안내를 맡으시면 하루 전날 반드시 사전 답사를 하셨다. 이 사전 답사를 통해 코스는 적정한지, 어떤 꽃이 피었고 어떤 나무들이 있는지, 그리고 내려와서 쉴 만 한 곳은 마땅한지를 꼼꼼히 살피셨다. 다음날 온 가족과 함께 한 야생화 탐방자들이 대만족인 것은 물론이었다.

타인에 대한 배려와 따뜻한 정 없이는 불가능한 일이다.

— 노동상담소 소장, 그리고 깽깽이풀, 설동일(부산 혁신과 통합 상임대표)

사실 문재인을 처음 보면 무뚝뚝한 면이 있다. 하지만 깊은 속정이 있고 사람에 대한 배려심이 있는 분이다. 이 일화에서도 충분히 그의 면모를 알 수가 있는 것이다. 등산이 있으면 섬세하고 따뜻하게 배려했다는 점을 알 수가 있다. 물론 그렇게 코스와, 맛집까지 사전에 배려를 했기 등산모임에서 구성원들의 소통이 잘되고 친밀감이 높아졌다고 말한다. 더구나 그를 감성이 메마른 사람처럼 말하는 경향이 있지만 야생화를 좋아하고 그것을 다른 사람들과 공유하려는 마음은 감수성과 공감능력이 많은 사람이라는 것을 느끼게 한다. 더구나 그러한 과정 속에서 먼저 말을 하지 않고 남들이 아는지 모르는지 혼자 미리 조사하고 검토하고 있는 태도는 사람에 대한 애정이 없으면 불가능한 것이라고 볼 수 있다.

그렇기 때문에 청와대에 가서 다른 사람들을 부리기보다는 직접 솔선수범으로 일을 많이 하였던 것이다. 일을 많이 한다는 것은 다른 사람에게 강요를 하거나 개입을 많이 하고 사람들을 채찍질하는 의미는 아닐 것이다. 책임질 일을 다른 이들에게 미루지 않고 자신이 스스로 나서기 때문에 스트레스도 많고 일도 많은 것이겠다. 원래 다른 사람들 위에 군림하면서 편하게 있고자 하는 이들이 위기상황에서 책임을 회피하고 책임을 전가하기 쉽다. 그럴 각오를 하지 않고 왔기 때문이다. 그러나 각오를 하고 오는 이들은 쉽게 오지도 않을뿐더러 일단 오게 되면 그것에 최선을 다하려 노력하는 가운데 스스로 스트레스와 업무 과중에 시달릴 수도 있다. 스스로 자신이 책임을 질 각오를 할지언정 남에게 전가하려한다면 오지도 않았을 것이다.

"실무자들을 괴롭히지 말고, 나를 소환하라. 국민이 원하는 것은 진실규명을 빨리 끝내고 소모적 논란과 정쟁에서 벗어나 정치가 민생으로 돌아오게 하라는 것이다."
— 2013.10.10, 노무현 정부 NLL 회의록 논란에 대해 검찰이 당시 실무자들을 소환하자 문재인이 한 말.

15.
오류는 성공의 아버지 — 자기 교정의 리더십

노 대통령의 전략적 오류는 이명박 대통령이 친시장과 친기업을 혼동한 것에 비견된다. MB정부는 경제를 살리겠다며 친기업을 내세워 규제를 풀었지만, 재벌의 횡포로 시장만 더 망가졌다. 노무현 정부의 재벌개혁 실패는 사회 양극화 심화로 이어졌다.노무현 대통령은 진보진영 안에서 이중의 이미지를 갖고 있다. 한쪽에서는 개혁의 아이콘이지만, 다른 한쪽에서는 경제개혁(재벌개혁) 실패의 짙은 그림자가 드리운다. 문재인은 노무현의 계승자다. 진정한 계승자는 전임자의 장점을 취하고 단점은 극복하는 모습을 보여야 한다. 노무현 대통령이 경제개혁 약속을 지키지 못한 것에 대한 진솔한 반성과 함께 실패를 반복하지 않을 의지를 보여야 한다. 문 전 대표는 인터뷰에서 "참여정부 시절 재벌개혁이 흔들렸고, 재벌공화국의 폐해가 심해졌음을 잘 안다"고 인정한 적이 있다. 하지만 말만으로는 부족하다. 신뢰할 수 있는 근거가 있어야 한다. 문재인이 대선에서 이기려면, 그리고 한국사회의 위기를 극복할 수 있는 개혁에 성공하려면, 노무현의 한계를 극복해야 한다.

— 곽정수 대기업 전문기자, 문재인은 노무현을 극복했나?, 〈기자협회보〉 2017.02.15

대한민국 대통령제는 5년 단임제이다. 한번 대통령을 하면 더 이상 하고 싶어도, 국민이 시켜주려 해도 할 수가 없다. 아무리 훌륭한 대통령이어도 힘들다. 독재 권력의 유산이라고 할 수 있다. 이 때문에 개헌 논의가 불거지기도 한다. 왜냐하면 너무 임기가 짧다는 것이다. 물론 이 기간이 결코 짧은 기간은 아니다. 그렇지만, 국정운영의 연속선상에서 보면 너무 짧다는 것이다. 더 욕심을 내면, 국가 프로젝트를 실시해서 성과를 내기에는 너무 짧은 시간이라는 점이다. 또한 국정 기획과 관리의 연속성이 불안정성이다. 다른 정권으로 바뀌게 되면 이전의 정책기조들은 흔들리게 되고 심지어 폐기되는 일이 너무 빈번했다.

　무엇보다 그 잘못과 오류를 교정할 기회도 시간도 없었다. 같은 정당 출신의 정권이 출범해도 이전 정권의 흔적을 지우는 데 급급했고, 이것은 결국 국민에게 활용되어야할 가용자원이 낭비되고 소모되는 것을 말한다. 잘못에 대한 교정과 보완이 이루어지려면 오류에 대한 인정이 필요하다. 그러나 많은 리더들은 인정조차 하지 않는 경향이 있다. 잘못에 대해 인정을 할 수 있는 리더가 존재하지도 않았던 것이다. 인정한다는 것은 자기의 실패와 자신의 무능력을 드러내는 것으로 생각하기 때문일 것이다. 문재인은 참 독특한 케이스, 유례가 없는 사례인 것은 분명하다. 다음의 대담을 보면 이를 짐작할 수 있다.

　노무현 정부는 통합적 중도적인 정책 기조를 취하려고 했다. 좌파 정권이라는 인식을 불식시키고 방어를 하면서 경제적 성과까지 내야 했기 때문에 대기업 정책 아니 재벌정책을 조심스럽게 다루다 보니 실기를 한 측면이 있다. 또한 재벌 정책 등을 다루는 데 있어서 반드시 넘어야 하는 관료조직의 컨트롤에서도 이런 태도를 보여서 역시 오류를 저지르게 된 것이다.

사람은 경험의 존재이다. 복잡다단한 정책 구조나 시스템에서는 더욱 더 이런 점이 중요하게 작용을 한다. 노무현 정부가 그런 경험적인 통찰이나 노하우가 없었던 것도 인정을 해주어야 한다. 그렇다면 이전에 실패했기 때문에 영원히 아웃 시켜야 하는 것일까. 성과를 내기에는 시간이 너무 짧아서 개헌을 통해 연임을 모색하는 공론이 일어나는 상황에서 말이다. 중요한 것은 전체적인 맥락을 아는 사람이 미비한 점을 완수시키는 리더십을 발휘할 필요가 있지 않겠나.

▶정관용〉 이런 쪽의 저항을 이겨내지 못했다, 그러다 보니 생각한 것만큼 재벌개혁도, 또 비정규직 문제 개혁 같은 것도 이뤄내지 못했다, 이것 아닙니까?

▷이정우〉 그렇습니다.

▶정관용〉 그렇다면 그 같은 실수를 두 번 되풀이하지 않겠다, 라고 하셨는데, 예를 들어서 문재인 후보가 대통령이 되면 되풀이 안할 수 있을까요?

▷이정우〉 그렇습니다.

▶정관용〉 이제 그 맥락을 알 것이다?

▷이정우〉 그렇지요. 그게 굉장히 중요한 점입니다.

▶정관용〉 그래서 막아낼 수 있을 것이다?

▷이정우〉 예.

▶정관용〉 그러니까 집권하게 되면 하겠다는 것이 지금 말씀하

신 그 세 가지로 든다면, 재벌개혁, 과거보다 확실하게 하겠다. 비정규직 보호, 확실하게 하겠다.

— 이정우 "문재인, 노무현보다 잘 할 사람" 〈노컷뉴스〉, 2012.10.26

맥락을 아는 것, 전체적인 기조를 알고 포인트를 짚을 수 있다는 것은 상당히 중요한 자산이라고 할 수가 있다. 그것은 개인적으로나 정당 혹은 국가 전체적으로 볼 때도 잘 살려서 써먹을 수 있어야 한다. 이른바 국가 자산이라고 할 수 있다. 국정이 사적으로 농단이 된 상황에서는 더욱 그러하다. 그런데 오만한 태도가 있어서는 곤란하다. 내가 모든 것을 다 할 수 있는 과잉적인 태도는 문제를 그르칠 수 있다. 문재인은 재벌 정책은 물론이고 부동산 정책이나 비정규직 보호에 관해서도 오류가 있었음을 인정하였다. 대기업 정책도 그러한 점이 있지만, 통합적인 관점에서 경제적 성과를 내기 위해서 비정규직 보호에 관해서 미비했던 점은 뼈아프다.

그러나 재벌 정책 자체에 대한 문제의식이 없는 것은 물론이고 비정규직 보호에 관해서도 적극적이지 않은 정치 집단은 엄존하고 있다. 또한 이러한 정책들에 대한 실무적이거나 맥락적인 차원에서 경험이나 인지가 없는 이들보다는 나은 점이 있겠다. 중요한 것은 그것을 인정하고 앞으로 실패하지 않도록 실천하겠다는 의지와 역량일 것이다. 새롭게 모든 것을 시작하여 근본적인 개혁을 하겠다는 말을 큰소리로 하는 정치 리더들이 있다. 그 호기는 좋은 일이고 반드시 필요한 일이지만 한편으로 생각해야 하는 것은 역시 실패 가능성이다. 사람이나 정책가 집단이나 경험의 존재이기 때문이다.

보수적인 정치집단이 자신 있어 하는 것은 이 부분이다. 혁신적인 그룹들은 질서 밖에서 새로운 개혁을 항상 우선하기 때문에 경험과 역량의 축적이 이루어질 기회가 적다. 그러한 점에서 지난 시기 소중하게 쌓은 경험을 다시 축적 발전시킬 수 있는 기회를 가져야 한다. 그것을 위해서는 잘못의 인정과 오류의 극복을 위한 리더십이 요구된다. 실패는 성공의 어머니라고 하는데 실패를 딛고 성공하는 리더십은 언제나 필요하다. 영웅도 실패를 하고 나중에 성공의 결과를 얻는 법인데 원 샷에 큰 성공만을 바란다. 더구나 노무현 정부를 완전한 실패로 보기는 어려운 점이 많다. 박정희 체제가 독재를 연장했던 것은 그 시간을 벌어 성공 사례를 축적하려는 것이었다. 민주주의 시대에 민주 리더는 절대 불리할 수밖에 없지 않은가.

"참여정부에 있으면서 5년 내내 노 전 대통령을 옆에서 지켜봤고, 그때의 경험이 오히려 장점이 됐다. 그 누구보다 내가 잘 할 수 있을 것이다."
— 2012.09.14, 민주당 대선 경선 후보 초청 토론에서 손학규 후보가 정치경험 부족에 대해 언급하자

16.
리더의 말과 국정 안정성 — 과묵의 리더십

문재인 변호사는 눌변? 하지만 진정성은 사람을 감동시킨다

선거 때마다 대부분의 출마자들이 선동적이고 수사적인 표현이나 말투로 대중을 선동하고 매끄러운 언어로 거짓을 진실처럼 말하는 것을 다들 알고 있으면서도 많은 경우 그런 사람들을 당선시킨 것이 지금까지의 현실이다. 또한 나중에 어떻게 되건 간에 헛공약을 남발하고 표와 관계된다면 원칙보다는 실리를 따라가기도 하는 것 또한 지금까지의 현실이었지만 진정 이 시대가 요구하는 것은 이러한 수사적인 언어와 구호가 아니라 진정성이다.

내가 본 그는 늘 스스로 행동하는 용기와 진정성을 가진 사람이었다. 1975년 봄 개학이 되자 유신독재에 반대하는 학생가의 분위기는 점점 격앙되어 갔으며 이에 따라 더욱 강경한 투쟁을 벌여야 한다는 열기가 거의 모든 대학교를 휩싸고 있었다. 그해 4월 어느 날, 시위를 주도하기로 한 총학생회장이 불참하는 바람에 당시 학생회 총무부장이었던 문 변호사가 시위를 주도적으로 이끌게 되었다.

예나 지금이나 문재인 변호사의 어법은 소박하다. 화려한 수식어도 이성을 마비시키는 언어적 현란함도 그와는 사뭇 거리가 먼

이야기이다. 그럼에도 문재인 변호사는 그날 참가자들에게 우리가 왜 시위를 해야 하는지, 할 수밖에 없는지를 진정성에서 우러난 가슴으로 이야기 하였으며 그의 이야기는 참석한 사람들의 영혼을 울리게 만들었다.

그렇게 그는 진정성과 용기 있는 행동으로 사람들을 설득시켰으며 그날 시위에는 무려 4,000여 명의 대학생들이 동참하여 당시 경희대 역사상 가장 참가자가 많았던 대단한 규모였다.

결국 총학생회장을 대신해 시위를 주도한 혐의로 구속되고 학교에서도 제적되었지만 문재인 변호사의 진정성과 용기 있는 행동이 수많은 사람들을 감동시킨 사건이었다. 그러한 그의 진정성은 세월이 지나고 그가 새로운 소명을 부여받아도 한결 같았다.

— 내가 아는 40여 년간의 문재인 변호사, 그는 한결같이 신뢰할 수밖에 없는 사람이다! 박종환(대학 동기, 전 치안정감)

사람들은 누구나 말을 잘하기를 원한다. 그럴수록 말을 잘한다는 것은 현실이 아닐 수 있다. 왜냐하면, 대부분의 사람들은 말을 잘하지 않기 때문에, 자신이 아니면 다른 누군가 말을 잘하는 사람이 있기를 바란다. 자신들이 표현하고 싶은 것을 그들이 대리할 수 있기를 바랄 때는 더욱 그러하다. 그렇지만 과유불급. 지나치면 부족함만 못할 수도 있다. 왜 그럴까. 말을 잘하기 위해서는 현실에 없는 것들 혹은 현실에 있는 것들을 배제하고 때로는 왜곡할 수도 있다. 좋은 점은 강조하고 나쁜 점은 나쁜 점대로 강화할 수 있다. 자신에게 유리한 것은 크게, 불리한 것은 배제한다. 현실의 문제점을 들어 자신의 능력을 과장하거나 부풀리기도 한다. 이런 점들은 사람들의 아픈 고통을 잊게 하고 미래를 담보해주는 듯싶기도 하다. 사람들의 미래를 담보로 정치인들은 위임된 권력을 가져가지만 그 뿐인 경우가 많았기 때문에 정치 불신이 깊어지게 만들고 심지어 소신과 진정성을 가진 정치인들조차도 외면 받게 만들었다.

문재인의 말은 화려하지 않고 투박하며 담백하다. 얼마든지 말에 관해서 화려하게 꾸밀 수도 있겠지만 문재인은 그렇게 하지 않았다. 말로 먹고 살려는 이들은 말을 다듬고 꾸미겠지만, 그럴 필요가 없었다. 법조인은 법의 원칙과 적용에 충실하여야 하고 언변은 다음의 문제이다. 그러므로 변화무쌍한 언변보다는 정책과 제도를 구축하고 그것을 실현하는 것이 먼저가 되어야 한다.

중요한 것은 진정성이다. 진정성이라는 것은 자신만의 것이 아니라 사익을 넘어선 공익을 위한 것이어야 한다. 아무리 언변이 화려해도 공익이 아닌 사익에 바탕을 둔 화술은 사람들을 진정성 있게 움직이지 못한다. 한철 장사 선거판에서나 통한다. 오히려 바람이 잦아드는 형국에는 진정성 있는 말을 하는 사람이 주목을 받게 된다.

"참여정부 실패 안 해, 문재인은 노무현보다 훌륭한 대통령감"
문재인 대표가 좋은 대통령감이냐는 한 청중 질문에도 이 교수는 "문 대표는 노무현 전 대통령의 정의감, 균형감각 같은 여러 장점을 다 갖고 있고, (노 전 대통령의) 약점인 말이 많다거나 말실수가 없어 노무현보다 더 훌륭한 대통령이 될 수도 있을 것"이라면서 "공수부대 출신답지 않게 너무 신중하고 남에게 모진소리를 못해 우유부단하게 비치기도 하지만 잠재력과 장점이 많은 사람"이라고 높이 평가했다.

— 이정우 교수 "문재인 우유부단? 노무현보다 낫다", 〈오마이뉴스〉, 2015.12.13.

사실 처음에는 두 사람을 비교하지도 못했다. 대중적으로 알려진 것은 노무현이었기 때문이다. 하지만 그 활동의 진가를 본다면 문재인은 만만치 않은 기여를 해온 사람이다. 다만 대중적으로 알려진 것인가 그렇지 않은 것인가의 차이에서 인식이 달라졌을 뿐이다. 문재인의 재발견은 시대적 요구가 노무현과 문재인에 공통적으로 닿아있는 어떤 문화적 코드가 있기 때문일 것이다. 노무현과 문재인은 비슷한 점이 있지만 다른 점이 분명 있다.

참여정부 청와대 초대 정책실장, 정책기획위원장 출신 이정우 교수는 경북대 경제통상학부 명예교수직에서 퇴임하는 자리에서 문재인에 대한 질문을 받고 앞에서와 같이 말했다. 노무현과 문재인의 공통점은 정의감이 있다는 것이다. 문재인은 말이 적고, 이 때문에 말실수가 없다는 점이 장점일 수 있다. 말이 적다는 것은 신중함 때문이라고 할 수 있다. 그런데 이러한 신중함은 순발력과는 거리가 있기 때문에 비판을 받을 수도 있다. 급박한 정치적 현안에서 빨리 대응해야할 때가 있기 때문이다. 그러나 그것은 어쩌면 대변인이나 한 개인의 정치적 행보일 때는 중요하겠지만, 나라 전체를 이끌어야 할 리더에게 요구되는 것은 아닐 수 있다.

정의감이 있고 최선을 다하는 사람이라는 점은 같은 맥락에서 열심히 성실하게 일을 추진하고 완수하게 만드는 동기가 된다. 여기에서도 등장하는 지적이 문재인이 '말수가 적다'는 말이다. 그런데 단지 말이 적다는 것은 안정감을 준다는 지적이 눈에 띈다. 이러한 점은 안정적인 국정 운영과도 연결된다고 보는 의견이다. 이러한 국정운영에 대한 기대감은 꼬투리 잡힐 말을 잘 하지 않는다는 것에서 짐작할 수가 있다. 그것은 현실정치 역학을 고려한 말이라고 할 수가 있으며 문화적 정서와 제도적 정서가 다르다는 점을 말하는 것이기도 하다.

대중적인 화법을 쓰는 정치인들은 지지를 얻기 위해 시원시원하게 말을 하거나 감정을 자극하는 발언을 많이 할 수 있다. 또한 정치인들은 자신들의 지지자를 위한 발언을 인위적으로 하는 경우도 많다. 이러한 말들은 제도권 그러니까 국정 운영의 중심에 들어오기 전에는 문제가 되지 않았을 것이다. 하지만, 국정 운영의 틀에 들어오면 빌미를 제공하는 도구가 되기 쉽다. 그것의 진의가 무엇인가, 그리고 전체적인 맥락에서 어떤 의미를 갖는가는 별로 중요하게 간주되지 않기 때문이다.

거꾸로 이런 대중적인 화법이나 감정적인 단어를 잘 사용하지 않으면 주목을 받거나 지지도가 낮을 수는 있다. 이 때문에 큰 대중적인 인기를 구가하지는 못한다. 그러나 어떤 대통령을 원하는지 결정해야 한다. 당장에 귀에 솔깃한 워딩으로 주목을 끄는 대통령을 원하는지 아니면 실무적인 측면에서 국정운영을 할 사람을 선택할지를 정해야 한다.

노무현과 문재인이 콤비를 이룰 수 있었던 것은 같고도 다른 점이 있기 때문이다. 만약 같기만 했다면 콤비를 이루지 못했을 것이다. 문재인은 항상 신중했다. 전체를 파악하고 일을 진중하게 마무리하는 스타일이라고 할 수 있다. 그러나 앞에서 나서거나 말을 앞세우지는 않는다. 이 때문에 드러나는 위치에서는 돋보이지 않기도 하고, 말도 재미가 없을 수 있다. 확 마음을 사로잡을 수 없을지 모른다. 너무 신중하게 말을 하는 이들이나 순발력 있는 감성적인 화법을 구사하지 못하는 이들에게는 노무현 화법이 필요할 수도 있다.

그러한 점이 노무현과 문재인 콤비의 존재 이유였을 것이다. 무엇보다 선거과정에서 이런 순발력 있는 화법이나 감성적인 화법은 유세나 토론에서 대중적 인지도를 올리고 지지세를 모을 수는 있을 것이나 안정적인 국정 운영이라는 제도적 코드가 우선인 대통령직 수행 과정에서는 그리 긍정적일 수만은 없을 것이다. 우선 노무현 대통령 집권기의 문제점을 반면교사 삼는 것이 문재인의 과제이기도 하다. 국정 리더라면 싸움 닭, 검투사, 공격수에서 벗어나야 한다.

공자는 말에 앞서 실천을 강조했고 말을 잘하는 것을 그렇게 강조하지 않았다. 공자는 '군자는 말을 어눌하게 하고 실행은 빨리 하고자 한다(君子欲訥於言而敏於行)'라고 했고 '말을 함부로 하지 않는 것은 실천함이 꺼낸 말에 미치지 못함을 부끄러워해서다(言之不出 恥躬之不逮)'(『논어』이인(里仁)편)라고 했다. 공자는 또한 '말 잘하고 얼굴빛 잘 꾸미는 사람 중에 어진 사람은 드물 것이다(巧言令色鮮矣仁)'(『논어』학이(學而)편)라고 말한 것은 익히 많이 알려져 있다.

진정한 리더십에는 실천과 행동이 중요하며 그것이 자연스럽게 사람들을 따르게 할 것이다. 무엇보다 국정에서는 국민에게 해당되는 정책에 대한 표현이 중요할 것이다. '대통령 선거와 언어'라는 주제로 2012년 12월 1일 한겨레말글연구소 8차 연구발표회에서 나온 분석을 보면 다음과 같다. 〈힐링캠프〉에서 발언한 내용을 분석한 것이다.

> 문 후보는 정책 내용을 체계적으로 제시, 설명하려는 모습을 보였다. 종합적 측면에서 분석팀은 "상대적으로 유리한 위치의 박 후보는 쟁점이 될 만한 개념어를 쓰지 않고 짧고 적게 말하는 등 조심스러운 태도를 보인다"고 평가했다. 문 후보에 대해서는 "담화, 저술 등에서 자신의 다양한 모습을 보여줬으며, 정책 발언 등에서도 좀 더 적극적으로 자기 생각을 드러내려 했다"고 평가했다.
>
> — 한겨레, 2012.12.02 보도

문재인은 체계적으로 말을 하려 하기 때문에 표현에서 현란하거나 속도에서 빠르지 않으며 열정적으로 말하지 않을 것이다. 국정 운영에서 중요한 것은 체계적인 정리와 학습 그리고 해법의 도출과 적용이다. 이제 와서 왜 박 후보는 개념어를 쓰지 않았을까를 생각해 보니 이는 정확하게 그 개념을 모르거나 체계화하려는 의지가 없기 때문이었던 것 같다.

17.
권력의지가 없는 이유 — 운명적 소명의 리더십

Q. (문 이사장에게) 권력의지가 부족하다는 지적이 있어요.

A. 권력의지라는 말의 뜻을 잘 모르겠는데요. 권력욕? 권력에 대한 욕심? 욕심의 관철을 위해서 올인하는? 그런 것을 말한다면 없는 거 확실하죠. 권력의지가 좋다 나쁘다가 아니라 현실 정치의 어려움을 생각하면 의지가 중요할 것 같습니다. 어떻든 그런 면에서 나는 거리가 있다고 생각합니다.

Q. 누구를 위한 권력의지인지가 중요하지 않을까요. 나를 위한 것이냐, 나라를 위한 것이냐….

A. 역사 발전을 위해 일한다고 하면 (권력의지보다) 소명의식이란 말이 적당할 듯합니다.

— [허문명 기자의 사람이야기] 문재인 노무현재단 이사장, 〈동아일보〉, 2011.08.08

문재인의 '권력의지' 엔 늘 물음표가 따랐다. 오스트리아 심리학자 알프레드 아들러는 '권력의지' 를 '인간의 행동에 동기를 부여하는 원천' 이라고 규정했다. 대통령이 되겠다는 정치인 문재인에게 자신의 정치 행동에 동기를 부여하는 원천이 취약한 게 아니냐는 의구심이 따르는 건 중대한 문제다.

문재인의 권력의지에 대한 의문에는 "대선 출마라는 정치적 결단의 원천은 권력의지가 아니라 공공의 책무에 대한 강한 소명의식"이라고 답한다. 그는 7월 12일 한 토크 콘서트에서 "대통령에게는 권력의지가 아니라 소명의식이 필요하다"며 "소명의식 면에서 나는 그동안 국가가 필요로 하는 방향으로 살아왔다고 자부한다"고 말했다. 그는 '권력의지'에 대해 "내가 생각하는 권력의지는 권력욕이다. 권력의지가 넘치는 사람들이 그동안 쿠데타를 일으켜 총칼로 권력을 탈취하는 등 대한민국을 망쳐왔다"고 평가했다.

— 문재인 '소명의식'만으로 대통령 될 수 있을까, 〈한겨레〉, 2012.08.21

문재인에게 가장 많이 쏟아지는 말 가운데 하나는 권력의지가 없다는 말일 것이다. 권력의지. 딱 들으면 알 수도 있는 말인데 곧 모르겠다는 생각이 든다. 니체의 책에 나오는 권력의지도 아니고, 그 개념이 무엇일지 모호하다는 것을. 흔히 권력에 대한 욕심을 내라는 말이 될지 모른다. 권력에 대한 욕심을 가져야 동력이 생기기 때문이다. 인간은 본래 이기심의 동물이기 때문인가. 자기에게 이익이 안 되면 움직이지 않으니 말이다.

하지만 모든 사람들이 그런 것은 아니다. 또한 개인적인 권력욕만을 채우려 한다면 민주주의 정치 원칙에 맞지 않을 것이다. 물론 여기에서 의지라는 말은 욕망이라는 동물적인 부분이 아니라 이성적인 뜻을 말하는 것이겠다. 그러려면 누구를 위한 권력의지가 중요한 것이다. 문재인 권력의지보다는 '소명의식'이라는 말을 입에 담고 있다. 그것은 바람직한 사회에 기여하기 위한 소명의식이라고 할 수 있다.

문재인은 일단 기존의 권력의지 개념들을 정면으로 부정하고 있다. 권력의지가 부정적으로 작용했기 때문이다. 권력의지 때문에 쿠데타를 일으키고 장기 독재를 한 것은 분명한 사실이다. 당연히 이는 국민에게 피해를 주고 민주주의를 망치는 행태로 이어졌다. 대통령에게는 권력의지가 먼저가 아니라 소명의식이 먼저이다. 소명의식이 있어야 권력의지가 어떤 방향성에서 동기로 작동할 수 있게 하니 말이다. 물론 문재인은 편안한 길을 버리고 인권 변호사로 시민운동가의 삶을 살았다. 권력을 추구하기 위해 그런 행동을 하지 않았다. 그렇기 때문에 오히려 권력을 제발 추구하라고 말하는 것이겠다. 하지만 분명한 것은 권력의지와 소명의식의 우선순위가 바뀌면 곤란하다는 것이다. 그런데 단지 이런 소명의식에만 머물러서 대선후보까지 나온 것은 아니었다.

"노 변호사는 당선되자마자 국회 청문회 스타가 돼 우리를 뿌듯하게 만들었다. 그러나 영광도 컸지만 좌절과 고통도 많았다. 나는 그의 좌절과 고통을 볼 때마다 그의 정치 입문을 찬성했던 것을 후회했다. 그도 힘들 때는 '당신들이 정치로 내보냈으니 책임지라'고 농담처럼 말하곤 했다.

실제로 그에게 변호사로 돌아올 것을 권유한 적도 두어 번 있다. 국회의원에 낙선해 원외에 있을 때였다. 정치를 영 그만두라고 권유한 것은 아니다. 고생하며 원외활동을 하니 변호사로 돌아와서 인권변호사 활동과 지역 활동을 하면서 지역 기반을 더 닦고 선거 때가 돼 해볼 만하면 그때 다시 선거에 나서면 되지 않느냐는 논리였다. 그러나 빠져나오지 못했다. 정치를 그만둘 기회가 한 번 있긴 했다. 종로를 버리고 부산 강서에서 출마해 낙선했을 때였다. 그때 그는 내게, 이번에 낙선하면 정치를 그만두겠다고 말했었다. 그런데 낙선하자 오히려 원칙의 정치인, 바보 노무현으로 국민들에게 감동을 주는 이변이 일어났다. 그 힘으로 재기했고 끝내 대통령이 됐다. 그러나 비운의 일을 겪고 나니 역시 처음부터 정치세계로 들어가는 것을 말렸어야 했다는 회한이 남는다."

― 문갑식, 〈문재인 전기〉에서

부림 사건을 계기로 노무현은 잘 알지 못했던 공안 사건의 실체를 접하게 된다. 하지만 그것을 온몸으로 겪어온 당사자는 문재인이었다. 노무현이 부러웠던 것은 처음에 그런 경험적 자산이었을 것이다. 그래서 더욱 열정적이지 않았을까. 노무현은 문재인을 만나면서 현실을 생생하게 알게 된다. 여기에서 정치권에 노무현이 갈 때 문재인은 적극 추천했는데 이러한 점을 후회한다는 대목에 눈길이 갈 수밖에 없었다. 물론 문재인의 시각에서는 노무현이 잘 할 것이라고 판단했을 것이다. 노무현은 당시 열정덩어리였으니까 말이다. 더구나 노무현은 문재인보다 연장자였고 사법고시 선배님이었다. 이런 부분에서는 문재인도 장유유서 원칙에 충실했다. 결과론적으로 정치에 보낸 것, 그만두지 못하게 한 것에 대한 인간적인 고뇌가 문재인에게 있는 것이다. 그렇다고 해서 그 활동들을 모두 부정해 버릴 수는 없는 것이다. 그것에 대한 일정한 책임을 져야 할 필요성도 있기 때문이다. 그것이 어쩌면 문재인이 스스로 말하는 운명인지 모른다. 이미 운명은 그때 시작되었으니 그것을 받아들여야 한다고 생각한 것이다.

Q. 대통령 출마를 결심하면서 '운명'이라고 말을 했는데 어떤 '운명'이었는지 구체적으로 얘기해 달라.

A. 노무현·김대중 두 분의 대통령이 돌아가시고 이명박 정권의 실정과 국민의 절망을 보면서 내 힘이 필요하다면 보태는 것이 나의 운명이 아닌가 고민했다. 박근혜 후보가 유력한 대선후보로 떠오르는 것을 보면서 굴절된 역사의 퇴행에 대한 위기감도 들었다. 역사를 바로 잡고 새로운 정치, 새로운 시대를 여는데 내가 도구가 될 수 있다면 기꺼이 받아들이기로 했다. 그리고 올바른 역사를 지키고 낡은 시대를 교체하는 것이 나에게 주어진 시대적 소명이라고 판단했다. 그 소명을 다하기 위해 지금 최선을 다하고 있다.

— [창간 6주년 기념 단독 인터뷰]민주통합당 문재인 대선후보, 〈CNB저널〉, 2012.11.19.

Q. 이번 대선이 '문재인의 운명', '박근혜의 꿈', '안철수의 생각' 간 대결이라는 말이 있습니다. 대통령을 운명으로 받아들이기로 결심하기까지 가장 크게 영향을 끼친 것은 무엇인가요?

A. 사실 그동안 정치가 제 운명이 될 거라고는 생각하지 않았습니다. 시민의 한 사람으로서 최선을 다하는 것도 사회 변화에 도움을 줄 수 있다고 믿었죠. 그러다 현 정부 5년 동안 너무나 많은 국민들이 상처 입고 도탄에 빠지는 것을 보며 차츰 저의 사명에 대해

생각하게 됐어요. 결정적인 영향을 받은 것은 노무현 전 대통령과 김대중 전 대통령 두 분의 서거입니다. 특히 노 전 대통령께서 돌아가셨을 때는 참 힘들었습니다. 단지 슬픔 때문에 힘든 것만은 아니었어요. 검찰의 표적수사와 정치적 탄압이 있었고 민주주의의 파탄을 단적으로 보여준 사례였습니다. 정권을 재창출하지 못하고 넘겨주며 발생한 일에 대한 책임감과, 그로 인해 힘들어하는 국민께 송구스러운 마음이 컸습니다. 다시 바로잡아야겠다는 사명감도 점점 강하게 자리를 잡았고 결국 제가 감당해야겠다는 결심을 하게 됐습니다. 그렇게 저의 운명을 받아들이게 됐습니다.

— [대선 후보 직격 인터뷰] 문재인 민주통합당 대선 후보, 〈레이디경향〉, 2012년 11월호

문재인은 처음에 정치가 자신의 운명이라고 생각하지 않았다. 한 사람의 시민으로 최선을 다하면 사회가 변화할 수 있다고 생각했다. 자신이 국정운영의 중심에서 변화를 이끌어야겠다는 생각을 하지 않았다. 아마 그런 일이 올 것이라 생각하지도 않았을 것이다. 자신이 기여할 영역에 충실하자는 생각이었다. 그런 면에서 권력의지가 없는 것은 매우 오래되고 일관된 것이었던 셈이다.

그러나 이미 운명은 시작되었음을 인정해야 했다. 운명 이전에 문재인은 사명 그리고 소명이라는 말을 사용한다. 소명이란 어떤 일에 대해서 신념을 공적으로 부여받은 것을 말한다. 단지 개인의 욕망과는 다른 면이다. 사명이라는 것은 좀 더 좁은 범위에서 해야 할 일이며 소명이라는 것은 운명적인 명령이라고 보아야 할 것이다. 이는 단지 추상적인 명제가 아니라 좀 더 구체적이다. 노무현·

김대중 대통령 서거가 가장 중요하며 민주주의가 파탄 난 것을 이유로 꼽고 있다. 그에 대한 책임감을 느끼고 바로잡아야겠다는 생각, 그런 운명을 받아들이겠다고 마음먹은 것이다. 물론 그러한 다짐이 있었음에도 항상 권력의지가 부족하다고 말을 들었다.

Q. 지난번에 나오셨을 때 지적받았던 것 중 하나가 권력 의지가 부족하단 것이었다.

A. 지금은 정말 절박해졌다. 지난 번 대선 패배 때문에 지금 우리 국민들이 처한 상황. 블랙리스트, 세월호 등을 보면 정말 절박한 심정이다.

— 2017.02.12, SBS '대선주자 국민면접' 방송에서

권력의지가 없다는 말에 대해서 전혀 신경을 쓰지 않는다면 그것은 경청하는 자세가 아닐 수 있다. 지지자조차 그런 권력의지에 대한 요구를 한다면 그것을 반영하는 노력은 보여줄 필요가 있다. 왜냐하면 그것은 권력의지가 나쁜 쪽이 아니라 긍정적인 방향으로 동기 부여하도록 보여주는 것이기 때문이다. 만약 권력의지를 거부한다면 지지자들이 부당한 권력의지를 가지라고 요구하는 것처럼 보이기 때문에 모욕이 될 수 있다. 리더는 어느 정도 단계가 되면 스스로 지지자들이 요구하는 것들을 선의지 방향에서 반영하는 것이 필요하고 그것이 대중민주주의 원리 가운데 하나라고 볼 수 있다. 2017년에 들어서면서 권력욕 아니 권력의지를 가지라는 말을 많이 들었던 때문인지 문재인은 그에 대한 의사표현을 하기 시작했다. 김경수 의원의 말을 들어보자.

Q. 이해찬 의원이 이틀 전에 이 자리에 왔어요. "문재인이 2012년은 선비였는데 지금은 완전히 정치인, 정치리더로 바뀌었다"고 했습니다. 가까이에서 볼 때 그런 변화를 정말 실감하십니까?

A. 안 바뀌면 문제가 있죠. (웃음) 전 2012년에 공보특보에서 수행팀장하면서 6월부터 선거 끝날 때까지 계속 바로 옆에서 지켜봤는데 2012년도의 문재인은 본인이 스스로 표현하셨는데요, '호랑이 등에 탔다'고 하셨어요. 이해찬 총리 표현까지 빌리면 '호랑이 등에 탄 선비'였죠. 내리지 못하고 본인이 타고 싶어서 탄 건 아니고… 어쩔 수 없이 등에 타서 호랑이가 달리고 있으니까 끝까지 어쩔 수 없이 가야되는 건데, 지금은 제가 경남도지사 총선 선거 때문에 경남, 김해 있다가 이번에 올라와서 다시 뵙게 된 것이거든요. 순간순간 뵙기는 했지만, 이번에 다시 시작했는데 정말 많이 바뀌셨더라고요. 일단 비유를 하자면 이제는 '스스로 말에 올라탄 지도자?' 2012년에는 의무감으로 정치를 했던 것 같고, 지금은 정말 절박하다는 게 옆에서 느껴질 정도로 스스로 대단히 절박해지신 것 같아요.

Q. 스스로 탔다는 건 즐긴다는 표현이 가능할까요? 스스로 택하면 즐거운데요. 행복해보이십니까?

A. 2012년에 비하면 이번엔 선거가, 2012년은 수도승 같았다면 이번에는 정치인처럼 시민들 만나고 사람들을 만나면 거기서부터 에너지를 얻어야 정치를 할 수 있습니다. 그렇지 않고 그게 일이 되고 숙제가 돼버리면 힘들어서 못하거든요. 2012년도는 옆에서 보면 그런 점이 좀 있었어요. 그런데 요즘 와서 보니까 행사장

같은 데서 인사하며 다니시지 않습니까. 저 구석에 수줍어 못 나오는 분은 구석구석까지 찾아가서 꼭 악수를 하고 오시더라고요. (웃음)

Q. 큰 변화네요.

A. 엄청난 변화죠.

Q. 예전엔 앞자리 있던 사람에게만 하더니 이제는 끝까지 찾아가서…

A. 5년 전에는 자유롭게 잘 살고 있는 사람을 당신들이 불러내서 대통령 선거에 출마시켰으니 '당신들이 나를 도와주세요' 였죠. 그러니 가서 도와달라고 부탁하는 것도 쉽지 않고. 그런데 내가 절박하고, 정권교체가 절박하고, 제대로 된 정치가 절박하니까 이번엔 꼭 제대로 해야 되겠다 싶으니까 사람들에게 악수도 청하고 도와달라고 부탁도 청하고… 그런 것 같아요.

— "문재인, 이번 대선엔 스스로 말 탔다", 〈오마이뉴스〉, 2017.02.09.

2004년 2월, 취임1주년 KBS 특별대담 '도올이 만난 대통령'에서 노무현 대통령은 "후보가 되고 나서 후보의 처지가 호랑이 등에 탄 사람 처지여서 내릴 수가 없습니다"라고 했다. 여기에서 그렇게 '호랑이'라는 말이 등장했던 적이 있다. 문재인에 관한 담론에서 호랑이가 등장하는 것도 이러한 맥락에서 이해할 수가 있을 것이다.

문재인에게는 마음의 빚이 있는데 하나는 전직 두 대통령에게 있는 것이고 특히 노무현 대통령에게 더욱 그러하다. 또한 지난 대선에서 패배한 것에 대한 마음의 빚으로 절반의 국민에게 진 빚이기도 했다. 부채의식이 그를 짓누르기도 하지만 동인이 되어야 했다. 어쨌든 자신이 적극적인 의사가 없었고, 단지 의무감에 나온 것이기는 해도 정권 교체의 소중한 기회를 놓치는 바람에 세월호 참사, 남북대결 심화는 물론이고 최순실 국정 농단까지 터져 버렸다.

문재인이 2012년 대선에서 진 것이 그 개인에게만 한정되는 잘못은 아니다. 정치적 역학상에서 발생하는 패배요인도 얼마든지 있었다. 한편으로 개인적으로 더 분발했더라면 하는 아쉬움이 존재할 것이다. 지난번에 패배를 했기 때문에 다시금 성공시켜야 한다는 마음의 빚이 있을 수밖에 없다. 더구나 앞선 대통령들이나 지난 시기에 추진했던 과업들이나 정책 과제들을 다시금 추진해야하는 것은 단지 개인적인 욕심이 아니라 전국민에게 해당되는 사항이 많기 때문이다.

정치는 자신에게 맞지 않는다며 거부할 계제가 아니라 즉 그 선택의 여지가 없이 자신의 소명 그러니까 자신의 운명이라는 점을 인정하고 스스로 말을 타고 혹은 스스로 호랑이를 탈 수밖에 없는 것이다. 스스로 나 잘나서가 아니라 그것이 그에 부여된 미션이다. 그것을 거부할 때 더 참혹한 일들로 죄 없는 국민들이 희생될 수도 있기 때문이다. 문재인이 힘을 내게 된 것은 지난 대선에서 패배했음에도 불구하고 많은 이들이 계속 지지를 해주고 있었기 때문이다. 아무도 지지하지 않는데 스스로 자기가 대통령이 되겠다고 먼저 나서는 경우는 얼마나 많은가. 문재인의 경우는 기존의 정치 리더십에서는 볼 수가 없는 일이다. 그것은 역시 시대적 소명과도 맞물려 있는 것이겠다.

문재인이 고배를 마셨을 때 주변에선 그의 나약한 권력의지를 탓했다. 대선기간 내내 참모들과 지지자들은 "절실한 권력의지를 가져야 한다"며 그를 종용했고, 급기야 대선에서 패하자 "누가 더 권력을 쟁취하겠다는 의지가 강했느냐가 승부를 갈랐다"는 이야기가 나왔다.

그도 그럴 것이 문재인은 원래 정치할 생각이 없었던 인물이다. '친구이자 동지'인 노무현이 대통령에 당선되고 초대 민정수석으로 청와대에 입성해 참여정부의 상징적 인물이 됐지만 그는 노무현 캠프의 '부산팀' 좌장으로 정권의 도덕성을 지키는 역할에 만족했다. '찬조연설 한 번 못 해 주나. 다 정권 잘되자고 하는 건데 혼자 독야청청 하면 다냐'는 말들이 선거 때 수없이 나돌았다. 일선에서 지켜본 그는 '정치는 절대 안 한다'는 표현이 어울릴 정도로 냉정하게 정치와는 철저히 담을 쌓았다. 그러나 2009년 5월. 노무현의 죽음은 문재인의 모든 것을 바꿔 놓았다. 그야말로 '운명'처럼 정치권 한가운데로 이끌려 왔고 이제 가장 유력한 차기 대권 위치에 서 있다.

— [편집국에서] 문재인의 권력의지, 〈부산일보〉, 2017.01.22.

18.
세상에서 가장 무서운 사람
─ 빈자(貧者無敵), 빈자의 리더십

"차 한 잔을 앞에 놓고 꽤 많은 이야기를 나눴던 기억이 난다. 내가 학창 시절 데모하다 제적당하고 구속됐던 얘기, 그 때문에 판사 임용이 안 된 얘기…. 노 변호사는 자신이 변론했던 '부림사건' 경험을 얘기하면서 그런 일로 판사 임용이 안 된 것에 대해 진심으로 함께 분노해 주었다. 그리고 당신의 꿈을 얘기했다. 인권변호사로서 어떻게 하겠다는 얘기는 아니었고 깨끗한 변호사가 되고 싶다는 소망을 얘기했다. 특히 '깨끗한 변호사'는 해보니 마음처럼 쉽지가 않더라고 고백했다. 나하고 같이 일을 하게 되면 그걸 계기로, 함께 깨끗한 변호사를 해보자고 했다. 따뜻한 마음이 와 닿았다. 그날 바로 같이 일을 하기로 결정했다."

─ 문갑식, 〈문재인 전기〉에서

이렇게 80~90년대 부산경남지역 노동관련 소송을 혼자 도맡아 했으니 돈을 많이 벌었겠지, 라고 사람들은 오해할 수도 있을 테다. 하지만 실상은 전혀 그렇지 않았다. 해고 관련 소송의 경우 당사자의 사정이 어렵다 보니 외상이 많았고 수임료도 거의 필요 경비 정도에 불과했다. 그리고 산업재해 관련 소송과는 달리 승소율도 그다지 높지 않았다. 또한 노동쟁의 사건의 경우에는 소송당사자도 많고 검토해야 할 관련 기록도 엄청 많았으나 수임료는 염가였고 승소율 또한 기대에 미치지 못했다. 문 변호사님은 오직 노동운동에 대한 애정과 책임으로 이 모든 소송을 맡은 것이었다.

— 노동상담소 소장, 그리고 깽깽이풀, 설동일(부산 혁신과 통합 상임대표)

학창시절 시위하다가 제적, 구속당하고도 문재인은 사법고시를 합격했고 사법연수원을 차석으로 졸업했으나 학생운동 전력이 문제가 돼 판사에 임용되지 못하자 변호사의 길을 택했다. '김앤장' 등 대형 로펌의 제안을 뿌리치고 1982년 부산으로 낙향했고 노무현 변호사를 만났다.

그 첫 만남에서 그들의 행보와 역사는 시작되었다. 그들이 공통적으로 합의를 하고 같은 방향을 본 것은 깨끗함이었다. 진흙 속에 피어난 연꽃을 생각했을까. 인권변호사나 거창한 정치가 아니었고 깨끗한 변호사가 되고 싶다고 했다는 것. 더구나 깨끗한 변호사가 쉽지 않더라는 말은 더욱 눈길을 끈다. 그러한 말을 했을 때 중요한 것은 그 말을 받아들이는 사람이다. 문재인은 그 말에 대해서 따뜻한 마음을 느꼈고 그래서 일을 같이 하기로 결심했다고 한다. 여기에서 깨끗하다는 것은 부당하게 돈을 벌지 않겠다는 의미를 갖는다. 부당하게 돈을 벌지 않는다는 것은 부자가 될 수 없다는 것을 의미하기도 했다.

"특히 노 변호사는 마치 운동에 처음 뛰어든 대학생처럼 열정이 넘쳤다. 또한 헌신적이었다. 당신의 삶 자체를 민중적인 삶으로 바꿔야 한다는 생각을 가졌다. 이전의 생활방식을 바꾸려고 노력했다. 식사도 비싼 음식을 피했고 술도 비싼 술을 피했다. 좋아하던 요트 스포츠도 그만뒀다. 그런 모습 때문에 나는 지금까지도 골프를 치지 않는다. 그 시절 골프장 건설을 강력하게 반대하는 환경운동가들의 주장에 동조하면서 다른 한편으로 골프를 친다는 것은 용납할 수 없는 일이라고 생각했었다. 술도 마찬가지다. 양주나 와인보다 소주나 막걸리가 편하다. 술은 1차에서 끝내고 내가 선택할 수 있는 한 폭탄주도 마시지 않는다."

— 문갑식, 〈문재인 전기〉에서

아마도 노무현은 부림 사건을 겪게 되면서 자신의 사적인 이익보다는 공적인 가치를 생각하는 사람들에 대한 방향성이 생긴 것으로 보인다. 사회적 가치에 열정을 다하는 젊은 대학생이 된 듯이 말이다. 비싼 음식이나 술을 먹지 않고 요트도 그만 두었다. 사실 변호사의 처지에서는 그리 엄청난 것도 당시에는 아니었는데 말이다. 이러한 노무현의 행동은 문재인에게도 영향을 주었다. 골프를 한 번도 치지 않은 것이 그 단적인 사례인 것이다.

문 후보는 노 전 대통령과의 첫 만남을 회상하면서 "매우 소탈하고 격의가 없었다. 같은 과에 속한 사람이라는 동질감을 강하게 느꼈다. 그리고 의기투합해 만남 당일 변호사 동업을 결정하고 일을 시작했다"고 말한다.

문 후보는 "그와 일하며 당시 관행처럼 되어 있던 사건 알선 브로커를 단칼에 끊어버렸고, 판검사에 대한 접대도 안했다. 당연히 수입은 줄었지만 사무실을 운영하는데 어려움을 겪을 정도는 아니었다"고 회고하고 있다.

피난민 생활 등을 하며 평소 근검절약 습관이 몸에 배어 있었던 것이 그 당시 두 사람을 버틸 수 있게 한 힘이었다.

그들의 일련의 활동들은 법조계에서 입소문을 탔고, 이후 각종 인권, 시국, 노동 사건을 기꺼이 맡다보니 자연스럽게 인권변호사의 길을 걷게 된다. 두 변호사의 사무실은 부산, 경남, 울산의 노동 인권 사건의 센터처럼 변했고, 둘은 재야운동에도 깊숙이 발을 들여놓게 된다.

— [문재인 민주 후보 확정]문재인은 누구…월남 피난민 아들에서 대통령 후보로… 〈뉴스1〉, 2012.09.16.

그들이 당시 부산 사무실을 합동 운영하면서 어떻게 활동했는지 짐작을 할 수 있는 내용들이다. 사건 알선 브로커를 끊어버리거나 판검사에 대한 접대도 하지 않았다는 점이 대표적이다. 물론 이러한 상황은 수입의 감소로 이어졌음은 자명했다. 그러나 문재인의 경우에는 어려운 피난민 생활에서 얻어진 근검절약 습관이 배어 어렵지 않다고 했다. 그것은 가난이 준 또 하나의 선물이라고 할만 했다. 소탈하고 격의가 없는 같은 과의 사람이라고 노무현을 평가했으니 노무현도 근검절약하는 스타일임에 분명했다. 그렇게 물질적인 욕망에서 자유로웠기 때문에 인권변호사 활동을 할 수가 있었다. 만약 깨끗하지 못한 행위들을 많이 했다면 그렇게 할 수가 없었을 것이다.

2004년 2월 12일, 나는 민정수석을 사퇴했다. 내 의사와 무관하게, 총선에 나가야 한다는 '징발론'이 당에서 제기되었다. 이해할 수 있는 요구였다. 하지만 그 이면에는 나의 원칙주의를 불편해 했던 당의 인사들이 차제에 나를 청와대에서 내보내려는 의도도 일부 깔려 있었다.

출마에 뜻이 없었던 나는 아예 민정수석 직을 그만두기로 했다. 건강상의 이유를 핑계로 사의를 표명하고 2004년 2월 12일에 정식으로 민정수석을 사퇴했다. 청와대 들어온 지 1년 만의 해방이었다. 대통령과 안에서 고생하는 분들에게는 미안했지만 어쩔 수 없었다. 모처럼 꿈같은 자유였다.

— 2012년 문재인이 블로그에 올린 글

2004년 2월 히말라야 포카라의 비경(秘境). 참여정부 첫 민정수석비서관 자리를 1년 만에 그만두고 향한 곳이었다. 수많은 난제와 격무의 연속으로 상할 대로 상한 몸을 안은 채였다. 매우 아름다웠다. "그때 설렘이 잊혀지지 않는다"고 했다. 그러나 히말라야 여행 중 노 대통령 탄핵 소식을 접했다. 급히 귀국해 탄핵 심리 법률대리인으로 나섰다. 헌재의 결정은 기각. 문 후보는 "다수당의 수적 횡포에 공분하여 맡은 사건이었다. 국민들의 건강한 상식을 법적으로 설명해 감격스러웠다"고 했다.

2007년 3월 청와대 비서실장이 된 문 후보는 이후 노 대통령 퇴임 때까지 함께했다…

문 후보는 노 대통령 퇴임과 함께 청와대를 나와 경남 양산의 시골로 낙향했다. 유배를 가는 심정이었지만 한편으론 꿈꿔왔던 생활이기도 했다. 하지만 노 전 대통령의 서거는 '운명'처럼 다시 문 후보를 '그의 길'로 끌어냈다. 문 후보는 지난해 정치권에 입문하는 이유를 "운명 같은 것이 나를 지금의 자리로 이끌어 온 것 같다"고 했다.

— [대선 후보 인물탐구](1) 내 인생의 순간들: 문재인, 〈경향신문〉 2012.12.02

　문재인은 본래 버림, 즉 비움을 잘하는 사람이었다. 애초에 욕심이 별로 없었기 때문일 것이다. 원래부터 부자가 되기 위해 사법고시를 본 것도 아니고 단지 어떤 성취를 부모님 특히 어머니에게 보여주기를 바랐다. 물론 개인적으로 안정적이고 의미 있는 직업이면 좋겠다는 생각을 하고 있었으나 평소에 변호사는 어려운 사람을 도와줄 수 있기 때문에 좋은 직업이라고 생각했다.

　문재인은 민정수석비서관을 그만두고 히말라야를 찾았다. 민정수석비서관만 하겠다고 했고, 정치권에 발을 들여 놓을 생각이 없었기 때문에 언제든 떠날 수 있다고 판단했다. 물론 좋아하는 히말라야는 오래 있지 못했다. 노무현 대통령 탄핵사건이 일어났기 때문이다. 퇴임 후에는 양산의 시골로 낙향을 했으나 결국 다시 돌아올 수밖에 없었다. 그는 본래 털고 비우고 떠나고 싶어 하는 사람이었다. 하지만 여러 상황은 그렇게 내버려 두지 않았다.

　Q. 얼마 전 참여정부에서 비서실장을 지낸 게 가장 후회스러운 일이라고 했는데 그 이유는?

　A. 대단히 정무적인 역할인 비서실장을 맡음으로써 제가 져야 했던, 지금도 지는 짐들이 버겁다는 의미다. 법률가가 할 수 있는

일이라고 생각해 정치와 같은 다른 역할은 요구하지 말라는 부탁과 함께 참여정부의 민정수석을 맡았는데 거기서 끝났어야 했다.

— 〈인터뷰〉 문재인 '민주당 변할수록 安風 잦아든다', 〈연합뉴스〉, 2012.11.22.

인자무적이라는 말이 있다. 맹자(孟子)의 '양혜왕장구(梁惠王章句)' 편에 나오는 '인자무적'은 우리가 흔히 가훈이나 경구(警句)로 사용한다. '인(仁)을 가진 자는 적이 없다'는 의미로 해석되기도 한다. 본래 '어진 일을 실천하는 사람은 누구도 대적할 자가 없다'는 뜻이다. 양혜왕이 맹자에게 전쟁의 치욕을 어떻게 하면 씻을 수 있는지 묻자, 맹자는 "인자한 정치로 형벌을 가볍게 하고, 세금을 줄이고, 장정들에게는 효성, 충성, 신용을 가르친다면, 몽둥이로도 진ㆍ초나라의 견고한 군대를 이길 수 있다. 또 진실로 어진 정치를 펼친다면 반대하는 세력이 없고 전쟁이 일어나도 민심이 떠나지 않는다"고 답했다. 한편 공자는 "오직 어진 사람만이 능히 다른 사람을 좋아할 수 있고, 오직 어진 사람만이 다른 사람을 미워할 수 있다"고 했다. 이제 인자무적은 빈자무적으로 바꾸어야 할지 모른다.

문재인은 빈자이다. 그렇기 때문에 빈자무적이다. 세상에 가장 무서운 사람 가운데 하나는 아무것도 잃을 게 없는 사람들이다. 아무것도 잃을 것이 없는 사람들이 오히려 세상을 바꾸기도 한다. 많이 가질수록 많은 욕망이 있을수록 사회가 바뀌는 것을 원하지 않는다. 대개 그러한 마음과 물적 조건을 갖고 있으면 기득권 안에 있다고 말한다. 그렇기 때문에 세상을 바꾼다는 것은 그러한 틀 밖에 있는 빈자들이 할 수 있는 일일 것이다. 입으로는 세상을 바꾼다고는 하지만 그것은 있는 이들에게는 어려운 일이다.

1988년 4월 노무현은 13대 국회의원이 됐다. 부산에서 변호사 활동을 하던 문재인은 2001년 대선 출마를 선언한 노무현을 도와 부산선대본부장을 맡았다. 대통령에 당선된 노무현은 문재인에게 민정수석비서관을 맡긴다. 문재인은 '민정수석으로 끝낸다' '정치하라고 하지 않는다'는 조건으로 민정수석을 맡았다. 그러나 문재인은 이후 시민사회수석, 대통령 비서실장을 맡았고 노무현 서거 이후 친노 세력의 상징이 되면서 운명처럼 대통령에 도전하는 길을 걷게 됐다.

— [대선 주자 톺아보기-①] 문재인 前 더불어민주당 대표, "나만큼 준비되고 검증받은 후보 있나", 소종섭 편집위원, 〈시사저널〉, 2017.01.25.

문재인은 정치를 하지 않으려고 했음에도 불구하고 정치를 하게 되었다. 다른 이들은 그렇게 들어가고 싶어 하는 청와대도 들어가기 싫어했으나 들어가야 했다. 다시 나왔는데도 다시 들어가야 했다. 국회의원을 시켜준다고 해도 거부했다. 그것 때문에 비난도 받아야 했다. 그렇게 하기 싫은 국회의원에 당선이 되었다. 그리고 대통령 후보에 올랐다. 자신이 원하지도 않는 일이었다. 오히려 그가 하기 싫어할수록 멀리할수록 그것은 가까워졌다. 비어낼수록 채워졌다. 노자의 철학과 같이 비어내야 쓸모가 있는 것처럼 말이다.

욕심이 없는 사람이 무서운 것은 어떤 유혹에도 잘 넘어가지 않기 때문이다. 빈자는 유혹에 넘어갈 가능성이 적다. 욕망이 많을수록 혹하기 때문에 그것을 갖고자 탐하다가 부정부패나 스캔들, 그리고 과욕에 따른 정책 실패를 갖게 된다. 문재인의 본성은 욕망이 없음에서 출발한다. 빈자무적인 이유라고 할 수가 있다. 한편으로 계속 욕망을 가지라고 주문하는 것은 형식적으로 받아들일 수밖에 없으며 대통령 직무 수행에서는 중요치 않을 것이다.

문재인의 가계도는 평범하다. 형제는 2남3녀다. 누나 문재월과 여동생 문재성은 주부이고, 남동생 문재익은 원양어선 선장이며. 막내 여동생 문재실은 어머니를 모시고 부산 영도에서 살고 있다. 대개 집안이 빵빵한 것을 자랑하고 드러내놓기 쉬운데 그렇지 않을수록 더욱 더 문제가 되지 않으니 그것도 빈자 무적이라고 할 수가 있을 것이다. 평범 소박할수록 오히려 큰 힘을 가진다는 역설이 가능해지는 것이다.

언제든 문재인은 훌훌 떠나기를 원한다. 기존 정치가 계속 자기 세력을 확장하기 위해서 과욕을 부리는 것과는 다른 리더십을 보이는 것이다. 국민주권주의에서 가장 우선인 것은 국민의 권리와 행복이라고 볼 수 있으니 사실상 대리자들은 언제든 훌훌 떠나고 다른 이들이 부름을 대기해야 하는데 우리 정치는 적어도 그런 진정한 대리자 혹은 서번트 리더십에서 벗어나 있는 것만은 분명해 보인다.

> "확실히 말해두겠다. 나는 정권 교체라는 국민의 열망을 구현하는 대의에만 헌신하겠다. 내가 꼭 대통령을 해야 한다는 직위에 대한 집념은 없다. 단지 현재로서는 내가 가장 유력하다고 생각하기 때문에 최선을 다할 뿐이다."
> — [도올이 묻고 문재인이 답하다] '사드는 차기 정권 넘기고, 개성공단 즉각 재개해야', 〈중앙일보〉, 2016.12.16

19.
경력이 없다?
─ 시대적 부름, 기득권 없는 리더

경력도 고개를 갸우뚱하게 만든다. 그는 노무현 정부 시절 대통령 비서실장을 역임하는 등 청와대에 근무한 것이 전부다. 그는 이를 놓고 "대통령 시선으로 국정을 경험한 것"이라고 말한다. 그러나 일국의 지도자감으로는 부족해 보인다. 당내에서조차 "조수석에 있던 사람은 대한민국호를 이끌고 갈 수 없다"거나 "자질을 충분히 검증받지 못한 만큼 채울 게 많은 빈 수레"라는 얘기가 나온다.

─ [김진홍 칼럼] 문재인 후보가 지지율 더 높이려면, 〈국민일보〉, 2012.08.14

문재인은 2002년 대선 때 부산선대위원장으로 현실정치에 발을 들여놓았다. 그리고 대통령민정수석, 시민사회수석, 정무특보, 비서실장 등으로 노무현 정치의 '도전과 좌절'을 함께했다. 작년부터는 이해찬 등과 야권통합 정치의 앞줄에 서있다. 이런 문재인도 정치판의 이해(利害)와 갈등을 뚫고나가는 게 "힘들다"고 털어놓는다. 대한민국 5000만 국민의 맨 앞자리에 서는 일은 백배 천배 힘들 것이다.

─ [배인준 칼럼] 문재인을 보며 안철수를 생각한다, 〈동아일보〉, 2012.05.02.

사람은 경험의 존재라고 대개 말을 한다. 이 때문에 경험이 많은 연륜의 인사가 배치되어야 한다는 논리가 성립할 수가 있다. 그런데 이렇게 되면 문제가 생길 수도 있다. 개인 스스로 시대적 요청에 맞지 않고 문화 지체에 시달릴 수도 있다. 또한 구시대 인사가 오랫동안 국정에 관여하게 된다는 점도 있다.

박근혜 정권의 김기춘 전 실장이 대표적이라 할 수 있다. 아니 그들은 구세력이 주류인양 재등장했다. 화석이 마치 살아있는 존재인 것처럼 했지만 그것은 좀비와 같았다. 오랫동안 정권의 핵심에 있으면서 구폐를 만들어냈음에도 경륜이라는 이름으로 활동할 수가 있었다. 무엇보다 국정은 시스템으로 운영되는 측면이 있기 때문에 그것을 본다면 개인이 모든 직위를 다 해 볼 필요는 없을 것이다. 국정 운영의 메커니즘을 아는 것이 중요하다. 또한 해당 사안 별로 전반적인 흐름을 알고 구체적인 영역의 맥락을 인지하는 것이 중요할 것이다. 사실 대통령 선거의 경우에는 경륜이라는 것이 모순에 빠지는 것이다. 이는 오바마의 사례에서도 충분히 드러났다.

문재인이 비서실장을 역임한 것이 전부이기 때문에 대통령이 될 수 없다면 그것은 맞는 말이 아니다. 왜냐하면, 대통령을 해본 사람은 없기 때문이다. 박근혜 대통령의 경우 퍼스트레이디 역할을 해봤기 때문에 대통령 역할을 할 수 있을 것이라고 생각을 한 사람들이 있었다. 하지만 결과적으로 그것은 허구라는 점이 드러났다. 오히려 과거 청와대에서 인연을 맺어온 최순실을 통해서 온갖 국정 농단 사태가 일어났기 때문에 더욱 그러했다. 최순실은 청와대를 제집 드나들 듯이 했는데 하는 짓은 사욕을 채우기 위해 국가기관과 인사를 마음대로 조종하는 전횡을 저질렀다.

　세월호 참사 과정에서 보여준 것은 대통령이 보여줄 국정 운영이 아니라 참담한 수준의 직무 유기였고 책임회피와 무책임한 태만이었다. 심지어 비판적인 목소리를 막기 위해 블랙리스트를 작성 문화계 인사와 단체들을 탄압하거나 배제했다. 오히려 구관을 찾았더니 더 많은 문제가 발생했던 것이다. 사실 노무현 정부를 많이도 흔들었던 것은 젊고 경륜이 없기 때문에 대한민국이 불안하다는 논리에 기인했다. 하지만 지난 10년간의 정권들은 더욱 더 불안했다. 심지어 아예 귀를 닫고 자신들의 기득권을 유지하기 위해 골몰했다. 이전 10년 정부처럼 소통하려고 하는 의지가 없었다. 국민의 정부나 참여정부가 했던 소통과 개방을 통한 열린 태도와 자세는 찾아볼 수가 없었다.

　민주통합당 문재인 후보가 정치인으로 주목받기 시작한 때는 2011년 노무현 전 대통령 서거 2주기를 맞아 『운명』이라는 자전적 에세이를 내면서부터다. 이어 지난 4.11 총선에서 처음 금배지를 달자마자 대선주자 반열에 올랐다. 그리고 지금 이 순간 4명의 후보가 치열한 경쟁을 했던 민주당경선에서 57%의 압도적인 지지율로 민주당 대선후보가 되었다.

　초선 의원인 문 후보가 급부상한 이유는 뭘까. 반칙을 쓰지 않고 사심 없이 일을 처리할 듯한 참신성, 노무현 전 대통령이 궁지에 몰렸을 때도 묵묵히 그의 곁을 지킨 의리, 선해 보이는 이미지 등이 복합적으로 영향을 미치고 있을 것 같다. 기존 정치권에 대한 불신감이 문 후보 지지로 이어지고 있는 셈이다. "암울한 시대가 저를 정치로 불러냈다"는 그의 발언도 유사한 맥락이다.

— [김진홍 칼럼] 문재인 후보가 지지율 더 높이려면, 〈국민일보〉, 2012.08.14

기존의 정치판이든 정권이든 아니면 공조직이든지간에 이런 영역에서 오랫동안 몸을 담그지 않았던 사람을 국민들이 원하고 있다. 생각해보면 거의 허수아비에 가까운 박근혜 대통령이 국정을 이끌었는데 문재인과 같은 리더가 대한민국 국정을 이끌지 못하리라 볼 수가 없기 때문이다. 얼마나 제도권 안에 몸을 담고 있었는지가 중요한 것이 아니라 그 제도적 시스템이 민주주의에 잘 맞았는지 국민을 위한 국정 운영에 적절했는지가 중요할 것이다. 언제나 준비되었는가가 선거에서 화두가 되었다. 지금 상황에서는 다른 이들을 생각할 수 없는 것은 이 때문이다. 그것은 개인을 벗어난 시스템에서 리더십을 발휘할 수 있는가와 관련되어 있는 문제이다.

실질적으로 대통령이 모든 것을 좌지우지 하는 제왕적 대통령제에서는 아마도 문재인은 적합한 사람이 아닐지 모른다. 하지만 참여정부의 국정 운영 자체가 그런 1인자 리더십에 따른 국정운영이 이루어지지 않았기 때문에 또 문재인은 구정치권에서 잔뼈가 굵지 않은 사람이기에 새로운 잠재성과 실체성을 가질 수 있을지 모른다.

문재인 전 대표와 절친한 관계로 알려진 노영민 전 의원은 충청북도의 지역 언론인 〈충북인뉴스〉와의 인터뷰에서 참여정부 시절 전체 국정 현안 중의 95%는 문재인 당시 청와대 비서실장 선에서 처리됐다고 밝혔다. 노 전 의원의 발언에 따르면 정부 부처끼리 의견 조율이 끝내 안 돼 노무현 대통령에게까지 올라간 국정 현안은

5% 정도도 안 되었고 나머지 95%는 모두 문재인 비서실장 선에서 매듭이 지어졌다고 한다. 그래서 노 전 의원은 문재인 전 대표가 차기 대권을 잡는다면 국정 현안을 파악하기 위해 불필요한 시간 낭비를 할 일은 없을 것이라고 말하기도 했다.

— 위키백과

　이제 핵심을 말하면 문재인은 단순히 비서실장에 불과한 것이 아니라 국정현안을 조율하는 실질적인 정책 결정자 역할에 있었다는 것이다. 그것이 가능했던 것은 노무현 대통령이 단독으로 결정하는 것이 아닌 수평적인 의사결정을 추구했기 때문이다. 이 때문에 위임을 적절하게 문재인 실장에게 하였던 것이고 이 때문에 국정 전반의 현안에 대해서 그 구체성과 맥락성을 알 수가 있었던 것이다.

　수행의 방식은 카리스마 리더십을 발휘해서 호가호위하는 방식은 아니었다. 만약 그렇게 했다면 민주적인 의사결정이나 조율이 불가능했을 것이다. 물론 이 때문에 왕수석이라는 이름이 붙고 비판이 가해지기도 했다. 하지만 그것은 관철하기 위한 것이 아니라 합의를 하기 위한 경청의 왕수석이라고 보는 것이 더 타당할 것이다. 이런 입지에서 그는 잘 드러나지 않을 수밖에 없다.

　무엇보다 중요한 것은 국정에 얼마나 오랜 동안 몸을 담갔는가가 중요한 것이 아니며 어떤 눈에 번쩍 띄는 업적을 쌓았는가가 중요한 게 아니다. 해당 정책이나 영역에서 전문가는 많다. 국정 운영자 내지 정책수행자의 역할은 무엇이며 어떤 자세로 새로운 시대에 맞는 시대정신을 구현해내는가가 핵심이어야 할 것이다.

Q. '왜 문재인이 대통령이 돼야 하는가'를 말해달라.

A. 촛불민심은 적폐 대청산, 그리고 새로운 대한민국을 위한 대개혁을 요구하고 있다. 그런 변화와 개혁이라는 것에 대해서 내가 가장 절박한 의지를 가지고 있다는 말씀을 드린다. 저는 과거에 민주화운동을 했고, 인권변호사 역할을 했고 정치에 들어온 지금까지 줄곧 일관되게 세상을 바꾸려는 노력을 했다. 그래서 변화와 개혁의 적임자라는 말씀을 드린다. 두 번째로 저는 검증이 끝난 사람이다. 오랜 기간 많은 공격을 받았고 뒷조사도 당하고 했지만 '털어도 털어도 먼지 안 나는 사람이다' 이런 평을 들었다. 깨끗하고 청렴하다는 부분은 저를 반대하는 사람도 다 인정하고 있다. 사외이사도 한 적 없고 참여정부 기간에는 변호사 개업도 하지 않았다. 더 이상 검증 받을 일이 남아 있지 않기 때문에 부정부패 척결, 정경유착의 고리를 끊는데 가장 적임자다. 세 번째로는 가장 잘 준비된 후보다. 이번에는 특히 중요한 것이 인수위 기간이 없다. 사전에 정책에 대해 충분히 준비돼 있어야 하고, 인적 진용을 갖추는 부분도 마찬가지다. 그렇지 않으면 오랫동안 혼란을 겪게 될 것이고, 자칫 첫 단추를 잘못 끼우면 아예 5년 임기를 망칠 수도 있다. 그래서 이번에는 준비된 후보라는 것이 특히 중요하다.

Q. 끝으로 문재인이 바라는 대한민국은 어떤 모습인가.

A. 이번 대선의 시대정신은 정의라고 생각한다. 촛불 민심이 요구하는 것도 정의. 정의가 정치·사회·경제 모든 분야에 다 관철돼야 한다. 정치면에서는 진정한 민주공화국, 정말로 국민이 주권자로서 주인이 되는 그런 진정한 민주공화국이 돼야 한다. 사회

적으로는 반칙과 특권이 없는 공정사회, 기회가 평등하고, 과정이
공정하고, 결과가 정의로운 사회가 돼야 한다. 경제면에서는 제가
늘 주장하는 국민성장, 경제성장의 혜택이 대기업이나 부자에게만
가는 것이 아니라 국민에게 골고루 돌아가 국민의 주머니가 두둑
해지는, 그렇게 해서 내수가 살아나고 그것이 경제성장으로 이어
지고 그것이 다시 일자리와 소득으로 이어지는 선순환 경제를 만
들어야 한다.

— [전문]문재인 전 민주당 대표 뉴시스 인터뷰-①정치, 〈뉴시스〉, 2017.01.15

　요컨대 문재인은 어느 날 갑자기 튀어나온 신인은 아니다. 짧게
는 5년 길게는 10년 그리고 더 길게는 1980년대부터 정책의 목표와
방향성을 위해 활동해온 사람이다. 짧게 5년이라는 것은 참여정부
의 경험을 말하는 것이고 길게는 국민의 정부 경험을 계승하고 있
다. 또한 시민 사회가 그동안 쌓아온 정책 역량을 승계하고 있다.
갑자기 스타가 된 연예인처럼 자신의 것을 고집하지는 않는다. 그
가 실현하려고 하는 것은 오랫동안 기획하고 시도했고 보완하려는
것들이다. 그렇기 때문에 국정공백이 커지고 있는 상황에서 가장
필요하고 가장 잘 적응할 수 있는 국정리더십이 잘 갖추어져 있다
고 봐야 한다. 대통령 선거는 후보들 간의 비교 우위를 뽑는 것이
다. 특정 정치적 고려에 따라서만 움직이다보면 정작 국정운영을
소외시킬 수 있다. 그런 점에서 어떤 직위를 개인이 경험했는가가
아니라 그가 구축한 인적 구성과 인적 네트워크 풀이 어떤지를 보
고 판단하는 것이 중요할 것이다.

20.
원칙으로 돌아오라 — 고구마 리더십

내 친구라고 봐줄 것 없다.

참여정부가 출범한 이후, 한번은 한 경찰 인사권자가 오랫동안 친구로 지낸 나의 인사에 대해 어떻게 해야 하느냐고 문재인 변호사에게 물어본 일이 있었다고 들었다. 그때 그의 대답은,

"오랜 친구인 것은 사실이다. 하지만, 내 친구라고 하여 봐줄 것은 전혀 없다"였다고 한다.

한때 서운하기도 했으나 바로 그런 이유로 나는 그가 내 친구임을, 그리고 누구보다도 존경하는 친구임을 자랑스러워한다.

— 내가 아는 40여 년간의 문재인 변호사, 그는 한결같이 신뢰할 수밖에 없는 사람이다! 박종환(대학 동기, 전 치안정감)

"후보단일화에서 극적인 반전드라마가 다시 연출됐다. 그러나 난관이 또 기다리고 있었다. 정몽준 씨가 '연합정부' 사실상 '권력의 반'을 내놓으라고 요구했다. 뿐만 아니라 그걸 명문화해 달라고 했다. 그냥 반이 아니라 내각의 어느 자리를 나누자고 특정을 하자는 것이었다. 민주당 사람들은 대부분 그냥 그렇게 하자고 했다. 어차피 '정치적 약속'이니 나중에 상황에 따라 대처하면 된다

는 논리로 노 후보를 설득했다. 설득 정도가 아니라 압박이었다. 노 후보는 버티는 것을 대단히 힘들어했다. 내게 의견을 물어왔다.

나는 '원칙' 얘기를 했다. '우리가 쭉 살아오면서 여러 번 겪어 봤지만 역시 어려울 때는 원칙에 입각해서 가는 것이 가장 정답이었다. 뒤돌아보면 늘 그것이 최선의 선택이었다. 그땐 힘들어도 나중에 보면 번번이 옳은 것으로 드러났다. 노 후보님의 생각이 옳다고 생각한다'고 말씀드렸다. 외로우셨던지 당신 생각을 지지하자 매우 기뻐했다."

— 문갑식, 〈문재인 전기〉에서

문재인은 원칙을 지키기 때문에 아는 이들로부터 냉정하다, 인정이 없다는 말을 듣게 되는 경우가 많았다. 하지만 시간이 지나면 그렇지 않다는 것을 알게 된다. 처음에는 힘들지만, 그것이 하나의 리더십을 이루게 되고, 오히려 높은 평가를 받을 수 있게 되는데 그가 사적인 영역이 아니라 공적인 영역에 있기 때문에 더욱 그랬다. 그가 사적 리더십이 아니라 공적 리더십에 더 맞는 이유가 아닐까 싶다.

2002년 대선에서 극적인 순간이자 위기의 순간은 노무현·정몽준의 단일화였다. 단일화에서 골치를 앓게 만들었던 일은 정몽준 측이 국정 내각의 특정 직위들은 나누자는 것이었다. 예컨대 총리면 총리, 기획재정부면 장관 자리를 자세하게 말하며 달라했던 것이다. 목표는 일단 대선 승리였다. 승리를 위해서라면 이런 제안에 수긍할지 모른다. 하지만 노무현 대통령은 그렇게 할 수 없다고 버텼다. 버티는 것은 정몽준에게만 해당되는 것이 아니라 당내에서도 그렇게 일단 하자는 압력이 있었다.

이때 문재인이 노무현 대통령 편을 들었다. 그 명분은 바로 원칙이었다. 어려운 상황일 때는 결국 원칙으로 돌아가는 것이 맞다고 판단했고 그것은 삶의 경험에서 겪은 여러 사안에서 공통적으로 추출한 깨달음이었던 것이다. 물론 그때 당시에는 매우 고통스러울 수밖에 없다. 결국 단일화는 무산되었다. 하지만 그럼에도 불구하고 노무현 대통령은 당선되었다. 결국 권력의 반을 내놓고 자리까지 약속하지 않는 것. 이면합의를 통한 나눠먹기식 이합집산을 반대한 원칙이 옳았다.

친노가 노무현을 사랑한 이유는 그의 결벽증에 가까운 원칙과 도덕에 대한 집착 때문이었다. 그런 노무현이 문 전 대표에 대해 '내가 알고 있는 최고의 원칙주의자' 라고 말한 것은 원칙에 입각한 삶을 살아온 그를 대변해준다.

… 이 같은 문 전 대표의 성격은 2017년 '최순실 게이트' 로 상처 받고 있는 국민들에게 위로가 될 수 있는 '최고의 선물' 이 될 수 있다. 원칙의 붕괴와 부정부패로 몸살을 겪고 있는 대한민국 국민들에게 '원칙주의자 노무현' 의 충실한 아바타 역할을 하고 있는 문 전 대표는 충분히 매력적인 대상이 될 수 있다. 그러나 '최고의 원칙주의' 는 변호사 출신인 법률가 문재인에게 최고의 칭찬이 될 수 있지만, '정치인' 문재인에게는 융통성 없는 답답함이 될 수 있다.

― [대선후보 ①문재인] 정권교체 선봉에 선 '원칙주의자', 〈폴리뉴스〉, 2017.01.1.

노무현 대통령은 문재인을 원칙주의자로 평가했다. 자신보다 더 원칙주의자라고 보았기 때문일 것이다. 물론 본인이 원칙주의자이기 때문에 문재인을 높이 평가할 수 있었을 것이다. 단지 머릿속으로만 그렇게 여긴 것이 아니라 삶 자체도 그러한 가치를 실현해왔다는 평가를 받았다. 단지 노무현의 아바타라고 평가할 수 있는 대목은 진실도 본질도 아닐 것이다. 그러한 원칙주의가 체화된 사람이기 때문에 옆에 가까이 뒀을 것이고, 어려운 상황에서는 도움을 받고 때로는 의존을 하고 싶었을 터이다. 물론 서로 상호 시너지 효과를 낼 수도 있었을 것이다. 상호 영향을 주고받을 수밖에 없고 그러는 사이 강화효과가 일어날 수 있기 때문이다. 그러나 이러한 원칙주의가 결코 바람직하지 않을 수도 있다. 그것은 단지 융통성이 없기 때문만은 아니고, 그러한 원칙 때문에 스스로에게 위해가 가해질 수 있는 권력 역학이 있기 때문이다. 대표적인 것이 검찰에 대한 관계 정립이었다.

"부임했을 때 민정수석실에 검찰과의 핫라인이 있었다. 청와대엔 일반 부처와 연결되는 공용전화 회선이 있다. 유일하게 검찰과의 전용회선이 민정수석실에 연결돼 있었다. 바로 끊도록 했다. 민정수석실엔 검찰이 제공한 차량도 있었다. 청와대 업무차량이 부족해 과거부터 검찰이 편의를 제공해 오던 것이다. 사소한 일 같지만 그런 것들이 검찰의 정치적 중립을 훼손한다고 생각했다."

"이명박 정부 들어서자마자 그들은 순식간에 과거로 되돌아가 버렸다. 이명박 정부 출범과 함께 한꺼번에 퇴행해 버린 것이 어이 없고 안타깝다. 검찰을 장악하려 하지 않고 정치적 중립과 독립을 보장해 주려 애썼던 노 대통령이 바로 그 검찰에 의해 정치적 목적의 수사를 당했으니 세상에 이런 허망한 일이 또 있을까 싶다."

"정치검찰의 행태에 대한 확실한 청산을 하고, 그 토대 위에서 검찰의 중립성을 보장했어야 했다. 집권자의 선의로서, 정치권력이 검찰에 간섭하지 않는다는 수준에 머무른 나이브한 자세, 그리고 정권의 교체와 더불어 곧 정치검찰의 폐습으로 역행한 사태는 반성되어야 한다."
― 문갑식, 〈문재인 전기〉에서

문재인의 입을 빌리지 않는다 해도 권력과 검찰은 분리되어야 하고 독립성이 유지되어야 한다. 이를 방해하는 것이야말로 기득권의 발로이다. 청와대에 검찰과 통하는 핫라인이 있다는 것은 결국 이런 검찰의 독립성이 보장되지 못한 것을 의미한다.

문재인은 검찰과 통하는 직통 전화를 끊어버렸다. 청와대에서 어떤 지시나 개입도 하지 않겠다는 것을 의미하고, 이는 검찰의 독립성을 유지해야 한다는 원칙에 부합해 보였다. 그러나 나중에 검찰이 독립성으로 노무현 대통령이 정치적인 목적에 근거한 수사에 당했다. 이를 보고 문재인은 정치검찰에 대한 개혁이 우선 선행되었어야 한다고 생각했다. 그 다음에 검찰의 중립성이 보장되도록 해야 한다고 여겼다. 물론 때는 늦었지만, 원칙에도 우선순위가 있다는 것을 생각하지 않을 수 없던 것이다. 그렇기 때문에 원칙 주의에서 좀 여유를 가질 필요를 언급하기도 한다.

문 전 대표가 대선 '재수'에 성공하기 위해서는 자신의 정치적 근원인 노무현 전 대통령과 자신의 '원칙주의'에서 일정 여유를 가질 필요가 있다. 군대용어로 'FM'도 때로는 'AM'이 필요하다는 얘기다.

— [대선후보 ①문재인] 정권교체 선봉에 선 '원칙주의자', 〈폴리뉴스〉, 2017.01.16.

문재인을 평가할 때 빼놓을 수 없는 단어는 '고구마'이다. 고구마라는 용어를 사용하는 것은 답답하다는 이미지 때문이다. 고구마는 배가 고파도 급하게 넘길 수 없는 면이 있다. 목이 메기 딱 좋기 때문에 시원한 동치미 국물과 같이 먹으면 제격이라고 말을 하기도 한다. 물론 실제로 그렇다. 어쨌든 이렇게 고구마라는 평가를 듣는 것은 사실이다. 그것을 항변하자면 원칙에 따른 신중함 때문이라고 할 수 있다.

'고구마 전개'. 남주(주인공)와 여주의 진도가 잘 나가지 않는 느리고 답답한 드라마를 이렇게 부른다. 정치권에도 고구마가 있다. 문재인 더불어민주당 전 대표는 때로 답답해 보일만큼 원칙을 고집하고 신중하다고 해서 이런 별명이 붙었다. … 다른 정치인과 비교하면 '고구마'의 특징이 잘 드러난다.

'고구마'의 면모는 당대표 시절 두드러졌다. 계파 갈등이 극에 달하는 가운데, 당대표의 카리스마와 장악력이 보이지 않는다는 비판이 줄을 이었다. 문 전 대표는 손혜원 홍보위원장이 마련한 '셀프디스'를 통해 "인권변호사로 일하다보니 다른 사람의 이야기를 귀 기울여 듣는다"며 "평생 쌓인 신중한 성격이 하루 아침에 고쳐지기는 쉽지 않는다"고 자신의 '고구마스러운' 성격을 고백했다. 변호사 출신답게 언어를 논리적으로 사용하기는 하지만, 목소리나 발성의 한계로 달변가는 아니기도 하다.

하지만 고구마 이미지는 마냥 '마이너스'는 아니었다. 사실 고구마는 영양가 좋은 건강식품이다. '신중한 원칙주의자'의 면모는 오히려 지지자들에게 안정감을 줬다. 겨우 제기된다는 의혹이 양산의 집 처마를 둘러싼 '처마게이트'일 정도로 청렴함도 검증받았다. 탄핵 정국 속에서 사람들은 가장 안정적으로 정권교체를 해줄 후보를 찾았고, 그게 '문재인 대세론'이 됐다.

— [런치리포트]대선주자 사용설명서 : 문재인, 〈머니투데이〉, 2017.02.03.

고구마 같이 답답하다고 말을 할 때 좋은 느낌을 갖는 이들은 거의 없을 것이다. 정치인들에게 바라는 일반적인 인식은 시원시원했으면 좋겠다는 느낌이다. 그러나 그것은 그냥 느낌이라고 할 수 있을지 모른다. 예컨대 속이 더부룩하다고 해서 콜라를 마시는 경향이 있는데 그때는 시원시원하고 때로는 달콤하지만, 결과적으로 더부룩한 증상은 가시지 않는 법이다. 당장에 혀에 잘 달라붙거나 답답함을 해소해주는 것처럼 보일지라도 근본적인 원인을 건드리지 않는다면 정말 시원한 것은 아닐 것이다. 또한 시원함 때문에 먹는 음식이 있고 그렇지 않은 음식이 있다. 피자를 먹을 때 콜라를 찾게 되는데 그렇다고 해서 피자를 시켰는데 콜라만 먹을 수는 없는 노릇이다. 문재인은 고구마 같은 사람이라는 지적에 대해서 다음과 같이 말하기도 했다.

문 전 대표는 또 야권 지지자들 사이에서 '답답한 고구마'라고 평가받는다는 질문에 "저는 말도 느리고 많은 요소들을 고려하게 된다"며 "고구마는 배가 든든하다. 저는 든든한 사람"이라고 설명했다.

… 최근 지지율이 수직 상승하고 있는 이재명 성남시장에 대해서는 "제가 들어도 (발언이) 시원하다. 사이다가 맞다"면서도 "사이다는 금방 목이 마른다. 탄산음료가 밥은 아니다"고…
— "고구마 소리 듣지만 '호랑이 문재인' 보게 될 것", 〈국민일보〉, 2016.12.03.

고구마에 동치미가 필요하지만 동치미가 우선은 아니다. 고구마만 먹을 수 있지만 동치미만 퍼먹지는 않는다. 고구마는 배를 든든하게 채우기 위해서 먹는다. 물론 예로부터 구황작물이라고 일컬어졌다. 기근이 들었을 때 고구마를 통해서 굶주림을 잘 해결할 수 있었기 때문이다. 물론 영양소도 풍부하기 때문에 가능하다. 사이다는 그야말로 설탕물에 탄산을 섞은 것이다. 그것은 단순히 일시적인 즐거움을 위한 인스턴트식품이다. 인스턴트 음료를 마셔야 할 때가 있고 그렇지 않은 때가 있다. 그것을 잘 판단해야할 필요성이 있다.

선거에서 보이는 이미지가 아니라 실제 국정 운영을 할 때 사이다를 국민에게 섭취시키는 것이 나은지 고구마를 먹도록 하게 해야 하는지 판단을 하면 본질이 그대로 드러날 것이다. 하지만 당장에 드러나는 것을 통해 판단을 하는 선거 풍토에서 고구마는 언제나 인기가 없다. 당장에 어린 아이들은 먹기가 불편할 수도 있는 고구마는 멀리 하고 사이다를 입에 붙이기 쉽다. 물론 부모들은 그것을 반대하지 않을 수 없다. 고구마와 사이다를 대하고 부모 같은 입장을 대할 필요성이 누군가에게는 있는 것이다.

'답답한 고구마' 라는 별명이 나타내 주는 것처럼 실제로 그는 언변이 뛰어나지 않다. 대중의 귀에 쏙쏙 와 닿는 언어를 구사하는 데 여전히 어려움을 겪고 있고 화끈함 혹은 시원시원함과는 거리가 멀다. 앞으로도 이 부분에서 크게 향상될 여지는 없어 보인다.

하지만 그는 언제나 메시지가 명확했다. 확신이 서지 않아 입장을 유보하는 것이 신중함보다는 우유부단함으로 읽히는 경우가 다반사였지만 그렇다고 원칙에서 크게 벗어나지도 않았다. 그를 선호하지 않는 경우는 많이 봐왔지만 그를 앞장서 비난하는 이들의 근거는 납득의 영역을 이탈한 지 이미 오래다.

이미 시작된 대선정국에서 여야 각 집단과 대권주자들의 포문은 앞으로도 문 전 대표를 조준할 것이고 그 수위는 갈수록 높아질 것이 자명하다. 하지만 동시에 지금껏 그를 비난해온 이들의 태도와 수준, 비난의 근거와 배경은 빈곤함을 벗어나기 어려울 것으로 보인다.

— [기자수첩] 외로운 문재인, 대선은 시작됐다, 〈뉴스웨이〉, 2016.12.28.

외부에서 볼 때 정책 구조나 국정 시스템을 볼 수 없는 경우에는 겉으로 드러나는 현상만 보고 판단할 수 없는 점이 있다. 이 때문에 단순 명확하게 언행을 보여주는 것을 좋아할 수 있다. 복잡하거나 모호한 언행은 보는 이들이 판단할 수 있는데 장애를 일으키기 때문이다. 특히 언론 미디어를 통해서 그것을 전할 때는 버퍼링 같이 느껴질 수 있다. 상당한 인내를 갖고 지켜봐야 하는데 쉽지 않을 수 있다.

그러나 정책이나 국정은 마치 스낵컬처처럼 한순간에 즐기고 버리는 퀴터리즘 콘텐츠가 아니라는 점을 누구나 다 알고 있다. 결국 원칙에 바탕을 둔 신중함이 고구마 같은 이미지로 보일 뿐이다. 당장에 시원시원한 언행은 분명해서 좋고 때로는 뜨거운 열정을 불러일으켜서 좋지만 지나치게 시원한 것은 곧 미지근해지며 화끈한 것은 곧 식게 마련이다. 우리가 말하는 흔히 바람이 분다거나 바람을 따는 것은 이러한 한계점을 가지고 있음을 수많은 선거에서 목도한 바라고 할 수 있다. 언제나 그 바람으로 자신들의 이득을 보는 이들은 따로 있었고 그 피해는 국민들 그리고 시민들이 감내해야 했다. 오히려 바람이 불지 않을수록 무엇이 본질인지 분명하게 보일 수 있다.

제3부

21.
탈카리스마 — 조정자 대통령의 국민비서실장론

▶ 김종배 : 완벽한 사람은 없잖아요?

▷ 정세현 : 아, 물론이죠.

▶ 김종배 : 단점이라면 어떤 걸까요? 그러면?

▷ 정세현 : 글쎄요. 겉으로 봐서 사람이 너무 유순해 보이는 것이 정치판에서는 흠 아닌가, 말하자면 쉬운 말로 뭐 카리스마가 안풍긴다. 뭐 이런 불평을 하는 분들이 있죠.

▶ 김종배 : 아, 카리스마가 안 풍긴다.

▷ 정세현 : 네, 근데 그동안에 카리스마가 풍기는 대통령, 레이저가 나온다는 사람을 겪어 봐서 대통령 오히려 지금 그게 안 좋은 것 아닌가 하는 생각이 들어요.

— tbs 〈색다른 시선, 김종배입니다〉, 〈교통방송〉, 2017.02.14

정말 활동해야 하는 이들은 대통령이 아니라 각 분야의 수장들이다. 원래 전제군주시대에도 임금은 있는 듯 없는 듯해야 한다고 했다. 하지만 전문 평가자들의 말은 검투사, 격투기 선수를 원하는 듯싶다. 정치판에서는 유순하면 안 된다는 생각이 너무 광범위하게 퍼져 있는 듯싶다. 유순함의 반대라면 강고해야 할 것 같다. 그래서 정치판에 가면 누구나 강고하게 보이려고 막말도 하고, 이상한 행동도 불사하는 것 같다. 또한 약하게 보이지 않아야 되니까 세게 행동해서 갈등이 발생하고 불통이 일어나고 그 때문에 혼란이 가중되기도 하겠다. 이때에는 모두 그렇게 말할지 모르겠다. 소통과 화해 통합이 필요하다고 말이다.

이런 정치권의 갈등과 분란 소모적인 정쟁은 유순하면 안 된다는 생각 때문에 더 증폭되고 강화되는 것은 아닐까. 유순하게 보이면 그것은 약하다는 느낌이 있고, 리더감이 안된다고 평가하는 경우가 매우 많다. 그래서 겉으로 나타나는 카리스마가 정치인들에게 요구된다는 것이다. 원래의 뜻과는 달리 카리스마는 한국에서 외부적으로 드러나는 강력한 힘 혹은 사람들을 꼼짝 못하게 못하는 어떠한 불가항력적인 힘을 말하는 것 같다.

하지만 원래 카리스마의 기원은 내적인 힘을 통해 상대방을 감화시키는 힘을 말한다. 그렇지만 대개 1인자 리더십을 추구하는 사람들은 겉으로 드러나는 외부적인 영향력만 생각하고 내부의 영혼이나 내적인 감화력을 생각하지 않는다. 물론 이런 내적인 힘은 어느 날 갑자가 형성되는 것은 아니다. 문재인은 이런 카리스마가 약하다는 말에 대해서 어떻게 생각할까.

Q. 국민들 입장에서는 지도자로서 다소 카리스마가 부족한 것이 아니냐는 지적도 나오고 있다, 이에 대해서는 어떻게 생각하는가.

A. 카리스마는 독재권력과 싸우던 시절의 구시대적 지도자 덕목이다. 독재권력의 독재자들은 카리스마로 국민을 억압하고 민주

주의를 유린했다. 야당 지도자 역시 독재와 맞서 싸우기 위해서는 카리스마로 일사불란하게 당을 장악해야만 했다. 그 시절 정치는 타협이 아닌 죽고 사는 전쟁이었다. 타협은 오히려 불신과 변절을 의미했다. 그 결과 우리 정치는 갈등과 분열만 남게 되었다. 이제 분열과 갈등의 정치를 끝내야 한다. 남과 북이 분열되어 있고 영남과 호남이 갈등하고 있다. 사업주와 노동자가 갈등하고 이제는 양극화의 심화로 빈부의 격차에 분열의 골이 깊어지고 있다. 소통을 통한 국민통합의 시대를 열지 못하면 국민 소득 3만 불, 4만 불의 선진국이 될 수 없다. 카리스마가 아닌 소통하고 화합하는 리더십이 필요하다. 불통의 정치를 걷어내고 통합의 정치를 만들어가야 한다. 지금 우리에게 필요한 리더십은 카리스마가 아닌 통합의 리더십이다.

— [창간 6주년 기념 단독 인터뷰]민주통합당 문재인 대선후보 〈CNB저널〉, 2012.11.19

카리스마를 강조하는 리더십론이 비등한 한국 사회였기 때문에 오히려 분열과 갈등이 더 심하게 일어났는지 모른다. 자신의 카리스마를 보여주어야 하기 때문에 오히려 상대방과 대화를 하지 않거나 자신의 주장을 고집하거나 관철하는 데 몰입했는지 모른다. 마치 괴물들을 척결하는 전사처럼 강력한 포스를 가지고 있어야 카리스마가 있고 지도자 자격이 있다고 생각하는 인식이 너무나도 광범위하게 존재한다.

그것은 선거전에서나 필요한지는 모르겠지만 실제 민생을 책임져야할 국정 운영에서는 카리스마보다는 다른 요인이 필요할 수밖에 없다. 현재의 국정운영은 다양한 주체들의 요구를 종합적으로 수렴하고 그것 속에서 최적 혹은 최선의 선택을 하기 위해 노력하는 것이다. 물론 카리스마가 전혀 필요 없는 것은 아니다. 카리스마가 요구되는 상황은 특정 논리나 이해관계를 강력하게 관철시킬 때 필요할 뿐이다. 또한 국민들에게 상징적인 힘을 보여주는 것이 필요할 때가 있다. 하지만 그것을 분별없이 사용하는 것은 오히려 갈등 조정자가 아니라 갈등유발자가 될 수 있다.

Q. 참여정부 시절부터 참모 역할을 해오셨는데 유권자들 입장에서는 지도자로서 카리스마가 부족한 것이 아니냐는 인식이 있습니다.

A. 저는 카리스마가 장점이라고 생각하지 않아요. 카리스마가 지도자의 덕목이라 말하는 것은 과거 권위주의 시대의 일종의 영웅주의에서 나온 것이라 생각합니다. 요즘은 오히려 보다 많은 사람과 소통하고 공감할 수 있는 부드럽고 겸손한 수평적인 리더십이 지도자에게 필요한 덕목이 아닐까 싶습니다.

Q. 이번 대선 후보들을 보면 부드럽고 친근한 이미지를 내세우고 있습니다. 그 안에서 자신의 차별점은 무엇인지, 그리고 대중과 소통할 때 가장 크게 생각하는 것은 무엇인가요?

A. 대중 정치인으로서 국민들로부터 지지를 받아야 하기 때문에 모두 부드럽게 보이려고 노력하지요. 그 안에 얼마나 진정성이 있느냐가 중요하다고 생각합니다. 다른 사람의 의견들을 듣고, 존중하고, 공감할 줄 아는 마음이 체화돼 있어야 한다고 봅니다. 민

주주의도 마찬가지입니다. 체질적으로 민주적인 사고나 경험이 체화돼 있는 것과 머리로만 옳다고 생각하는 것에는 차이가 있습니다. 소통해야 한다고 말로만 해서 되는 것은 아니라고 봅니다. 저는 출마 선언을 할 때부터 SNS 등을 통해 국민들의 공론을 모아왔습니다. 대통령 되고 나서 대통령의 행정명령으로 가장 먼저 시행할 정책들도 '국민명령 1호'라는 이름으로 모집하고 있고요. 현재 3천5백여 건 정도 들어와 있는 상태입니다. 앞으로도 그런 노력을 계속하려고 합니다.

― [대선 후보 직격 인터뷰]문재인 민주통합당 대선 후보, 〈레이디경향〉, 2012년 11월호

영웅을 또한 무조건 부정하는 것도 맞지 않을 수 있다. 난세 그러니까 혼란 지경의 세상에서는 영웅이 필요한 면이 있다. 영웅이 있어야 그를 중심으로 뭉쳐서 특정 방향성으로 행동을 실천해나갈 수 있기 때문이다. 카리스마 영웅들이 대개 독재로 이동하는 것은 바로 자신이 등장하게 된 과정에서 보인 리더십을 집권 혹은 국정 운영 과정에서도 그대로 보여주기 때문이다. 같은 리더십이라고 해도 어떤 상황과 타이밍이냐에 따라서 달리 적용될 필요성이 있다.

하지만 이러한 구분을 하는 지도자는 많이 찾아 볼 수가 없다. 오히려 자신이 하던 대로 계속 유지하여 인기를 구가하려는 경향이 많다. 이를 위해 이벤트 혹은 전시성 사업을 하고, 언행을 그에 맞게 하거나 실행하는 경우가 빈번해진다. 중요한 것은 소통하려는 자세일 것이다. 그리고 다른 이들이 말을 듣고 그것을 일정한 목표와 과정에 맞게 적용시키는 노력이 필요하다.

우리의 대통령제에서는 이러한 점이 제대로 정립되지 못했다. 카리스마를 바라는 리더십 관점이 제왕적 대통령이라는 괴물을 만들어 냈다는 점을 간과하는 경향이 많다. 경청−존중−공감을 통해서 정책을 조율 결정하는 것이 민주주의 국정운영이라고 볼 수 있다. 이 가운데 정작 필요한 것은 내적 감화를 넘어선 수평적 관계에 바탕을 둔 소통이라고 볼 수가 있는 것이다. 모든 사람들이 그 사람 앞에 복종을 바라고 자연스럽게 통합이 이뤄지는 정치 리더십을 바란다면 종교계에 바라는 것이다.

한국사회는 과거 '수직 사회'로부터 '수평 사회'로 급속히 변하고 있다. 개발경제시대에는 카리스마에 기초한 권위주의적 리더십이 필요했다면, 민주복지국가를 추구하는 지금은 타협하고 설득하는 조정자 같은 리더십이 요구된다. 늘 국민 눈높이를 생각하는 리더십은 하루아침에 만들어지는 법이 아니다. 서민과 동행하는 품성은 성장 과정에서부터 태동된다.

— [이경형 칼럼] 문재인 그릇, 〈내일신문〉 2012.07.02

문 내정자에 대한 평가는 이미 알려져 있다. '비토 세력이 있는 부산 인맥의 좌장'이라거나 자기 관리에 철저하고 헌신적이지만 정치적 리더십이 부족하다는 것이다. 실제로 그는 노 대통령 탄핵 당시 변호인단 간사를 맡는 등 참여정부 현안에 대한 '해결사·조율사' 역할을 해 온 것이 사실이다. 문 특보가 비서실장에 임명된다면 '관리형 실장'에 그치지는 않을 것이 자명하다. 그러나 중요한 것은 대통령 비서실장도 궁극적으로 국민의 입장에 서서 국민을 상대로 말해야 한다는 것이다…

　문 내정자는 등산과 들꽃을 좋아한다고 한다. 등산은 강한 의지와 인내력이 요구되고 들꽃의 상징성은 강인한 생명력이다. 대선 등 산적한 국정 현안을 처리하면서 '그들'과 '우리'로 나누지 않고 '국민의 편'으로 통합하는 그의 의지력이 절실히 요구된다. 그래야 척박한 대지에 움을 틔우는 들꽃을 볼 수 있지 않겠는가.

— [금요칼럼] '국민의 비서실장'이 되라, 〈부산일보〉, 2007.03.09.

　남자든 여자든 리더가 남자답지 못하면 국민이 힘들다. 그러나 남자다움이 지나치면 권위주의·전체주의·민족주의·파시즘으로 흐를 우려가 있다. 1970년대 한강의 기적을 일으킨 강한 리더십은 21세기 창조경제와 어울리지 않는다.

— [김순덕 칼럼]대선 패장에 휘둘린 아까운 1년, 〈동아일보〉, 2013.12.30

　개발 경제 시대의 리더십은 주로 카리스마형이었다. 그러나 민주 복지국가 시대에 필요한 것은 수평적인 조정자 리더십이라고 할 수 있다. 때로는 조율사라고 하기도 한다. 사실상 현대의 대통령국가에서는 대통령이 모든 것을 챙기기보다 위임을 통해 운영하고 큰 틀에서 움직이는 주요 사안들에 대해서만 선택을 하게 되어 있다. 정말 각 이해관계 당사자들이 각자 해결하기 힘든 것들을 다룬다. 각 부처 별로 정체성과 역할이 다르기 때문에 모순될 수 있다. 북핵을 바라보는 통일부와 외교부의 관점이 다를 수 있다. 간척 사업을 보는 국토교통부와 환경부의 관점이 다를 수 있다. 무역을 바라보는 농식품부와 산자부의 관점이 다를 수 있다. 각자 자신의 조직의 생존을 위해서도 관점과 정책을 관철해야 한다. 이를 중간에서 결정하는 사람은 강제적으로 봉합하거나 강박하여 결정할 수 없는 시대이다.

또한 그렇게 해야 민주주의 원칙에 맞으며 위험한 결과를 최소화할 수 있을 것이다. 특히 현재의 문제가 아니라 미래의 문제로 사회 전체가 합의를 해야 할 사안에 대해서 해결사 역할을 해야 할 때가 있다. 또한 중요한 것은 어떤 인물이 대통령이 되는가에 따라서 공적 조직은 물론 사적인 조직 그리고 사회 전반의 분위기가 달라진다는 점이다. 카리스마형 리더 아래에서는 수용과 실행만이 있을 뿐이고 창의와 토론, 오류 수정의 소통적 정책과정은 사라지는 법이다. 그것이 지난 이명박, 박근혜 정권에서 벌어진 일이고 그 부작용의 폐해는 국민들에게 고스란히 전가되었다.

문재인은 착한 품성을 가지고 있다. 착하다고 해서 좋은 정치인이 아니다라는 말은 악하다고 좋은 정치인이 안 되리라는 법은 없다는 말이 된다. 그런데 착하고 착하지 않고는 상대적인 말이다. 누가 어떤 관점으로 보는가에 따라 달라질 수밖에 없다. 권력 투쟁에 나서라는 말을 한다. 이는 그 투쟁의 성과물을 바라는 이들에게는 착한 것이 될 것이다. 상처를 감수하라는 말은 상처를 주는 행위를 해도 된다는 것이며, 거꾸로 자신이 상처를 받는 것에 대해서 연연해하지 말라는 것이다.

이런 말들에는 하나의 공통점이 있다. 결과를 위해서는 어떤 방법도 사용할 수 있다는 것이다. 목표를 위해서는 과정상에 문제가 되어도 돌파해야 한다는 말을 한다. 또한 전체를 하나로 통솔해야 한다는 의식을 드러내고 있다. 뭔가 본질적인 논의들이 빠져 있음을 느끼게 된다. 이러한 논리라면 각 개인이나 각 단체, 계파들이 모두 다 각각 주장할 수 있기 때문이다. 이러한 논리와 관점이 지배하고 있는 한 건설적인 정치나 국정 운영은 불가능할지 모른다. 최대한 착하면 안 될까. 노력하는 데까지 선의지를 지키려고 하면 안 될까. 강함을 추구하기 보다는 문약해이더라도 최종 최선의 결과를 도출하는데 최선을 노력을 하고 본질적인 것에 대해서 동의를 구하는 과정을 겪으면 안 될까. 그것이 민주주의 실현과정이라고 보이는데 말이다. 무엇보다 현대의 리더십일수록 혼자 보일 수 있는 리더십이 아니다.

　　비서실 좌장으로 내정된 문재인 특보는 노무현 대통령의 '동업자적 친구'로 불린다. 하지만 대통령과 비서실장 사이에 투명한 신뢰와 존중의 가치관이 형성되어야 원활한 국정 운영의 동력이 된다.

　　대통령에 대한 역사적 평가는 본인의 자질만으로 이뤄지지 않는다. 린든 B. 존슨 전 미국 대통령의 회고록이 의미심장하다. 그는 '대통령 직은 대통령을 초월해 있다. 대통령 직은 대통령이 아무리 소인이라도 그 이상으로 돋보이게 만들 수 있고 아무리 대인이라도 대통령 직 수행에는 충분치 않은 요술의 자리'라고 썼다. 미국의 경우지만 대통령의 성공적 국정운영은 개인적 자질보다 뛰어난 보좌진과 행정부 간의 유기적 운영체제에 달려있다는 것이 요체다.

― [금요칼럼] '국민의 비서실장'이 되라, 〈부산일보〉, 2007.03.09

개인적인 자질보다는 그 개인을 중심으로 리더십이 발휘될 수 있는 것이다. 그 주변에 어떤 이들을 포진시키는가에 따라 개인의 리더십 자질을 더 잘 발휘할 수도 있고 그렇지 않을 수도 있다. 또한 생각하지 않는 보완과 시너지 효과도 나타낼 수가 있는 것이다. 개인의 지성보다는 집단 지성이 중요한 시기가 되었다. 혼자 할 수 없는 영역은 국정에도 더욱 많아지고 있다. 그렇기 때문에 한 개인이 전체를 통솔하기 힘든 점도 역시 청와대와 국정 운영에 적용된다.

흔히 착각하는 것은 선거 과정의 역량과 이후에 청와대 운영에 필요한 역량에 대해서 구분을 하지 않는다는 것이다. 청와대 리더십을 어떻게 만들고 꾸려 갈 것인가에 대한 리더십 관점의 논의가 필요한 것이다. 무엇보다 대통령은 국민과 사회, 정치 주체들을 통솔하는 사람이 아니다. 국민의 비서실장이다. 국민이 대통령이며 대통령직에 있는 이는 이를 수행하는 비서, 서번트 즉 마당쇠라는 점을 생각해야 한다. 청와대는 그런 마당쇠의 집단이라는 점도 상기할 필요가 있다.

22.
들어주는 리더 ─ 경청 리더십

··· 모름지기 누군가를 신사라고 할 때는 외모가 아니라 내면의 품격을 보는 것이다. 소위 꽃중년 신드롬에서는 신사의 품격을 느낄 수 없다. 부산에는 진짜 신사들이 아주 많은데 그 분들을 전부를 소개하기에는 안타깝게도 지면이 너무 좁다. 하지만 기회가 허락하는 대로 부산 법조계의 신사들을 소개하고 싶다.

[신사 문재인: 인간에 대한 예의]
내가 아무런 연고도 없는 부산에 와서 변호사를 시작하게 된 건 순전히 문재인 변호사 때문이었다.
1990년대 초반, 부산·경남지역에서 노동, 인권사건은 문 변호사가 도맡고 있었다. 혼자 잘 먹고 잘살기 위해 고시공부를 한 건 아니라고, 나름대로 정의감에 충만해 있던 예비 법조인들에게 그는 훌륭한 역할 모델로 이름나 있었다.
노동변호사가 되고 싶다며 불쑥 찾아간 나를, 그는 흔쾌히 맞아주었다. 체력이 약해 비실거리지나 않을지, 출산이나 육아로 업무에 지장을 주진 않을지 등등 여자라서 일시키기에 불편할까 따지는 기색이 전혀 없었다. 그때까지 사회경험이라 할 만한 것이 없었던 나는 문 변호사의 그런 태도가 누구에게서나 볼 수 있는 당연한 것인 줄 알았다.

— 법무법인 '부산'에서 함께 근무했던 김외숙 변호사의 글. 〈대한변협신문〉 제 408호(2012. 07.23.)

'신사의 품격'이라는 트렌드드라마가 큰 인기를 끈 적이 있다. 독특하게도 젊은 청춘스타가 아니라 네 명의 중년 남성이 주인공이었다. 평균수명이 길어진 때문인지 더 이상 40대가 중년이라고 볼 수 있는지는 확신할 수 없다. 어쨌든 '신사의 품격'이라는 드라마 덕분에 꽃중년이라는 단어가 유행하기도 했다. 물론 여기에서 꽃중년은 주로 겉으로 드러나는 시각적 이미지에 판단의 근거가 있었다. 내면의 품격을 중요하게 생각한다면 진정한 꽃중년이라고 할 수 없을 것이다. 겉으로 드러나는 품격도 결국 내면이 바탕이 되지 않는다면 쉽지 않을 것이다.

민주화나 진보운동은 겉으로 보면 멋지다. 그런 멋진 활동을 꿈꾸기도 하고 실제로 참여하려는 이들도 있을 수밖에 없다. 그런 활동들이 많이 회자가 되면 누구나 다 그러는 것으로 생각하기 쉽다. 그래서 별거 아니라고 평가를 하거나 자신도 할 수 있다고 큰소리칠 수도 있다. 그러나 그런 활동은 하고 싶다고 할 수 있으며, 그냥 단순히 선택한다고 해서 저절로 이루어지는 것은 아니다. 그것을 깨닫기까지 오래 걸리지 않는 법이다.

그러나 변호사를 시작하고 온갖 종류의 사람들을 만나게 되면서 나는 사람에 대해 그런 태도를 유지한다는 것이 얼마나 어려운 일인지 서서히 알아갔다. 나만 해도 변호사로서 조금 꾀가 나기 시작하자 사람을 가려 판단하고, 지레 선입견으로 말을 자르고, 유불리를 따졌다. 그러면서도 그것이 변호사의 제한된 시간을 효율적으로 사용하는 지혜라 여겼다.

하지만 문 변호사는 달랐다. 내가 보기엔 반복되는 쓸데없는 이야기, 순전히 억지뿐인 이야기를 늘어놓는 당사자에게도 그는 그렇게밖에 못하는 상대방의 마음을 먼저 읽을 줄 알았다. 그래서인지 가족들에게서도 외면당한 사람, 의지할 데 없는 사람, 절망에 빠져 죽음까지 생각하는 사람들이 유난히 그를 찾았다. 돈 받고 남의 일 해주는 변호사지만 그렇게 신뢰와 의지의 대상이 될 수도 있다는 것을 그를 통해 보았다.

수년 전의 일이다. 우리 사무실에는 아주 질기고 질긴 사건이 하나 있었다. 사건이 그렇게 되는 데에는 두 가지 원인이 있을 수 있다. 사건 본래의 성격이 그렇거나, 아니면 당사자가 독특하거나. 후자의 경우에 해당하는 사건이었고 당연히 문 변호사를 보고 찾아온 의뢰인이었다. 그녀는 도무지 청구취지에 담길 수 없는 내용을 주문했고, 한 가지를 설득시키고 나면 다른 요구사항을 들고 나오는 식이었다. 그녀의 주치의들과 법원 근처의 웬만한 법률사무소들도 이미 두 손을 든 상태였다. 그녀는 때를 가리지 않고 찾아왔고, 불쑥 나타나 오랜 면담으로 업무를 중단시키고도 돌아서면 다시 할 말이 생각나는지 전화로 문 변호사와의 통화를 요구했다. 직원들은 그녀의 성화에 전화를 바꿔주지 않을 수도 없었고 그렇다고 문 변호사의 눈치를 살피지 않을 수도 없었다.

그러나 문 변호사는 그 흔한 "법정 갔다고 그래"라는 핑계도 대지 않았다. 가끔 얼굴을 찌푸리며 담배를 찾을지언정 수화기 너머에서 들려오는 호소를 끈덕지게 듣고 있었다. 그저 보는 것만으로도 짜증스러운 상황에서조차 그는 인간에 대한 예의를 잃지 않았다.

결국에는 문 변호사의 한결같은 태도가 세상에 모든 원통한 일을 혼자 당한 듯이 응어리진 그녀의 마음을 움직였고 그녀뿐만 아니라 우리 사무실 식구들까지도 스스로의 모습을 되돌아보게 하였다.

신사의 품격은 인간에 대한 예의를 지키는 데 있고 그 예의는 타인에 대한 이해와 존중에서 나오는 것임을 오늘도 되새긴다.

― 법무법인 '부산'에서 함께 근무했던 김외숙 변호사의 글. 〈대한변협신문〉 제408호(2012.07.23)

문재인의 장점은 들어주는 것, 경청(敬聽)이다. 경청이 매우 중요하다는 사실은 인문고전이나 경영 처세서에서도 많이 등장한다. 심리학 치유의 기본이 경청이기도 하다. 경청의 중요성은 많은 기술적인 체계화가 일어나기도 했다. 이러한 원칙들은 누구나 다 알고 있다. 하지만, 막상 실천하려면 쉽지가 않다. 상대방이 말하는 내용이 다 들을 수 없는 경우도 많거니와 그러한 일들이 한번이 아니라 매번 반복된다면 버틸 수 있는 사람은 많지 않다는 것이다.

그래서 겉으로 보기 좋은 경청의 리더십은 아무나 할 수 없는 셈이다. 더구나 들어주기 위해서는 자신이 하고 싶은 말을 참아야 하는데 많이 알고 자기 생각이 확실한 사람일 경우에는 더욱 더 그것을 유지하기 힘든 법이다. 그러나 변호사는 어쨌든 자기의 일을 말하려고 하는 이들을 경청하지 않으면 일이 해결이 안 되는 것이기 때문에 들어야 한다. 국민의 대표라는 사람도 사실은 국민들의 말을 들으라고 뽑은 것인데 대부분의 리더십 관점들은 말을 하는 리더를 주로 이야기한다. 여타 많은 오피니언 그룹들은 새로운 것을 내놓으라고 압박을 가한다. 이것은 바로 무엇인가 말을 계속하라는 것이다. 들으라는 말이 아닌 것이다. 중요한 것은 그렇게 경청을 하는 문재인 때문에 사람이 바뀐다는 것이다. 그것이 바로 경청이 갖고 있는 힘이라고 할 수가 있다. 그렇지만 그 경청이 무조건 듣는 것이 아니라 무엇인가 해법을 찾기 위한 과정이어야 한다.

이런 배려 깊은 성품은 노동자들과의 상담에서도 그대로 드러났다. 문 변호사님은 노동자들을 상대로 아주 푸근하게 상담하셨다. 무척 바쁜 일정에도 중간에 말을 가로 막지 않고 끝까지 다 들어 주셨다. 억울하고 힘없는 노동자들의 경우 그렇게 자기 말을 끝까지 들어주는 사람이 있다는 사실만으로도 크나큰 위로를 받곤 했다.

— 노동상담소 소장, 그리고 깽깽이풀, 설동일 (부산 혁신과 통합 상임대표)

문 변호사는 친절하게 상담 내용을 들었다. 산업재해와 임금 체불이 많았다. 그 자리에서 해결되는 사건도 있었지만 며칠 노동부를 쫓아다니거나 재판을 걸어서 마무리를 짓기도 했다.

상담 온 노동자들은 조리 있게 얘기를 풀어내지 못했다. 주눅이 들어 말을 입 속에서 웅얼거리기도 했다. 그들은 처음 만난, 사회적 지위가 높아 보이는 변호사 얼굴을 똑바로 보지 못했다. 문 변호사는 충분히 듣고 요점을 짚어서 다시 들려주었다.

"당신이 처한 문제는 이러저러한 것인데 맞습니까?"

그리고 하나씩 해결책을 찾아나갔다. 사람들은 문 변호사의 소탈하고 편안한 모습에 마음을 놓고 말문을 열었다. 가슴에 고였던 묵직한 짐을 내려놓았다. 어떤 여성 노동자는 치미는 울음에 한참을 흐느꼈다. 답답하고 풀리지 않는 삶이 힘겨웠으리라. 문 변호사는 어깨를 들썩이는 그분 옆을 묵묵히 지켜주었다.

사무실은 습하고 더웠다. 사무실 아래층에 있던 창원사우나가 사우나를 돌리고 남은 열기를 사무실로 올려 보냈다. 연구소를 연기념으로 선물 받은 화초들이 후덥지근한 열기에 말라죽어갔다.

문 변호사는 이마의 땀을 훔치며 오래도록 귀를 기울이고 냉철하게 상담 내용에 맞는 답을 내줬다. 그렇게 도시의 속살을 다정하게 나누었던 인연은 사람과 사람의 바닥을 엮었다.

— 문재인과 상담의 추억, 정광모(소설가)

억울한 일을 당한 이들에게 필요한 것은 자신들의 말을 들어주는 사람이다. 그러나 억울한 이들이 자기표현을 잘 할까. 그렇지 않기 때문에 억울(抑鬱)이 가슴에 쌓였을 것이다. 자신의 의사표현을 제대로 했다면, 변호사를 찾을 만한 일이 생기지 않았을 것이다. 많이 아는 사람들이 힘든 일은 그 아는 것들 때문에 다른 사람들의 말을 끝까지 듣기 힘들다는 점이다. 하지만 그 지식이 새로운 사실들이나 숨겨져 있는 진실을 못 보게 만드는 일들은 너무나 많다. 그렇기 때문에 마치 사금을 찾는 것처럼 해야 하는 것이 경청의 논리이기도 하다. 95%의 말이 불필요해도 필요한 말을 골라내야 한다.

그러한 점은 국민들을 대표하는 리더들에게도 마찬가지다. 독재 정권에서 통치자들은 말을 듣는 것이 아니라 자신의 말을 하기 바쁘고 그 말을 국민들이 실행하기를 요구했다. 그렇지 않으면 강압적으로 실행을 요구했다. 국민들을 위한 공권력은 그 강압적 실행에 이용되었다. 국민을 뒷받침해야 할 공권력의 구성원도 군림을 당연하게 여겼다. 국민의 소리를 들으라고 뽑는 민주주의는 소외되고 배제되었고 국민 자체를 궁민으로 만들어 버렸다.

민주주의의 기본 원칙은 경청이다. 경청을 해야 문제가 무엇이고 어떻게 해결해야할지 가늠이 될 수 있다. 잘 듣지 않으면 엉뚱한 해법이 나오고 문제도 해결이 되지 않는다. 그러나 그것은 쉽지 않다. 그렇기 때문에 대표자를 뽑는 것이고 힘들기 때문에 여러 가지 후한 환경을 조성해주는 것이다. 그러나 힘든 일을 하지 않고 그 후한 일에만 초점을 맞추고 있으니 그것이 문제가 된다. 적어도 문재인은 경청의 태도로 임했다. 그것은 아름다운 일, 찬탄해야할 일로 보이지만 실제는 고행이다. 문재인의 태도는 정치권으로 온 뒤에도 비슷하게 이어진 것이 사실이다. 하지만 경청의 태도는 비판을 곧잘 받았다.

[권력의지]

문 전 대표는 늘 권력의지 빈약이라는 비판을 달고 다녔다. '보스형 리더십'이 아닌 '사회자 리더십' 평가를 받는 것도 같은 비판이다. 친노 리더가 아니라 친노 그룹에 휘둘리는 사람, 시민사회에 휘둘리는 사람 등 평가도 권력의지 빈약을 보여주는 것이란 해석도 있다. 문 전 대표의 측근들은 오랜 인권변호사 생활을 하면서 약자들의 말을 경청하는 버릇에서 배태된 것이라고 주장하기도 한다.

— 〈대선주자 인물 탐구〉 "盧는 내 운명"… 호남과 애증 반복하는 '부산 사나이', 〈문화일보〉, 2017.01.17

문재인의 경청에 관한 특징은 개인적인 성품으로 볼 수도 있지만 그들이 신념으로 삼았던 원칙이나 활동 토대가 무엇이었는지 생각해야 한다. 예컨대, 인권운동이나 시민사회운동을 하는 리더들의 특징을 전혀 반영하지 않는 지적들이 권력의지 박약이라고 응집된다. 권력의지 박약이라는 말을 하기 전에 그들이 어떤 신념을 가지고 오랫동안 활동했는지를 봐야 한다. 그것이 어떤 리더십이고 국정 운영에 적용될 수 있는지를 살펴서 판단을 해야 한다. 특히 민주주의 원칙에 맞는 민주 공화정에 적절한 것인지를 따져야 할 것이다.

특히 인권변호 활동을 한 사람들은 자기들의 신념을 강요하거나 설득하고 일정한 방향으로 끌어가려고 하지 않았고 여기에 문재인의 품성이 결합한 것이다. 일정한 방향으로 끌고 가야 하는 것이 리더십이라는 주장이 많기 때문에 인권 활동을 한 이들이 제도 정치에 들어가기를 원하지 않는 것이다. 문재인은 주변 사람들의 말을 들었고 들어야 했다.

문재인이 어울려서 일을 같이 해야 하는 사람들을 대개 외부에서는 친노라고 말하며 그가 친노에 휘둘린다고 한다. 시민사회에 휘둘린다는 말도 마찬가지다. 어느 날 갑자기 생면부지의 사람들을 대하고 말을 들어간다는 것은 통상적인 일은 아니다. 어쨌든 국민들의 선택을 기다리는 입장에서는 국민들의 말을 일단 많이 들어야 한다. 들어야 문제가 무엇이고 원하는 것이 어떤 것인가를 헤아리고 판단할 수 있다. 복잡다단한 사안일 경우에는 더욱 그러하다. 그러나 대개 이야기를 하지도 않고 해법을 구하거나 듣지도 않고 해법을 내놓은 것이 기존 정치 리더십 국정 운영 리더십이었다. 그래서는 문제 해법은 없고 모순은 악화만 될 뿐이다. 그렇다고 해서 문재인이 듣고만 있는 사람은 아니다.

정봉주 전 민주당 의원이 말한 일화를 보면, 사학법 문제로 교육위 의원, 교육부 장관, 청와대 교육수석이 청와대에 모여 '당*정*청 회의'를 열었는데 교육부 장관이 자신의 제안이 받아들여지지 않는다면 사표를 내겠다고 했다. 당시 회의에 참여하고 있던 문재인은 장관이 사표라는 강수를 두면서 압박을 가하고 자신의 정책 사고를 관철하려 하는 것을 회의 내내 가만히 듣고 있었다. 사실상 이러한 태도를 우리는 1인자형 리더십이라고 부를 수 있을 것이다. 토론이나 토론 숙의 없이 자신의 주장을 일방적으로 관철하려 하기 때문이다.

이 말을 듣고 있던 문재인은 "그럼 관두시죠"라고 했다. 정봉주 의원은 국가 정책을 조율하는데 자신의 자리를 압박 수단으로 사용할 거라면 관두라는 뜻이었으리라고 했다. 정책 조율이 국정의 태반이라는 점을 생각했을 때 교육부 장관 같은 방식으로 언행을 하는 것은 바람직하지 않을 수밖에 없다. 단지 문재인 자체만이 아니라 문재인이 국정에 참여했던 시스템이 그러했기 때문에 이 점을 생각하지 않을 수 없었다.

2017년 가장 많이 논란이 되었던 사안 가운데 하나는 송민순 회고록이었다. 그 내용 중에 문재인이 북한에게 의견을 물었다는 저자의 진술이 문제가 되었다. 2007년 11월 유엔의 북한 인권결의안 표결 당시 참여정부가 북한에 의견을 물은 뒤에 기권 결정을 했다는 대목이었다. 이에 대해서 문재인은 의사결정 과정에 대해서 언급해 주목을 했다.

> '송민순 회고록' 파문에 대해 더불어민주당 문재인 전 대표의 첫 공식 반응은 '노무현 정부에게서 배워라'라는 페이스북 글이었다. 16일 현재 직접 해명 언급을 않고 있는 문 전 대표는 이 글에서 "송민순 전 외교통상부 장관의 책을 보면서 새삼 생각한 것은 노무현 정부가 참으로 건강한 정부였다는 사실"이라며 "대북송금 특검, 이라크 파병, 한미 FTA, 제주 해군기지 등 중요한 외교안보 현안이 있을 때 항상 내부에서 찬반을 놓고 치열한 토론을 거쳤다"고 했다. 이어 "노 전 대통령은 언제나 토론을 모두 경청한 후 최종 결단을 내렸다. 대통령이 혼자 결정하는 법이 없었다"고 썼다. "대통령은 양측의 의견을 충분히 들은 후 다수의 의견에 따라 2007년 유엔 대북 인권결의안 표결의 기권을 결정했다"고 썼다.
> — [기자의 눈/길진균]구체적 해명 없이 '다수결 외교' 자랑한 문재인, 〈동아일보〉, 2016.10.17.

이 사안이 집중적인 공격과 비판이 된 것은 유엔의 북한인권 결의안에 대해서 북한의 입장을 들어보고 그 의견에 따라 결정했다는 주장에서 비롯한 것이었다. 일단 대한민국의 국정 의사결정 사안을 북한의 동의에 따라서 결정하는 것은 자주적인 나라에서는 생각할 수 없는 일이라고 볼 수 있다. 참여정부는 좌파이고 노무현, 문재인은 종북 세력이라는 도식을 만들어 정치적 공세의 명분으로 삼게 되었던 것이다. 이는 기본적으로 북한을 붕괴시켜야할 대상으로 보는 가치관이 결합된 공격이었다. 즉 평화통일의 대상이기보다는 무력통일의 대상이기 때문에 가능한 주장인 것이다. 무력 통일을 주장하는 사람들이 있지만, 평화통일을 바라는 사람은 더 많을 것이다.

어차피 민주주의 국가에서는 상호정책 대결을 벌일 수밖에 없다. 그런 상황에서 건전한 정책 대결이 아니라 종북 세력이거나 이적행위라고 몰아붙이는 것은 국민의 정상적인 선택을 방해한다. 어쨌든 유엔의 북한인권 결의안에 대해서 찬성할 것인지 기권할 것인지에 대해서 일방적으로 누군가 결정했다는 것이 공격의 주요 근거였지만 문재인은 그 과정이 그렇지 않다는 점을 밝혔던 것이다. 그 과정을 보면 다음과 같이 상세히 다뤄질 수 있다.

문 전 대표는 이날 자신의 페이스북에 올린 글에서 "(박근혜 정부는) 노무현 정부에게서 배워라"며 이같이 주장했다. 그는 "노무현 대통령은 시스템을 무시하고 사적인 채널에서 결정하는 일은 더더욱 없었다"고 강조했다. 그는 "그리고 마지막 결정할 때 반대하는 참모들에게 결정이유를 설명해주었다. 그래서 결정이 내려진 후에는 모두가 승복하여 대외적으로 하나의 입장을 견지할 수 있었다"며 "나도 여러 사안에서 반대 의견을 냈지만, 결정된 후에는 그에 따랐다"고 노무현 정부의 의사결정과정의 민주성을 강조했다.

이어 "유엔의 북한인권 결의안에 대한 우리 정부의 입장을 정할 때도 마찬가지였다. 2003년부터 유엔인권위원회에서 북한인권결의안이 추진되고 2006년부터는 유엔 총회에서 북한인권결의안이 추진됐던 것으로 기억한다"면서 "노무현 정부는 2003년부터 2005년까지는 그 결의안에 불참 또는 기권했고, 2006년에는 찬성, 2007년에는 다시 기권했다"고 설명했다. 그는 "2003년부터 2005년 동안에도 외교부는 늘 찬성하자는 입장이었던데 비해, 통일부는 기권하자는 의견이었다"며 "외교부와 통일부는 대북정책에 관해 의견이 다를 때가 많았는데, 한미동맹과 대미외교를 중시하는 외교부와 남북관계를 중시하는 통일부의 입장이 다른 것은 당연한 일이었다"고 말했다. 그는 "어쨌든 그 기간 동안에는 김대중 정부의 6.15 공동선언 이후 남북간의 교류협력이 빠르게 진전되고 있는 상황이 고려되어 큰 격론 없이 통일부의 의견대로 결론이 났다"며 "격론이 시작된 것은 2006년이었는데, 그해 북한이 장거리 미사일을 발사하고 핵실험을 했기 때문이었다"고 밝혔다.

그는 "그러자 외교부는 강력하게 결의안 찬성을 주장했고, 통일부는 여전히 기권을 고수할 것을 주장했다"며 "당시 여당(열린우리당)도 기권의견이었던 것으로 기억한다. 그러나 노무현 대통령은 외교부의 주장을 받아들여 찬성을 결정했다"고 말했다.

그는 "2007년에 또다시 격론이 되풀이 됐는데, 그 해 노무현 대통령과 김정일 위원장이 10·4 정상선언이 있었고 후속 남북 총리회담이 서울에서 열리고 있는 상황이었기 때문"이라며 "외교부는 그런 상황 속에서도 계속 찬성할 것을 강력하게 주장했고, 통일부는 당연히 기권하자는 입장이었는데, 이번엔 대부분 통일부의 의견을 지지했다. 심지어 국정원까지도 통일부와 같은 입장이었다.

노무현 대통령은 양측의 의견을 충분히 들은 후 다수의 의견에 따라 기권을 결정했다"고 당시 북한인권결의안에 기권한 과정을 설명했다.

문 전 대표는 "정부, 특히 청와대의 의사결정과정이 이래야 한다고 생각한다"며 "박근혜 정부는 노무현 정부를 배우기 바란다"고 주장했다.

— 문재인 "박근혜 정부는 노무현 정부에서 배워라", 〈한강타임즈〉, 2016.10.16.

유엔북한인권결의안은 오래된 사안이기 때문에 하나의 시점을 두고 말하는 것은 적절하지 않은 면이 있다. 문제가 된 것은 2007년 결정이었지만 이전에도 결정은 해마다 계속되었기 때문이다. 2003년부터 2005년까지는 결의안에 불참 하거나 기권했다. 2006년에는 찬성, 2007년에는 다시 기권했다. 2003년에서 2005년은 모두 통일부의 의견대로 했다. 외교부는 당연히 한미 동맹이나 유엔을 생각해 찬성을 했다. 문재인이 강조한 것은 김대중 정부의 6.15 공동선언 이후 남북간의 교류협력이 빠르게 진전되고 있는 상황이었다. 이 때문에 큰 격론 없이 통일부의 의견대로 결론이 났다고 했다.

그러나 격론이 시작된 것은 2006년이었고, 이유는 자명했다. 그해 북한이 장거리 미사일을 발사하고 핵실험을 했으니 이에 대한 응당한 반응을 보여주어야 한다는 의견이 더 강해질 수밖에 없었다. 통일부는 기권을 고수했고 여당도 마찬가지였다. 이에 찬성을 결정했다. 2007년에는 통일부의 의견을 지지했는데 이때는 국정원도 기권이었다. 남북화해관계를 생각했기 때문에 기권을 결정한 것이었다. 물론 이런 통일부의 기조가 마음에 안들었는지 2008년 이명박 정부는 통일부를 없애고 외교부에 흡수 통합시키려 했다. 이에 대한 국민적인 반발이 엄청나게 거세서 다시 후퇴할 수밖에 없었다. 중요한 것은 의사결정 과정이고 일방적인 결정이 아니었다는 것이다. 왜 통일부가 그런 입장을 견지했는가이다. 또한 참여정부가 남북의 평화통일 기조를 유지하여 안보를 안정시키려 했다는 점이 중요할 것이다. JTBC '썰전'에 출연한 문재인 대표는 다음과 같이 말하기도 했다.

"외교부장관이 기권으로 결정된 후에도 계속 찬성해야한다고 주장했다. 그분이 워낙 강하게 찬성 주장을 하니까 다시 회의했다. 그 자리에서 외교부장관이 찬성에 대해 북한도 반발하지 않을거라고 주장했다. 북한이 반발하지 않는다면 찬성해야지. 외교부 체면도 서고 보수층 지지도 얻을 수 있고. 그렇다면 찬성으로 갈 참이니까 확인해보자 해서 국정원에 확인한건데 국정원은 '북한 반발이 심할 것 같고 후속회담에 차질이 있을 수 있다' 고 했다. 그렇다면 기권이다가 됐다. 전과정에 대해 외교부장관 본인도 동의했다"

한 사람이 결정을 하는 것은 근대적인 영웅 리더십이나 카리스마 리더십이라고 할 수 있다. 또한 이 사안에 대해서 세간에 알려진 것처럼 문재인이 혼자 우겨서 단독으로 결정하게 했다는 것은 민주정부의 의사결정구조 자체를 보지 않고 만 것이다. 만약 그러한 의사결정 구조를 갖지 못했다고 하면 대한민국 민주주의를 어기는 것이라고 할 수 있다. 어떠한 상대라도 대화의 주체나 대상으로 여길 때

갈등과 분란도 해법의 실마리를 찾을 수 있을 것이다. 오히려 적일수록 대화를 하고 소통을 해야 하며 그 연장선상에서 해법을 찾아야 한다. 적대적 관계는 결국 그 적대적 관계를 통해서 이득을 볼 이들에게만 좋을 뿐 일반 국민들에게는 해가 된다.

문재인은 항상 현재의 모습으로 그 자리에 있었다.

취재기자들이 문재인 변호사의 장점에 대한 이야기를 할 때 자주 나오는 이야기가 본인이 직접 전화를 잘 받는 친절한 사람이라는 말이다. 그것은 기자들뿐 아니라 나를 포함한 친구 등 주변인들에게도 늘 한결같았다.

그는 정말로 바쁘고 중요한 직책인 수석시절, 비서실장 시절에도 가능하면 본인이 직접 전화를 받았으며, 불가능할 때는 나중에라도 전화를 하겠다는 문자를 보내고 이를 반드시 실천하였다.

언제 어느 자리에서라도 늘 같은 모습으로 그 자리에 있고, 언제나 누구하고나 소통하려 하는 문재인 변호사의 모습이 우리가 늘 생각하는 진실됨이며, 내가 그를 믿는 이유이다.

— 내가 아는 40여 년간의 문재인 변호사, 그는 한결같이 신뢰할 수밖에 없는 사람이다! 박종환(대학 동기. 전 치안정감)

23.
사심보다는 공심을 우선하다
— 공심(公心)의 리더

경희대학교에서 학생운동을 하셨고 전두환 정권에 맞서 부산국 민운동본부 상임 집행위원으로 반독재투쟁 일선에서 싸웠으니 전국 조직 차원의 역할에 대한 요구가 많았을 것은 불문가지이다. 게다가 서울에 이런저런 인연도 많고 변호사란 직업 때문에 재정적 후원에 대한 요구도 많았을 것이고 실제로도 또 많이 하셨을 터이다.

그런데 어느 날 문 변호사님은 민주변호사회 활동을 제외하고는 전국 차원의 활동을 자제하고 지역 활동에 전념하겠다고 하셨다. 특히 재정적 후원의 경우 지방의 열악한 재정 현실을 감안해 부산지역 후원에 집중 지원을 하겠다고 하시더니 (사)노동자를 위한 연대의 회비를 두 배로 올려주셨다. (당시 재정이 어렵던 우리로서는 난데없는 횡재를 한 기분이었다.)

지역적 요구에 부응하는 것이야 어찌 보면 당연하다고 치더라도, 당시의 분위기로 미루어 볼 때 전국적으로 명망이 높은 분들이 문 변호사님한테 전국 단위의 역할을 맡아 달라 요청했을 때 이를 거절하는 일이. 어디 말처럼 쉽기야 했겠는가.

— 노동상담소 소장, 그리고 깽깽이풀, 설동일 (부산 혁신과 통합 상임대표)

요즘 지방자치단체장들의 대선 출마를 선언하는 단체장들이 많아졌다. 그 지역에 사는 사람들은 자신의 지역정치인이 중앙 혹은 전국 단위의 정치력을 갖는 것을 원할지 모르겠다. 자부심과 명예심을 줄지 모르겠다. 하지만 대부분 지역에 뭔가 발전이 이루어질 것을 기대하기 때문이다.

그것은 결국 다른 지역에 갈 수 있는 예산을 인위적으로 끌어오는 것을 바라는 바일 수도 있다. 독재나 권위주의 정부에서는 그런 일이 너무나 많았기 때문에 지역주의가 심화되었다. 정말 나라와 국민을 생각한다면 바람직하지 않은 일이다. 산업시설이든 공공 기관, 시설이든 적재적소에 가야 하는 것이 많은데, 큰 권력을 가진 이가 인위적으로 강박하는 것은 특정 해당지역에는 좋을 수 있지만, 다른 적절한 지역이 배제되고는 한다.

이러한 태도들은 전반적으로 공심(公心)보다는 사심이 더 앞서는 데서 비롯하는 점이겠다. 한때 인권변호사들이 중앙 정치에 진출하니 그 겉모습만 보고 흉내 내는 이들이 나왔다. 실제로 실망을 주는 경우도 있었다. 마치 인권변호사가 도구가 된 느낌이기도 했다. 이러한 면은 유권자들에게 실망을 주기도 했다.

문재인은 자신에게 맞지 않는다고 해서 사람들에게 우러름을 얻을 수 있는 정치권에 나가지 않으려 했을 뿐만 아니라 전국 단위의 명망가 생활을 하지 않으려 했다. 오히려 지역에 대한 활동을 강화하고 얼마 안 될지라도 지원금을 집중했다.

참여정부 시절 문재인 전 대표가 대통령 비서실장이 되자, 문재익 씨가 일하고 있었던 선사에서 문재익 씨를 해상직에서 육상직의 고위직으로 승진시켰다. 그 사실을 안 문재인 당시 청와대 비서실장이 문재익 선장에게 연락해서 "선사에서 그런다고 그 선사에 도움을 주는 일 따윈 없을 테니, 다시 선장으로 돌아가는 게 좋을 거다"라고 하였다. 결국 문재익 씨는 선장으로 복귀하게 되었다. 문재익 선장이 만취한 상태에서 형 욕을 하며 그날의 서운함을 이야기 했다. 그때서야 직원은 자기가 모시던 선장이 문재인 전 대표의 동생이었단 것도 알게 됐다. 문재익 씨가 일했던 선사는 지금은 사라진 STX였다.

— 2016.11.22, 인터넷 커뮤니티인 엠엘비파크에 올라온 글

대개 한국적인 정을 중요하게 생각하는 풍토에서 말이다. 가족 간에는 가족애가 우선이어야 한다는 생각이 강하다. 그러나 그것은 사적인 관계에서는 그럴 수 있지만 공적인 사안을 생각한다면 참 어려운 문제이다. 무엇보다 힘이 있고 가진 것이 많은 이들이 더 잘 모범을 보여야 하지만 그렇지 않은 것이 현실이다. 당장에 종합병원만 가도 좋은 곳일수록 빨리 진료를 하기 위해 온갖 아는 사람과 배경을 동원하는 것이 일상화되어 있다. 그렇기 때문에 악순환이 벌어진다. 언제나 줄이 없으면 정상적인 진료가 힘든 곳으로 인식되었기 때문에 비선을 통해서 편의를 보려한다. 반칙의 용인이 결국 원칙과 정상적인 질서를 무너뜨리고 말기 때문이다.

노무현 대통령께서 당선 되고서 문 변호사도 노 대통령을 도와 참여정부를 이끌어 가기 위해 서울로 가게 되었다. 우리 친구 그룹은 그를 위해 송별회를 마련했다. 온천장 어느 식당에서 저녁을 함

께 하는 그 자리에서, 친구들은 기왕에 그렇게 결정이 되었으니 잘 하고 오라는 격려를 얻어 그대를 보낸다마는 솔직한 속마음은 "자네가 가지 않아도 되면 좋겠다"고 했다. 정치판이라는 게 어떤 곳인데, 더 없이 아끼는 친구가 상하고, 상처받고, 아파할 것이 몹시도 두려웠기 때문이었다. 친구들의 말을 듣고 문 변호사는 그 특유의 어조로 이렇게 말했다.

"가서 원칙대로 일 하겠다"

그다운 말이었다. 하지만 나는 그 말을 듣고 친구 하나를 잃은 것 같아 쓸쓸함이 왈칵 밀려들었다. '나의 친구 문재인'이 이제는 모든 사적인 관계를 뒤로 한 채 '국민의 공복'이 되기 위해 떠나는구나…. 기쁜 마음으로 보내기야 하겠지만 함께 어울려 다니며 추억을 쌓는 일이 더 이상은 힘들겠구나….

우리 친구들은 문 변호사가 서울로 간 뒤로 참여정부 5년 동안 단 한 번도 전화하지 않았다. 물론 그에게서도 전화가 걸려오지 않았다. 그래서 좋았다. 우정이 이 정도는 되어야 그 이름에 값하는 것 아니겠는가.

— '나의 친구 문재인'을 떠나보낸 사연, 이창수 (친구)

어떤 이들은 아니 대부분의 사람들은 청와대로 간다고 하면 축하한다. 그러나 어떤 이들은 좋아하지 않는다. 참 희한한 사람들이라고 할 수가 있다. 이른바 출세해서 가는 것인데 별로 좋아하지 않는다니 말이다. 더구나 걱정을 하고 있는 것이다. 그 태도나 가치관도 다르다. 공복이라는 표현에서 그 생각을 알 수가 있는 것이다. 상하고 상처를 얻고 아파할 것을 염려하는 것은 청와대에서 어떤 일들을 겪게 될지를 알고 있기 때문이다.

　더구나 문재인이 그렇게 가고 싶어 하지 않는다는 것을 잘 알고 있기 때문이다. 모든 사적인 관계를 끊고 간다는 사실을 공유하고 있는 지인들이 결국 문재인과 공감대를 형성하고 있는 것이다. 남들은 청와대에 문재인이 있다고 하니 어떻게든 편의를 보려고 했지만, 가까운 친구들은 당연히 전화가 오는 것을 그럴 법하다고 생각했고, 친구들도 전화나 별도의 연락을 하지 않았다. 어떻게 보면 그것이 원칙이라고 할 수가 있다. 오히려 사적인 관계를 끊고 공적인 관계만을 생각하는 문재인을 냉정하다고 말하는 것은 사심과 공심을 혼동한 것이겠다.

　1988년 4월의 13대 총선을 앞두고 노 변호사는 김영삼 총재의 영입제안을 받는다. 노 변호사는 스스로 결정하지 않고 부산지역 민주화운동권에서 먼저 논의해 달라고 요청했다. 나는 그의 정치권 진출을 찬성했고 대체적인 논의의 결과도 그랬다. 본인도 결단을 내렸다. 가는 사람이나 보내는 사람들이나 개인적 입신영달을 위해서가 아니라 부산 민주화운동권을 대표해 파견되어 간다는 인식이 있었다.

　노 변호사는 오래 산 남구를 포기하고 연고도 없는 동구를 고집했다. 그 지역구에 신군부의 5공 핵심 허삼수 씨가 나온다는 사실 때문이었다. 그를 꺾어 5공을 심판하겠다는 생각이었다. 그리고 그는 결국 이겼고 정치에 입문했다. 그때 쓴 선거 구호가 '사람 사는 세상'이다. 이것은 이후 오랫동안, 노무현 대통령이 퇴임한 뒤에도 즐겨 쓰는 사인 글이 되었다. 그만큼 사람 사는 세상은 쉬 오지 않는 꿈같은 것이었던지.

— 문재인 블로그에 올린 글

　　고 노무현 전 대통령은 더불어민주당 문재인 전 대표를 원칙주
의자로 평가했다. 문 전 대표의 측근들은 물론 정치권 바깥에서도
이 같은 평가에 대체로 동의한다. '공과 사를 구별해야 한다'는 생
각이 지나칠 만큼 철저하다. 노무현 정부 청와대에서 민정수석 두
차례, 시민사회수석, 비서실장까지 거쳤지만 청와대 출입기자단
과 단 한 차례도 식사 자리를 갖지 않았다. 한 측근은 "고교, 대학
동창회에도 나가지 않았다. 괜한 오해를 사지 않으려는 것이었지
만 대선 출마 후 동문들의 차가운 시선을 받았다"고 말했다.
　　다른 측근은 "1980년대 부산에서는 '변호사를 하려면 문재인
처럼, 시민운동을 하려면 노무현처럼'이란 말이 있었다"고 전했
다. 성실하고 이성적으로 접근하는 편이다… 하지만 원칙을 우선
시하다 보니 '고구마'라는 별명이 붙었다. 그만큼 '답답하다'는
의미다.

— 주변에서 본 문재인 "최고의 원칙주의자"…, 〈경향신문〉, 2017.01.09.

문재인만이 아니라 노무현 대통령도 사심이 아니라 공심이 더 많
은 사람이었다. 누구를 말하기 전에 재야 민주화운동을 했던 사람
들의 정서가 모두가 다 그러했다. 그러한 와중에 문재인은 더욱 그
러했다. 사실 노무현 대통령이 문재인을 높게 평가했을 것이다.
　　원래 공과 사를 철저하게 구분하는 사람은 사적인 관계를 중요하
게 생각하는 사람들에게서는 환영을 받지 못한다.

최순실-박근혜 게이트의 경우 가장 큰 문제는 사적인 관계들이었다. 그것이 공적인 관계 즉 국정운영에도 깊숙하게 개입했고 헌법 질서 자체를 무너뜨리는 근본 요인이 되었다. 사실 국민들에게 국정 참여자들의 사적인 관계가 전혀 중요하지는 않다. 사적인 관계를 돈독하게 하라고 그들을 뽑은 것은 아니기 때문이다. 그러나 권력자들은 그렇게 자신들의 사적 관계를 위해서 선거에 나왔고, 결국 사단이 나는 일이 반복되었던 것이다. 오히려 답답하고 냉정한 이들이 선출될 필요가 있어 보이게 되었다.

문재인 민주통합당 상임고문은 도덕성, 사심이 없다는 게 높은 점수를 받았다. 함 교수는 "도덕적인 면에 있어서 다른 후보보다 월등히 앞선다"고 평가했다. '권력의지 부족'은 문 고문의 단점으로 꾸준히 지적된다. 문 고문은 최근 "권력의지가 없다는 것이 단점이 아니다"고 말했다. 뒤집어보면 그에게 붙는 '물음표(?)'의 핵심이 권력의지라는 점을 본인도 잘 안다는 의미다… 윤여준 전 환경부 장관은 "권력을 가지고 나라를 바꾸기엔 성격상 안 어울린다"고 평했다. 최진 대통령리더십연구소장은 "강인하고 원칙적인 모습과 성실한 이미지가 강점"이라면서도 "노무현의 그림자가 큰 정치인의 이미지를 가로막고 있다"고 평가했다.
— 전문가들이 본 문재인, "사심은 없지만…", 〈헤럴드경제〉, 2012.05.16. 4면 2단

문재인 전 대표는 어떨까. 문재인 캠프의 한 핵심 관계자는 "우리도 고민이다"라고 말했다. "좋은 사람이다, 사익을 탐하지 않을

것 같다 정도의 이미지는 유권자들 사이에 공유되어 있다. 하지만 역대 대통령들처럼 뚜렷한 자기 색깔을 만들기까지는 정치 입문 이후 시간이 좀 짧았던 것 같다"

— 문재인의 최대 변수는 문재인이다, 〈시사IN〉, 2017.02.03.

분석 결과 문재인 전 대표는 지지율 1위 주자답게 7개 평가 항목 중 4개 항목에서 1위를 기록했다. △도덕성 6.8점 △절차·설득 중시 7.3점 △진정성 5.7점 △서민 이미지 6.2점 등에서 1위였다. 문 전 대표가 민주적이고 청렴하며 소통에 적극적인 지도자로 확실히 평가받고 있다는 점이 확인된 것이다.

— 文 설득·도덕성… 潘 안보관… 安 개혁의지 각각 선두, 〈매일경제〉, 2017.01.24. A5면 TOP

사심이 없다는 것은 사적으로 뭔가 자신의 욕심을 채우지 않는다는 것을 말한다. 이 때문에 위법은 물론이고 탈법을 저지르지 않는다는 것이다. 자신의 욕심을 채우려 부당한 행위를 하지 않기 때문에 도덕성이 높다는 점이 우선 평가되는 것이다. 삿된 일을 하지 않기 때문에 원칙에 충실할 수밖에 없고 적어도 원칙을 지키는 한에서는 강인하다. 삿된 일을 하려 하지 않으니 성실하게 보인다. 권력을 통해서 어떤 근원적인 변화를 하기에는 적합하지 않을 수 있다고 하는데 과연 국정의 제도적 틀로 그것이 얼마나 가능할까. 어떠한 큰 변화를 요구하거나 기대하는 것은 문화적 코드가 너무 강하고 제도적인 코드를 간과하는 것일 수도 있다.

어쨌든 사익을 탐하지 않는 사람이라는 것이 유권자들에게 인식

되어 있다는 것은 자산이다. 결과는 그러한 사익을 탐하지 않는 사람만을 유권자가 원하는 것인가 그렇지 않은가에 달려 있을 것이다. 선거 자체가 이런 공익만을 염두하는 기조에서 이루어지는 기조가 분명 존재하기 때문이다.

[수줍음]

2011년 5월 14일. 난 김해 봉하 마을에서 결혼식을 올렸다. 우리 커플은 '노사모'(노무현을 사랑하는 사람들의 모임) 창립 멤버로 노사모에서 만나 10년 연애 끝에 결혼을 하게 되었다. 대통령님이 계신 곳인 만큼, 대통령님과 함께 해 오신 분이 주례를 맡아 주시길 원했고, 우리 커플은 문재인 이사장께 주례를 부탁 드렸다. 우리의 부탁에 대해, 문 이사장은 한번 생각해 보겠다고 하셨고, 며칠 후 전화를 주셨다.

"제가 지금까지 주례를 한 번도 해본 적이 없어요. 사무실 직원들, 청와대 시절 직원들의 주례 부탁도 다 거절했어요"라며, 주례를 거절하셨다. 한마디 말씀을 덧붙였는데, "솔직히, 대중들 앞에 서는 게 두렵기도 해요"

그런 그가 변했다.

며칠 전, 한 지하철역에서 유권자들에게 출근인사를 하는 그를 보았다. 출근인사를 하는 문재인 이사장을, 대부분의 시민들이 반갑게 맞아 주셨지만, 간혹 외면하는 분도 계셨다. 그러나 문 이사장은 외면하는 분에게도 적극적으로 다가가 인사를 드리며, 정말 열심히 하겠다는 말씀을 건네신다.

참여정부의 마침과 동시에 그는 낙향하여 '자연인 문재인'으로 평화로운 보통의 삶을 살고자 했다. 하지만 대통령님의 억울한 죽음과 우리 사회 전반의 역주행이 수줍은 '자연인 문재인'을 대중 속으로 뛰어들 수밖에 없도록 만들었다. 그에게는 죄송하지만, 한편으로 가슴이 뜨거워진다.

— 정말 유서를 못 버리겠더라, 솔직함과 겸손함 사이에서 조동환(변호사)

누굴 도울 순 있어도 직접 정치를 하진 않겠다는 뜻이었다. 그런 그가 정치 참여를 결심하게 된 결정적 시기는 2011년 김해을 보궐선거였다고 한다. 이때 야권은 국민참여당 이봉수 후보를 단일후보로 냈다. 하지만 봉하마을이 있는 이곳에서 당시 한나라당 김태호 후보에게 패했다. 문재인은 "정권교체는 시대적 숙제인데, 이젠 야권 전체가 힘을 모아야 한다"고 판단을 내렸다고 한다. 김경수 공보특보는 "문 후보의 정치참여는 순간적으로 내린 결정이 아니라 정권교체에 대한 열망, 시대적 소명에 대한 고민이 점차 누적되어온 결과"라고 설명했다.

지난 4월 총선, 노무현과 자신의 정치적 고향인 부산에서 당선된 문재인은 6월에 대선 출마를 선언했다. '쑥스러움이 많고 권력의지가 없는 사람'으로 통하던 문재인은 출마선언문에서 '불비불명(不飛不鳴)'을 말했다. 지금까지 날지도, 울지도 않고 조용히 때를 기다렸으나 이제는 높이 날아보겠다는 뜻이다. 그는 민주당 순회경선에서 당내 경쟁자인 손학규·김두관·정세균을 넘었다.

— 문재인 "수감중 사시합격하자 안기부 찾아와…", 〈중앙일보〉, 2012.09.17.

문재인은 사실 사람들 앞에 나서는 것을 별로 좋아하지 않는다. 학생운동을 했던 면을 생각한다면 의외라고 생각할 수 있지만, 자신을 드러내기 위해서 활동을 내세우지 않는 스타일인 것이다. 어떤 사람들은 별일 아닌데도 자신의 성취를 드러내려는 이들이 있다. 작은 것인 데도 큰 것인 것처럼 자랑한다. 또한 그것을 통해서 정치에 나서기도 하고 특정 지위에 도전하기도 한다. 그런 면에서 스펙 관리가 잘 안 되는 사람이기도 했다. 그렇지만 그가 소신이나 생각이 없는 것은 아니다. 다만 그것을 자신의 사적인 욕망 때문에 활용을 하지 않으려 하기 때문에 드러내지 않을 뿐이다.

어떻게 보면 현실을 너무나 잘 알기 때문이 아닌가 싶다. 현실의 어려움, 절벽 같은 외로움과 고통스러움이 이상 실현을 어렵게 하고 있다는 사실을 알고 있기 때문에 섣불리 나서지 않는 것일 수도 있다. 그는 수 십 년간의 재야 민주 인권활동을 통해서 현실의 벽을 실감한 현실론자일 것이다. 그렇기 때문에 그 벽 앞에서 좌절하고 울었을 것이고 신음했을 것이다. 그 벽을 넘기에는 개인의 무력감을 많이 느끼고 좌절감도 맛보았을 것이다. 그렇기 때문에 쉽게 나서지 않으려 했는지 모른다.

그러나 그가 국정의 중심으로 나서게 된 것은 그가 처한 어떠한 운명적인 상황도 작용했다. 그런데 운명적인 상황에 그가 응한 것은 공적인 명분이 작용하고 있었기 때문이다. 이제는 높이 날아보겠다는 것이 아니라 날아야 하는 공적인 명분이 주어졌고 그것에 대해서 최대한 자신이 노력해야 하는 의무감이 생겼기 때문이다. 그러나 그러한 공적의식과 동기부여는 항상 오해와 비판의 화살에 노출될 것이다. 사심으로 보면 공심도 사심으로 보이기 때문이다.

공심으로 보는 사람만이 공심으로 보일 것이다. 그렇게 보는 이들만이 문재인의 리더십에 응할 수 있을 것이다. 때로는 적에게조차 너무 관대한 것 아닌가 싶지만 그 내적인 헤아림을 보통은 잘 이해하기 힘들 것이다.

"분명하고 단호한 입장표명을 요구하는 일부의 비판까지 감수했다. 이는 오로지 국정혼란을 최소화하려는 충정 때문이었고, 박 대통령에게도 퇴로를 열어주고 싶었다. 그러나 박 대통령은 이러한 저와 우리 당의 충정을 끝내 외면했다. 이제는 돌이킬 수 없는 상황에 이르렀다. 모든 야당과 시민사회, 지역까지 함께 하는 비상기구를 통해 머리를 맞대고 퇴진운동의 전국민적 확산을 논의하고 추진해 나가겠다."

― 2016.11.15, 박근혜 대통령 퇴진운동에 나서겠다며.

24.
탈권위주의는 아무나 할까 — 수평적 리더십

지금은 사법연수원을 졸업하고 바로 개업하는 변호사가 많다. 하지만 1983년 무렵에는 거의 대부분의 변호사들이 판사나 검사를 마치고 개업을 했다. 부산에서 개업하는 변호사가 1년에 겨우 두세 명이 될까 말까 했다. 그래서 변호사들은 자신을 사실상 판사나 검사로 여겼다.

그래서인지 나이 지긋한 변호사들은 평소 자신의 사무원들과 식사를 하지 않는 것을 당연하게 여겼다. 심지어 사무원에 대한 상여금이나 퇴직금 제도도 없었다. 변호사가 맘 내키는 대로 주면 받고, 주지 않으면 받지 못하는 것이 관행이었다. 한마디로 당시의 변호사와 사무원의 관계는 파트너가 아니라 주종관계였다고 해도 과언이 아니었다.

사무원들은 머리가 허옇고 허리가 굽어도 변호사에게 '영감님'으로 호칭했다. 설령 변호사 나이가 새파랗게 젊어도 그 호칭은 변하지 않았다. 영감(令監)님이란 용어를 알아보았더니 지체가 높은 사람을 부르는 말이었다. 조선 시대에 정2품 이상에는 대감을, 정3품에는 영감이란 호칭을 붙였다. '영감님'은 조선시대로 따지면 양반 중의 양반이고 실세 중의 실세인 셈이었다. 시대착오적인 호칭이었지만 모두 그 호칭을 당연하게 여겼다.

나 또한 문 변호사님을 '영감님'으로 부르면서 까닭 없이 변호
사님을 어려워하는 환경에 익숙해져 가고 있었다. 그러던 어느 날
문 변호사님이 청해서 사무원 전원이 노래방(그 당시는 가라오케라
고 했다)에 가게 되었는데 사모님도 함께였다. 그것이 당시의 관행
으로는 파격적이라서 고참 사무장조차 무척 놀라는 눈치였다. 지
금 사람들은 그런 말을 들으면 설마 그 정도까지야 하겠지만 그 옛
날의 변호사업계는 그 정도로 변호사와 직원 사이에 벽이 두꺼웠
다. 얼마 후에는 문 변호사님이 사무원 모두를 집에 초대해서 우리
는 사모님이 직접 준비한 음식을 먹는 호강을 누렸다.

그 자리에서 문 변호사님은 젊은 자신에게 '영감님' 호칭은 거
북한데다, 무엇보다 너무 권위적인 것 같아 어색하다면서 사무원
들에게 호칭을 '변호사'로 바꾸어 줄 것을 요구하면서 한마디 덧
붙였다. "우린 동룝니다, 동료" 또한 사건 의뢰인에게도 꼭 변호사
로 부르도록 이야기해달라고 부탁했다.

문 변호사님의 합리적인 성품에 얽힌 그와 같은 미담이나 추억
이 그 한 가지 만은 아니다. 그러나 무엇보다도 그렇게 권위적인
세계에서 직원과 변호사의 장벽이 높던 시절에 자신을 파격적으로
낮추어 사무원과 파트너가 되고자 했던, 겸손한 문 변호사님의 성
품을 나는 잊지 못한다. 나는 수 십 년이 지난 지금도 그때의 기억
을 떠올리면 저절로 미소를 짓게 된다.

— '영감님'의 추억, 최성민(문재인 법률사무소 전 직원)

한국은 겉으로는 민주 공화국을 표방하고 있는지는 모르지만 의

식 구조는 전근대사회라는 이른바 조선시대의 인식에서 머물러 있다. 그것을 단적으로 보여주는 것이 영감님이라는 호칭인 것이다. 판사나 검찰이 국민 위에 군림하는 것 그리고 그것을 당연하게 여기는 것도 이러한 관 중심의 사회/문화에서 기인하는 것이다. 노무현 대통령이 검사와 대화를 할 때 검사들은 판사출신의 대통령임에도 불구하고 자신들의 주장을 연이어 강권하는데 집중했다. 이러한 태도라면 국민은 물론이고 일반 민원인들에게 어떠한 태도를 보일지 잘 알 수가 있는 것이다.

하지만 문재인은 이런 권위주의적인 습속에서 벗어난 언행을 보였다. 변호사와 사무원들이 편하게 어울릴 수 있도록 했고 영감님이라는 호칭을 금지하도록 했다. 그렇게 자신을 높여 부르는 행태 자체를 찬성하지 않는 문재인이었던 것이다. 사람 위에 군림하고 그것을 통해 과시하는 행태를 전혀 보이지 않는 가치관을 일찍부터 가지고 있었던 것이다. 이는 권위를 부리지 않고 격의 없이 수평적인 관계를 설정하려는 것이었다. 그것이 민주주의 원칙이라고 할 수 있을 것이다. 민주주의에서는 누구나 다 대등한 관계이기 때문이다.

이렇게 권위를 부리지 않는 태도는 그의 업무 스타일이나 일상 스타일에서 모두 확인할 수 있는 부분이기도 하다. 뿐만 아니라 노무현 대통령 그리고 참여정부 자체가 그러한 기조를 통해서 국정운영을 했던 것이다. 그것은 일견 보면 상당히 일반적일 수도 있지만 한국의 기득권 세력이 갖고 있는 질서주의에서 보면 상당히 파격적이라고 할 수 있다. 하지만 그러한 가치들을 참여정부가 지나고 이명박 박근혜 정부가 들어서면서 인지하기 시작한 것은 너무 늦은

감이 있었던 것이다.

　　국회의원 노무현의 지역주의와의 싸움은 참으로 가열했다. 자신의 유, 불리를 따지지 않고 온몸으로 부딪히는 그의 진정성을 국민들이 알아주기 시작했다. 그는 15대 총선 때 처음으로 대선 출마 의지를 내보였다. 그리고 2001년 9월 6일, 드디어 대선 출마를 공식선언하기에 이른다. 그의 대선행보는 남달랐다. 조직과 돈을 먼저 준비하는 것이 아니라 각 분야 전문가들로 학습 팀을 꾸려 국정운영에 대한 공부부터 시작했다. 참으로 노무현다운 준비였다. 후보 경선이 시작되었고 나는 부산, 울산 지역 경선을 책임지고 혼신의 노력을 기울였다. 워낙 노동운동이 활발하던 지역이라 그간 우리가 각급 노조와 맺은 끈끈한 유대와 인맥이 큰 힘이 되었다. 다들 기억하고 있을 '광주 경선의 감동'을 넘어 그는 민주당의 대통령 후보로 선출되었다.

　　나는 다시 부산 선대본부장을 맡았다. 이때 '노무현의 친구 문재인이 아니라 문재인의 친구 노무현'이란 말이 나왔다. 나를 정치판에 끌어들인 사실이 미안했던지 노 대통령께서 어떤 행사에서 나를 추어주기 위해 한 말이었다. 하지만 나는 이 말에 담긴 그의 속 깊은 우정에 대해 언제나 감사함을 느낀다. 그리고 비록 과분하긴 하지만 지금도 그 말을 가장 듣기 좋은 칭찬으로 여기고 있다.

― 문재인 블로그에 올린 글

　　문재인은 2002년 대선에서 부산·울산 지역 경선을 책임지고 승리를 위해서 노력했다. 그곳에서 승리는 그동안 맺어왔던 끈끈한 유대와 인맥 때문에 가능한 것이 되었다. 만약 오래전부터 노동인권에 관련한 활동을 하지 않았다면 힘든 일이었을 것이다.

사실 변호사들이 노동운동관련자들을 변호한다는 것은 기존의 권위주의 즉, 영감님 문화에서는 쉽지 않을 일이었다. 오히려 변호사들은 대기업과 어울려야 돈을 많이 벌고 지위를 더 크게 가질 수 있었기 때문이다. 그것이 세상의 법칙이고 룰이라고 여겼고, 그것이 성공하는 자들의 당연한 코스라고 생각했다. 노동자와 어울리는 것은 빨갱이라고 여겨지던 시절이었다. 심지어 노동자를 자신들의 머슴이라고 생각하는 수준이었다. 그들을 대상으로 교육도 하고 행동의 변화를 요구하는 것은 사회질서를 붕괴시키는 선전선동으로 봤던 그들이었다.

만약에 이러한 인식구조를 가지고 있었다면, 문재인은 활동을 하지 못했을 것이고 2002년 대선도 이루어질 수 없었을 것이다. 2002년 대선은 우여곡절 고생 끝에 노무현 후보의 간신히 이긴 승리로 끝이 났다. 서울로 와야 했던 문재인의 삶은 어떻게 달라졌을까.

평창동의 작은 연립에 세를 얻어 서울 생활을 시작했다. 마당이 100평이 넘는 부산 집을 팔아도 강남 30평 아파트 전세 값이 안 됐다. 근무 시간이 길어 사생활이 크게 없어진 것을 제외하고는 이전 생활과 아무런 차이가 없었다. 하긴 달라질 이유가 없었다. 업무 시간 외에는 내가 직접 차를 모는 것, 방이 따로 없는 대중음식점에서 밥을 먹는 것, 사람들 틈에 섞여 줄서서 기다리는 것, 비행기나 기차의 일반석을 이용하는 것, 수행원 없이 혼자 다니는 것

등, 나로서는 당연한 일들을 많은 사람들이 신기하게 받아들였다. 기왕의 고위공직자들에 대한 이미지와는 너무 다르다는 것이었다. 참여정부의 인사들은 대개가 그랬기 때문에 일요일 혼자 간 등산 길에서 서로 마주치기도 했다.

— 문재인 블로그에 올린 글

2003년 1월, 문재인은 부산에서 검은 비닐 봉투에 속옷과 양말 등을 싸서 상경했습니다. 평창동 연립주택에 세를 얻어 서울 생활을 했고 당시 문재인을 만난 사람들은 그의 구멍 난 양말을 자주 봤다고 전합니다. 또 서울과 부산을 오가던 부인 김정숙 씨에게 "내가 청와대 재임 중에는 백화점에 다니지 말라"고 했다는 일화도 전해집니다.

— 위키 백과

청와대 직원들에게는 늘 존댓말을 썼다고 한다. 자신의 주장을 내세우기보다 다양한 의견을 듣고 상황을 명확하게 정리하는 업무 스타일을 보였다고 한다.

— 위키 백과

문재인이 '노무현 청와대'에서 대(對)언론 자세에 관한 한 386 참모들과는 달랐다는 출입기자들의 증언도 있긴 하다. 출입기자들의 전화는 소속사를 구분하지 않고 받았다는 것이다.

— [황호택 칼럼] 문재인은 노무현을 지워야 보인다, 〈동아일보〉, 2012.09.24.

대개 노무현 대통령의 소탈하고 소박한 모습이 인간적이라고 많이 알려져 있다. 이를 들어서 서민대통령이라는 점을 강조하고는 했다.

상대적으로 문재인이 노무현과 차이가 없이 서민적인 생활을 하는 사람이라는 점은 잘 알려지지 않았다. 그가 핸섬하게 생겼기 때문일 수도 있을 것이다. 오히려 그런 면에서는 역차별(?)을 당했는지 모른다. 소박한 삶이라면 둘째가라면 서러울 문재인인데 말이다. 직접 차를 몰지 않고 운전기사를 두는 것, 방이 있는 곳에서 따로 식사하는 것, 사람들 사이에서 줄을 서지 않고 특별대우를 받는 것, 특별석을 이용하는 것, 수행원을 대동하고 다니는 것 등은 그가 평상시대로 하는 일이 아니었기 때문에 평상시대로 행했을 뿐인데, 그의 이런 모습이 많이 회자가 되었던 것이다.

그것은 어쩌면 문재인에게 놀라운 일로 다가왔을 것이다. 그것이 국민들이 원한 서민대통령, 서민청와대, 서민참모들의 모습이었을 것이다. 물론 다른 이들은 그 반대로 행동을 하고 있는 것이다. 심지어 양말에 구멍난 것을 신고 다니고 백화점에는 다니지 말라고 했다는 일화는 평소의 생활 스타일을 알 수가 있는 것이다. 이런 일상생활 속에서 격식이나 권위를 찾는 행태가 느껴지지 않는다. 항상 직원들에게 존댓말을 쓰고 다양한 의견을 들어 본질을 파악하려고 하는 것에서도 권위를 찾는 모습은 느껴지지 않는 것이다. 하지만 문재인은 무조건 탈권위를 생각한 것은 아니다.

> "나는 (대통령에 대한 국정원장의) 주례 대면보고와 독대보고를 없앤 대통령의 조치를 지지했지만 한편으로는 그런 조치가 국정원

의 사기를 떨어뜨리고 국정원장의 조직 장악력을 떨어뜨리지 않을
까 염려됐다. 국정원 내부에서 대통령이 관심을 가지지 않는 정보
보고를 계속해야 하느냐는 동요의 목소리가 들려왔기 때문이다."

"대통령은 국정원의 탈정치·탈권력 의지가 강한 나머지 거의
강박감을 가진 것처럼 느껴질 정도였다. 청와대 내부에서 일부 사
람들이 나를 국정원장으로 추천하고 대통령께 직접 건의까지 한
일이 있었다. 하지만 대통령은 전혀 귀 기울이지 않았다. 대통령에
게 충성심이나 애정이 강한 사람이 국정원 조직을 이용해 대통령
을 도우려는 욕심을 혹시라도 갖게 되면 그게 바로 망하는 길이라
는 판단이었다"

— 문갑식, 〈문재인 전기〉에서

노무현 대통령이 탈정치 탈권력적 의지가 강하다고 언급하고 있
다. 국정원의 대면보고와 독대보고를 없앤 것에서 이를 언급하고
있는 것이다. 하지만 문재인은 그 의중을 알기는 하지만 국정원의
내부 직원들이 갖는 정체성도 생각을 해야 한다는 지적을 하고 있
는 것이다. 사실 국정원은 대통령과 밀접하게 움직인다는 점에서
자부심을 갖고 있는 것이다. 국정원이 부당한 일을 하기도 하고 그
것을 활용하여 권력적인 이로움을 추구할 수도 있다. 정보기관의
생리는 그렇다. 중요한 것은 칼을 누가 어떤 목적으로 사용하는가
일 텐데 그러한 점에 대해서 간과한 것은 아닌지 말하고 있는 것이
다. 국정원이라는 기관의 본질적인 생리에 대해서 간과한 것은 검
찰의 조직 생리에 대해서 간과하는 것으로 이어지기도 했다. 물론

이 같은 점은 뼈아픈 결과로 돌아오기 때문에 두고두고 회자되는 내용이기도 하다.

노 대통령이 검찰권을 내놓은 것은 지나치게 이상적이었고 그때문에 검찰로부터 존중받기보다는 퇴임 후 무시 경멸당해 죽음에까지 이르렀다는 지적이 있다.

검찰의 정치중립 문제는 김대중 정부도 실패한 민주화운동세력의 오랜 요구였다. 중립화 보장은 정도껏 한다는 것이 불가능하다. 보장하면 하는 것이고 아니면 안하는 것이다. 검찰을 장악해서 정치적 목적으로 쓰면 검찰한테 특권을 줘야한다. 봉사를 요구하면 대가를 줘야하는 것이 지금까지의 검찰과 정권의 야합 역사였다.

정치중립은 무슨 특별법을 만들어 할 수 있는 것이 아니라 대통령의 문화로 정착시키는 부분이다. 중립을 훼손하지 않는 대통령의 결단이 10년 이상 지속되면 문화로 뿌리박혀 해결되는 문제였다. 그런데 이 정부가 도로 뒤집어 버리니까 문제가 된 것이지 참여정부의 중립보장이 이상적이어서 문제라는 시각은 전혀 동의할수 없다.

— [노무현 전 대통령 서거 1주기] 문재인 노무현재단 상임이사 인터뷰, 〈내일신문〉, 2010.05.20.

"이명박 정부 들어서자마자 그들은 순식간에 과거로 되돌아가 버렸다. 이명박 정부 출범과 함께 한꺼번에 퇴행해 버린 것이 어이 없고 안타깝다. 검찰을 장악하려 하지 않고 정치적 중립과 독립을 보장해 주려 애썼던 노 대통령이 바로 그 검찰에 의해 정치적 목적의 수사를 당했으니 세상에 이런 허망한 일이 또 있을까 싶다"
— 문갑식, 〈문재인 전기〉에서

문재인은 검찰의 중립성을 보장한 것 자체가 문제라고 생각하지 않는다. 비록 노무현 대통령이 그 검찰의 정치적 활용 때문에 정치적 목적을 위한 희생양이 된 것은 비극적인 일이었다. 검찰 개혁을 하고 중립성을 보장해주었어야 하는데 우선순위가 바뀐 점을 문재인이 수차례 언급하고 지적한 것은 잘 알려진 사실이다. 무조건 탈권위적으로 행동할 것이 아니라 원칙이 무엇이며 제대로 토대를 다지는 것이 필요하다는 점을 말하고 있다. 수사권은 경찰에 기소권은 검찰에 주어 분리하여 서로 견제하게 된다면 경찰이 검사에게 영감님하면서 살랑대거나 쩔쩔매는 일이 사라질지 모른다.

공수처의 설치도 마찬가지다. 검찰을 포함한 고위공직자에 대한 성역 없는 수사가 이뤄질 수 있게 하고 중립성을 보장했어야 하는 것이었다. 그 점을 안타깝게 생각하고 문재인은 실현하려는 것이다. 무조건 권위주의를 세우는 것이 아니라 조직의 속성과 생리의 메커니즘에 따라 분별을 하는 노력이 필요하다. 권위주의를 해체하여 다가갈 존재가 있고 그렇지 않은 존재가 있다. 그것에 대한 구분이 없으면 국민이 당하기도 하고 정작본인들이 큰 위화를 당할 수 있음을 여실히 체험했음을 누구나 아는 사실이 되었다.

문재인이 바라는 대한민국은 어떤 모습인가.

"이번 대선의 시대정신은 정의라고 생각한다. 촛불 민심이 요구하는 것도 정의다. 정의가 정치 · 사회 · 경제 모든 분야에 다 관철

돼야 한다. 정치면에서는 진정한 민주공화국, 정말로 국민이 주권자로서 주인이 되는 그런 진정한 민주공화국이 돼야 한다. 사회적으로는 반칙과 특권이 없는 공정사회, 기회가 평등하고, 과정이 공정하고, 결과가 정의로운 사회가 돼야 한다. 경제면에서는 제가 늘 주장하는 국민성장, 경제성장의 혜택이 대기업이나 부자에게만 가는 것이 아니라 국민에게 골고루 돌아가 국민의 주머니가 두둑해지는, 그렇게 해서 내수가 살아나고 그것이 경제성장으로 이어지고 그것이 다시 일자리와 소득으로 이어지는 선순환 경제를 만들어야 한다."

— [전문]문재인 전 민주당 대표 뉴시스 인터뷰─①정치, 〈뉴시스〉, 2017.01.15.

북한과 대별하여 대한민국은 원래 기회가 평등하고 과정이 공정하며 결과가 정의로운 사회를 지향하며 출범했다. 하지만 지금은 성장이나 혜택은 대기업이나 부유층에게만 일어나고 그들에게만 돌아간다. 특정 영역에만 머물고 극단적인 양극화 현상도 일어나고 있다. 열심히 일한 과실이 골고루 돌아가야 하는데 그렇지 않으니 이는 대한민국의 기본 정체성을 훼손하는 것이다. 국민 모두가 기여한 대로 그것이 선순환되는 대한민국이 필요하다. 능력 있는 이들이 누구나 자신이 하고 싶은 일을 하고 꿈을 이룰 수 있는 대한민국을 만들기 위해서는 잘못된 것을 바로잡는 것이 필요하다. 그것을 위해 문재인의 리더십들이 시너지 효과를 내도록 해야 한다.

25.
한결같음 ─ 일관성의 리더십과 그 요소

최근 힐링 캠프를 보면서 느꼈던 그의 인간적인 겸손함과 소탈한 매력, 그리고 원칙을 지키기 위해 청약통장을 해약하게 만든 일화는 많은 사람들이 문재인 변호사를 이야기할 때 그의 장점으로 거론하는 진정성, 절제, 겸손함, 배려, 원칙주의자 등의 좋은 소재감이 되기도 한다. 어떤 사람들은 그런 성품들이 언론 등에 의해서 외부로 부각된 상징적 모습으로 오해할 수도 있다.

하지만 내가 아는 문재인 변호사는 40여 년 전 처음 만났던 대학시절의 모습에서 변한 것이 없다.

친구들과 함께 공부할 때나, 술을 마시며 토론할 때나, 운동을 할 때에도 그는 항상 양보하고 남을 배려하면서도 진정성 있는 행동으로 보여주었고 그 모습은 현재의 모습과 다르지 않다. 한결같이 신뢰할 수 있는 사람이다.

나는 문재인 변호사의 경희대 법대 72학번 동기로 졸업 후 경찰에 입문하여 30여 년 동안 재직하면서 제주청장, 충북청장을 역임하고, 경찰종합학교장을 끝으로 2009년 2월 치안정감으로 명예퇴직하였다.

비교적 오랜 세월 지속적으로 그를 지켜본 나의 입장에서 문재인 변호사는 풋풋했던 대학시절이나 국민들의 관심을 집중시키고 있는 지금이나 변함없이 배려, 겸손함, 진정성, 도덕성, 옳다고 생각하는 것에 대한 집념과 용기, 친구에게도 예외 없이 원칙을 고수하는 철저한 원칙주의자였다.

그는 늘 한결같은 자세를 가지고 있었다. 그의 장점들은 어느 날 갑자기 우뚝 솟아 국민의 주목을 받고 있는 것이 아니라 젊은 시절부터 그의 삶을 통해서 하나하나 드러나 있었던 것이며 그런 면에서 최근 그에 대한 국민들의 지지도가 나날이 높아지는 것은 MB정부의 거짓말, 부패, 무능, 말 바꾸기, 부도덕성과 기성 정치권의 무원칙한 모습에 지친 국민들이 서서히 원래 있던 그대로의 모습인 문재인 변호사의 장점을 재발견해가는 과정이라고 생각한다.

— 내가 아는 40여 년간의 문재인 변호사, 그는 한결같이 신뢰할 수밖에 없는 사람이다! 박종환(대학 동기. 전 치안정감)

문재인의 장점 가운데 하나는 '한결 같다'는 점이다. 한결 같은 사람은 변화가 없음으로 밋밋하게 보일 수 있다. 무미건조하다고도 말할 수도 있겠다. 한결 같은 사람은 대개 눈에 잘 들어오지 않는다. 대중적인 주목을 받지 못할뿐더러 인기도 없을 가능성이 높다. 아마 문재인이 정치권을 애써 거부한 것은 이 때문이었을 것이라고 할 수 있다. 자기 자신을 너무 잘 알고 있었으며 현실정치에서 어떤 캐릭터가 각광을 받는지도 파악하고 있는 것이다. 문재인은 자신의 정치 참여 거부 이유를 "정치는 원칙을 지킬 수 있어야 한다. 노 대통령은 대단히 강인한 능력과 개인기를 가지고 있었는데도 끝내 좌절했던 것 아니냐. 저는 도저히 엄두도 못 낼 일이다"(2010년 6월 〈한겨레〉 인터뷰)라고 했다. 노무현처럼 대중적으로 각광을 받을 수 있는 리더도 좌절했기 때문이라고 한 것이다.

물론 현실적인 어려운 점 혹은 한계점과 같은 것들을 알지도 파악하지도 않고 정치권에 가려는 사람들은 너무나 많다. 한결 같은 사람이 대중적 인기를 누리는 것은 어쩌면 기적에 가까운 일이라고 할 수 있다. 한결 같은 사람의 가치를 알아보기 힘들뿐더러 그것이 그렇게 수용될 것이라고 생각할 수 없을 것이다. 한결 같은 사람이 라고 하면 다음과 같은 역할을 기대할지 모른다.

> 노무현 전 대통령의 경우 2007년 3월, 자신의 임기를 1년 남겨 놓고 문재인 노무현 재단 이사장을 비서실장으로 임명했다. 그 이전에 시민사회수석, 민정수석을 지낸 문 이사장이 '노무현의 마지막 비서실장'이 되는 것은 누구나 예측가능한 그림이었다.
>
> 문재인이 비서실장으로 발탁되면서 임기 말이지만 당시 청와대는 급속도로 안정을 찾았고 노 전 대통령도 한숨을 돌렸다. 문재인은 노 전 대통령 퇴임 후는 물론 사후에도 한결같다. 누구든 '나에게도 저런 참모 하나 있으면' 싶을 사람이 바로 문재인이다.
>
> — MB에겐 '盧의 문재인'·'DJ의 박지원'이 남아 있나?, 〈프레시안〉, 2011.04.29

그것은 바로 참모이다. 한결 같은 참모가 한 명 있다면, 자신의 일을 잘 도와줄 것 같은 느낌이 드는 게 사실이다. 평생 동안 변화가 없다는 것은 예측가능하다는 것을 말한다. 어떤 기조 안에서 일관되기 때문에 앞으로도 많은 일들을 같이 할 수 있고 그것을 수행해줄 수 있을 것 같은 신뢰감을 주게 된다. 어떻게 보면 집사라고 해도 지나침이 없을 것이다. 영화 '배트맨' 시리즈에 나오는 알프레드 같은 충직한 집사일 수 있다. 또한 영화 '아이언 맨'에서 등장하는 페퍼라는 여성 비서를 떠올릴 수 있다. 이들은 언제나 주인공에게 필요한 일들을 척척 처리해주지만 절대 앞으로 나서지 않는 특징 면에서는 공통적이라고 할 수 있다. 노무현 대통령의 마지막 비서관인 김경수 의원은 다음과 같이 말했다.

Q.그렇다고 해도 "인간 문재인의 이 매력 때문에 그와 함께 했을 것"이라고 말했을 텐데. 어떤 인간적 매력을 꼽을 수 있을까요?

A. 옆에서 겪어봐야 아는데. (웃음) 저한테는 항상 늘 한결같은 어렵고 힘들 때도 그렇고요. 예를 들면 대통령님 사건, 검찰조사, 서거에서 같이 보좌를 함께 했는데 그때도 보면 쉽게 흔들리지 않고 늘 한결같은데 그 당시의 감정을 속으로 꾹꾹 묻어뒀다가 그런 표현을 한 번 하시더라고요. (노무현) 대통령과 관련해서 어떨 때 생각이 나느냐고 인터뷰에서 물어보니까. 전혀 뜻하지 않은 데서 갑자기 울컥 울컥 할 때가 있다고 하시더라고요. 서거 당시에 울지를 못해서 그게 가슴 속에 남아 있어서 그런 게 아니냐는 이야기를 하시더라고요. 인간적인 매력은, 그런 상황에서도 버텨내는 한결같은 면이 있고요. 가끔은 엉뚱한 매력도 있어요. (웃음)
― 〈오마이뉴스〉 인터뷰 김경수 [오연호의 대선열차 인터뷰 전문] 김경수 더불어민주당 의원, 2017년 2월

2017년 1월, 국회 헌정기념관에서 열린 문재인 전 대표 지지자들 모임인 '더불어포럼' 창립식에서 "저는 과거 민주화운동 때부터 인권변호사 시절을 거쳐 지금 정치에 이르기까지 일관되게 세상을 바꾸고자 노력했다"라고 말했다. 노무현 전 대통령(아래 노무현)의 비서실장이었던 이병완 노무현재단 전 이사장은 "불가근불가원 사이를 유지해 와서 (문재인을) 평가할 만큼 (그를) 경험하지 못했지만, 인격적으로 보면 자신의 원칙과 틀을 지키려고 일관성 있게 노력해 온 분이다.(《오마이뉴스》, 2017.02.17)라고 말하기도 했다. 한결 같은 태도는 인내하는 태도를 말하는 것이기도 하다. 현대에 들어설수록 단기간에 해결되는 일은 없다. 오랜 숙성의 시간이 걸리는 발효 음식과도 같다. 그렇기 때문에 단계별 순차적으로 시간의 흐름에 따라서 기다릴 줄 아는 것이 국정 리더십의 새로운 특징으로 점차 확립되고 있는 것이다.

[남북정상회담]

비서실장을 지내는 동안 가장 보람이 컸던 일은 2007년 10월의 남북정상회담이었다. 참여정부는 임기 내내 북핵문제로 시달렸던 게 사실이다. 하지만 노 대통령은 북핵문제를 평화적으로, 외교적으로 풀어야 한다는 확실한 원칙을 단호하고도 일관되게 밀어붙였다. 대통령의 뜻이 워낙 강하다 보니 공화당 부시 행정부도 결국 대북 강경일변도 정책을 포기할 수밖에 없었고 대화를 통한 외교적 해결로 가닥을 잡았다.

이에 우리도 이라크 파병을 통해 미국에 성의를 보이는 등 신뢰를 쌓았다. 그리고 이런 바탕 위에서 6자 회담의 틀을 마련해 완전한 비핵화 합의를 이끌어 낼 수 있었던 것이다. 이런 흐름의 연장 선상에서 남북정상회담이 가능해졌으니 이는 긴 과정동안 끊임없 이 인내하면서 북한과 신뢰를 쌓아나간 결실이었다.

— 문재인 블로그에 올라온 글

2007년 남북 정상회담이 열리기까지 수많은 일들이 있었다. 김 대중 정부에서 남북정상회담이 이뤄진 이후에 후속적인 회담이 없 었기 때문에 남북 관계에서 승계가 잘 되지 않은 면이 있었다. 무엇 보다 남북관계에서 참여정부가 일관되게 지키고자 한 것은 평화적 인 방법을 지향하는 것이다. 대화를 통한 외교적 해결이 중심이었 다. 이것을 지켜내기 위해 미국에 가서 아부를 했다는 평가를 받기 도 했다. 그것은 현상으로 드러난 것만 보았을 뿐이지, 구조적으로 노무현 대통령이 변절했다고 볼 수가 없는 문제였는데 비난과 함께 지지자 이탈이 일어났다. 그러한 과정을 견디고 인내해서 만들어낸 것이 남북 정상회담이라고 할 수가 있는 것이다. 하나의 정책성과 가 나오기 위해서는 이렇게 순서와 절차 단계가 필요한 것임을 이 러한 사례를 통해서 알 수가 있는 것이다.

그런데 한결같다고 해서 단지 같은 모습만을 보이는 것이라 해석 하는 것은 자칫 평면적인 접근일 수 있다. 이외에도 여러 가지 요소 가 필요한 것이 사실일 것이다. 그러한 점들은 서로 분리되어 있는 것이 아니라 맞물려 있는 점일 게다.

진정성이 전제가 되어야 함은 물론이고 여기에 집념과 용기가 있 어야 한다. 자신이 스스로 버텨내려면 마음속으로 정말 바람직하고 옳은 일이라는 자기 신념이 있어야 한다. 자기 신념은 자기만족이거나 자기 최면이 아니라 간주관성이 바탕이 되어야 한다. 그러한 신념이 좌초되거나 방해를 받았을 경우에는 그것을 돌파 해나갈 수 있는 용기가 필요하다. 또한 사익이 아니라 사익과 사익 사이에 존재하는 공익성을 견지해야 한다. 반드시 공적인 이로움은 아니어도 공공성이라는 공적인 영역의 본질적인 원칙을 고려하고 있어야 한다. 문재인은 자신의 사적인 영역을 공적으로 내세우는 데는 관심도 없고 소질도 없으며, 필요성도 느끼지 못한다. 그럼 어떤 때 나서는가.

문재인의 리더십 스타일은 위기상황 속에서 소방수 역할을 자임한다는 것. 그것을 견지한 것이 문재인의 일관된 인생행보이기도 하다. 전면에 나서는 것을 내켜하지는 않지만 위기 상황 속에서 자신밖에 없는 때라면 자신이 직접 불에 뛰어드는 스타일이다. 만약 다른 적임자가 있다면 그에게 위임하여 일이 잘 해결될 수 있도록 돕는다. 만약 그 일을 하던 이가 쓰러지고 더 이상 그를 대체할 수 있는 사람이 전혀 없다고 판단이 되면, 그때 스스로 직무를 맡아서 해결하고 처리하는 스타일이라고 할 수 있다. 그렇게 하는 이유는 그가 최선을 다해서 위기의 상황을 해결하기 위해 노력하기 때문에 웬만해서는 나서지 않으려고 하는 특성이 있는 것이다.

문재인에게 권력의지를 가지라고 하는데 그것을 왜 가져야 하는지가 여전히 중요할 것이다. 난세에 영웅이 나와서 모든 것을 이끌고 해결하기를 바라는 리더십 이론이 대체적지만 과연 그것이 현실적인 지적이라고 할 수가 있을지 의문이기 때문이다. 어쩌면 플라톤의 철인정치가 말하는 공공에 대한 희생과 봉사정신일 것이다.

물론 그러한 이성적 합리적안 차원의 명분에 따른 동기 부여는 당사자를 너무 힘들게 한다. 그래서 문재인이 우려된다. 과연 그 무게를 견딜 수 있을까 합리적 이성적인 명분으로 말이다. 아마도 그는 임기가 빨리 끝나 완수되면 훨훨 떠나고 싶을 것이다.

　　권력의지는 자신의 운명이든 나라의 운명이든 그걸 개척하고 뚫고 나가는데는 확실히 전제되는 요구조건인 듯 보인다. 한편 그것이 권력욕으로 과도해질 때 나치즘까지는 아니더라도 공동체의 불이익과 심지어 파멸을 초래할 수도 있다. 권력은 금단현상을 초래할 만큼 어두운 측면도 있기 때문이다. '권력에의 의지'에 동양철학의 중용까지 보태진다면 우리는 진정 플라톤이 꿈꿔온 '철인정치'를 맞볼 수 있을 것이란 공상을 해본다. 물론 어디까지나 공상이다. 백마 타고 오는 초인은 현실에서 극히 드물다. 권력의지, 양날의 칼인가.

― [박재일 칼럼] 권력의지, 〈영남일보〉, 2017.01.25.

26.
대통령은 독특한 연예인인가 — 승계의 리더십

문 대표는 당내 낡은 행태를 청산해야 한다는 데에는 공감을 표했다. 그는 "우리 당에 낡은 행태들이 많이 있긴 하다. 우리 당에 낡은 행태가 있다면 당연히 청산해야 한다. 그런 안 전 대표의 주장에는 100% 찬성한다"고 밝혔다. 그는 작정한 듯 "또 하나가 있다"며 "김대중·노무현 정부를 극복해야 한다고 말씀한 것"이라고 밝혔다.

문 대표는 "너무 당연한 말이다. 너무 당연한 말을 왜 하느냐는 점에선 의문이 있다"며 "어떤 정부가 아무리 훌륭하다고 해도 또 다음 정부에서는 새로운 비전을 가져야 한다. 박근혜 대통령에게는 박정희 대통령을 극복하라는 말을 하지 않는다. 그런데 왜 우리에겐 끊임없이 극복하라는 말만 따라다니는 것인가. 이것은 그 말 속에 김대중·노무현 정부에 대한 폄하가 담겨있는 것이다. 김대중·노무현 정부에 대한 부정을 근거로 해서 '너희들 극복 못했지? 아직도 멀었어'라고 말하는 것 아닌가"라고 말했다. 얘기하는 문 대표의 손 동작이 커지고 목소리도 높아졌다.

— [문재인 인터뷰②] "'낡은 진보'는 형용모순⋯안철수 이제 외부 관찰자 아냐", 〈경향신문〉, 2015.10.18

흔히 새로운 정부는 이전 정부와 무조건 달라야 하는 주장이 많다. 이는 단지 정권만이 아니라 지자체에서도 마찬가지다. 이전 자치단체장이 하던 사업들은 무조건 번복시킨다. 이렇게 되면 많은 예산이 낭비된다. 또한 좋은 정책이 채 실행도 되지 못하고 사라지고 만다. 자신을 강조하기 위해서 이전 사람의 행적이나 사업을 모두 지우는 것은 또 다른 콤플렉스 때문일 수 있다. 현대 리더십에서는 몇 년 내에 한 정권에서 할 수 없는 일들이 많다. 박정희 정권이 18년 동안 장기 독재 정권을 유지한 상황에서 이룬 공업지대 개발을 단임제에서 노력한 대통령들과 같이 비교하는 일은 정말 바보 같은 일이다.

그렇다고 해서 현대 민주주의 그리고 단임제에서 할 수 있는 일은 무엇일까. 그것은 국정 목표나 기조가 맞는 이들의 정체성과 정책 지향점을 승계하는 것이다. 이른바 '승계리더십'이라고 볼 수 있다. 이러한 점은 단지 지지 세력을 모으는 역할에만 그치는 것이 아니라 정책의 완성도는 물론 정책의 성과를 산출하는데 기여할 수 있다. 갑자기 하늘에서 내려온, 혹은 땅에서 솟은 정책을 추진하는 것은 위험한 일일 수 있다. 옥석을 잘 가려서 새롭게 선택을 받는 이들이 그것을 내세우면 된다.

그러나 유독 다른 정치세력과는 달리 문재인에게는 이전의 김대중-노무현 정부를 넘어서야 한다고 말한다. 이는 일종의 인식의 창이 확립된 것을 말한다. 김대중-노무현 정부를 부정하는 인식이 작용하고 있는 것이기 때문이다. 실패했기 때문에 극복을 해야 한다고 보고 다른 정책을 내놓으라고 한다. 그러나 아주 색다르게 나타낼 수 없는 것은 누구나 잘 아는 사실이다. 채 미처 하지 못했거나 오류가 있는 것들을 다시금 보완해 성공시킬 수 있게 만들어야 한다. 단지, 정권이 교체되는 것은 그 정권이 일정한 오류와 미비, 불충분함을 노출했기 때문이다. 자체를 실패했다고 보기는 힘들다. 이 때문에 국민의 선택을 다시금 기다릴 필요가 있다.

> 문재인 '노무현재단' 이사장이 직접 출마를 선언하면서 부산이 19대 총선 판도를 가를 '태풍의 눈'으로 떠오르고 있다. 문재인 이사장은 26일 부산과 서울에서 잇따라 기자회견을 열고 19대 총선에서 '민주통합당' 후보로 부산 사상구에 직접 출마하겠다는 뜻을 밝혔다.
>
> 문재인 이사장은 "이명박 정부가 시작되면서 나라는 온통 거꾸로 갔다. 민주 정부 10년의 의미 있는 성과들이 모두 허물어져 내렸다"면서 "정권도 정치도 바꿔어야 한다는 생각이 절실했다. 두 분 대통령의 서거가 헛되지 않도록 힘을 모아야 한다고 생각했다"고 말했다.
>
> 문재인 이사장은 노무현 전 대통령의 친구이자 참여정부의 상징적인 인물 중 하나이다. 그동안 선거출마 권유를 받았지만 번번이 고사했는데 이번에는 직접 출마를 선택했다.
>
> ― 문재인 출마, 총선 '태풍의 눈' 떠오른 부산, 〈미디어오늘〉, 2011.12.26.

문재인이 정치에 나서지 않으려 했음에도 불구하고 정치에 나선 것은 김대중-노무현 대통령의 서거 때문이라고 밝히고 있다. 이는 문재인이 김대중-노무현 정부의 국정 목표와 기조를 승계하겠다는 의미로 받아들일 수 있다. 이는 단지 노무현 정부 즉, 참여정부만 계승한다고 밝히지 않은 점에 집중할 수 있다. 부산에서 출마했음에도 불구하고 문재인은 김영삼 정부를 언급하지 않고, 김대중 정부를 언급하고 있다는 점이다. 물론 노무현을 정치에 발을 들이게 하고 이를 적극 권유한 것은 문재인이었다. 승계라는 것은 무조건이 아니라 선택적이라는 점을 알 수 있다. 나아가 노무현 정부는 김대중 정부를 승계했다는 사실을 다시 한 번 확인하는 것이기도 하다. 문재인 정부가 출범하게 되면 그 정부는 어느 날 갑자기 나온 것이 아니라 김대중 정부 때부터 시작된 역사를 갖게 된다. 그때 이후로 국민에게 도움이 될 수 있는 정책들은 그 연속선상에서 이뤄질 필요가 있는 것이다. 당연히 문재인의 리더십은 이러한 승계의 연장선에서 이뤄지는 것이다. 이런 계승성을 바탕으로 할 때 통솔력과 국가 경영이 더욱 더 용이해지는 측면이 있기 때문이다. 문재인의 개인의 자질만을 강조하게 되면 오히려 치명타가 된다.

　　문재인 전 더민주 대표는 행사 뒤 기자들과 만나 "오늘 추도식의 콘셉트는 '노무현과 김대중은 하나'라는 것"이라며 "이번 선거에서 국민이 만들어준 소중한 희망을 키워 나가기 위해선 김대중 대통령의 뜻을 따르는 분들과 노무현 대통령 뜻을 따르는 분들이 함께 손을 잡고 힘을 모아야 한다"고 말했다. 문 전 대표는 이어 "노무현 대통령을 위한 소망이 남아 있다면, 이제는 '친노'라는 말로 그분을 현실정치에 끌어들이지 말아주셨으면 하는 것"이라…
— 노무현 전 대통령 서거 7주기 "DJ와 노무현 정신은 하나" 화합 공들인 야권,
〈한겨레〉, 2016.05.23

김대중 정부의 기조를 따른다고 해서 친DJ라고 할 수 없을 것이다. 그것은 어떤 정치적 목적이 있다고 밖에 생각이 안 든다. 이런 맥락에서 노무현 정부의 기조를 따른다고 해서 친노라는 용어를 붙이는 것은 국정 목표나 기조 그리고 정책의 실현보다는 어떤 특정 계파라는 점을 강조하는 것에 머무는 것이다. 즉 국민이 선출한 국정 대리자들이 아니라 특정 소수파에 불과하다는 것이다. 친노라면 아주 소수에 불과할 뿐 전국민의 지지를 받지 않는다는 점을 부각하는 것이기 때문이다.

어쨌든 노무현을 중심으로 한 정치인들은 독자적으로 정당을 만들어 큰 지지를 받고 독립을 해 본 경험이 있다. 더구나 친노라는 타이틀은 더욱 더 난데없이 등장한 정치적 세력으로 좁히는 것을 말한다. 특히 김대중 정부를 분리하는 것은 이러한 협소화 전략의 단골메뉴이다. 김대중 정부는 민주화의 오랜 투쟁 끝에 탄생한 정부이기 때문에 참여정부와의 연속성을 끊으면 더욱 입지가 좁아지게 된다. 당연히 문재인은 그런 단절과 협소화를 끊어내고 그 계승성을 강조할 수밖에 없다.

Q. [홍지명] 2강으로 평가받는 문재인, 박지원 두 후보께서 각각 노무현, 김대중 전 대통령의 비서실장 출신이다 보니까 전당대회가 김대중 정부 대 노무현 정부의 구도로 돼버렸다는 이야기도 나옵니다. 친노, 비노 이야기도 그렇고요. 그렇게 보십니까?

A. [문재인] 지금 김대중, 노무현이 우리에게 분열의 언어가 돼서야 되겠습니까? 두 분은 함께 우리 당의 뿌리이고 정신이고 가치이죠. 김대중 대통령께서 노무현 대통령 서거 때 내 몸의 절반이

무너진 느낌이라고 통곡하시지 않았습니까? 두 분은 일체라고 생각하고요. 우리도 그분들을 제대로 계승한다면 하나가 돼야 한다고 생각합니다.

— 문재인 의원 (새정치민주연합 당대표 후보), "KBS1라디오 안녕하십니까 홍지명입니다", 2015.01.21.

무엇보다 계승성을 통한 경쟁이 중요하다. 계승은 누가 독점할 수는 없기 때문이다. 누가 잘 계승을 했느냐를 보여주고, 그것이 국민의 선택을 받으면 새로운 정부가 출범할 수가 있는 것이다. 김대중 대통령은 노무현을 해양수산부 장관에 임명했다. 이는 국정 운영의 경험을 쌓을 수 있는 기회를 준 것이다. 또한 부산이 가지고 있는 상징성과 실체성이 존재하고 있기 때문이지만 하필이면 노무현을 선택한 것은 그 개인의 품성이나 역량을 좋게 평가했기 때문일 것이다.

평소 노무현은 3당 합당으로 민주당의 정신을 버린 김영삼보다는 김대중 대통령을 승계하고자 했다. 대북 송금에 관해서 각 이해관계가 다를 수는 있었지만, 오히려 대북 정책의 기조는 참여정부가 국민의 정부를 잘 이었다. 무조건 승계가 아니라 옳고 그름의 분별을 통한 정책 집행 과정에서 김대중정부 쪽의 인사들이 고초를 겪을 수 있었음은 주지의 사실일 것이다. 하지만 그것은 개개인들의 사사로운 감정을 넘어서서 승계여부를 판단하는 것이 국민에게 더 바람직할 것이다. 노무현이 완벽하게 김대중 정부의 정책을 흉내 낸 수준에 머문 것이 아니듯이 문재인도 그러하다는 점은 빈번하게 노출되었다.

새정치민주연합 문재인 대표가 9일 국회 교섭단체대표연설에서 고(故) 김대중 전 대통령의 어록을 앞세워 재벌의 '특권경제'를 비판했다. 문 대표는 1971년 제7대 대통령 선거 당시 신민당 후보였던 김 전 대통령의 어록을 인용하며 연설을 시작했다. 그는 당시 "김 전 대통령이 서울 장충단공원에서 '이중곡가제와 도로포장, 초등학교 육성회비 폐지 등의 공약에 690억원이 필요하다'고 했다"며 운을 뗐다. 이어 "오늘날 특정재벌과 결탁해 합법적으로 면세해준 세금만 1,200억 원"이라며 "받아들일 것을 받아들이면 돈이 800억 원이나 남는다"고 했던 발언이 강조됐다. 문 대표는 1932년 미국 루즈벨트 대통령이 전당대회에서 "지난 정부에서 버림받고 소외됐던 이 나라 모든 국민들이 지금 우리에게 보다 더 공정한 부의 분배를 원하고 있다"라고 발언한 것도 예로 들었다. 그는 "돈을 많이 버는 사람이 세금을 많이 내고 적게 버는 사람은 적게 내야 한다고 김대중은 말했다", "루즈벨트는 대기업의 탈법적 행위를 규제하는 한편 소비자와 노동자들을 위한 입법을 추진했다"고 강조했다. 문 대표가 강조한 해법은 최근 당의 공식 경제 정책 기조로 채택된 '소득주도 경제성장'이다. 이날은 "특권경제 끝내겠다"며 재벌, 가진 자 위주의 체제를 '특권경제'로 규정했다.

문 대표는 "2015년 오늘 이명박 정부에서 시작한 부자감세가 7년이 됐다"며 "재벌대기업 금고만 채우고 국민의 지갑은 텅 비었다"고 지적했다. 이어 "대기업 사내보유금은 540조원"이라며 "서민들이 모은 돈을 모두 대기업이 가져갔다"고 꼬집었다. 이어 생활비 문제에 대해서는 "생활가처분 소득이 증가하도록 해야 한다"며 주거ㆍ교육ㆍ보육ㆍ의료ㆍ통신 등 필수생활비 부담을 줄이기 위한 '생활인프라 확충'이 제기됐다. 이 과정에서 "과거 박정희 정부가 토목인프라, 김대중 정부가 IT인프라를 구축해 기업과 국민들의 비용을 낮춰준 것처럼 국가가 '생활인프라'를 구축해야 한다"고 하며 박 전 대통령을 치켜세우기도 했다.

— 문재인, DJ철학 강조 '친(親)재벌 정책' 비판, 〈노컷뉴스〉, 2015.04.09.

다른 많은 매체들이나 강연장에서 말했듯이 여기에서도 김대중 대통령의 어록을 인용하며 문재인은 계승성을 부각했고, 현재 추진하려 하는 특권경제 개선에 대해서 동의를 구하고 있는 것이다. 그렇다고 해서 박정희 정부를 완전히 부정하는 것도 아니다. 토목인프라를 만든 박정희 정부, 그리고 정보통신 인프라를 만든 김대중 정부, 그리고 새로운 정부는 생활 인프라를 만들겠다고 말하고 있다. 이러한 점은 통합적인 관점에서 리더십을 발휘하겠다는 의지로 받아들일 수 있다.

그렇게 하기 위해서는 특권경제를 개선해야 한다고 보았다. 재벌 대기업의 금고는 가득 채워지고 서민들의 금고는 텅 비어버렸기 때문이다. 생활이 안 될 지경에 이르는 파탄 난 서민경제를 바로잡을 필요성이 있기 때문에 이런 특권경제와 생활 인프라 문제까지 언급하고 있는 것이다. 돈을 많이 버는 사람은 더 세금을 더 많이 내야 한다는 김대중 대통령의 말에 따라서 많이 돈을 번 이들은 세금을 더 많이 내어 국민과 시민의 생활인프라를 만드는데 기여할 기회를 주는 것이다. 이는 계승성은 있지만 자신만의 색깔 정체성을 추구하려는 것으로 볼 수 있다. 그렇기 때문에 완전히 이전과 판박이라 할 수 없으며 확장이라 할 수 있겠다.

Q. 새정치민주연합의 이념과 노선을 어떻게 설정하는 게 바람직하다고 생각하는가.

A. '중산층·서민을 위한 중도개혁 정당' 이라는 것이 우리당의 확고한 정체성이다. 김대중 대통령 이래 확립된 일관된 노선이자 가치다. '소득 불평등 해소' 라는 시대적 과제의 해결을 위해서는 당의 정체성을 확고히 하되, 보다 유연하고 현실적인 사고로 국민과 소통하는 노력이 중요하다. '좌클릭' '우클릭' 이 아니라 '국민의 삶의 현장' 을 최우선에 둬야 한다. 국민들 생활과 삶이 보다 중요하다고 생각한다. 당 대표 공약의 핵심으로, 우리 당을 '정치 정당' 에서 '경제 정당' 으로 바꾸겠다고 했다. '여의도 정당' 에서 '생활 정당' 으로 탈바꿈시키고, 우리당 '을지로위원회' 와 같이 국민의 삶과 밀착된 현장 중심 활동에 더욱 박차를 가하겠다. 우리 당을 국민 속에 튼튼하게 뿌리 내리는 '유능한 생활 정당' 으로 변화시킬 것이다.

— [새정치 대표 후보 인터뷰] 문재인 의원 "박원순·안철수·안희정·김부겸과 '희망 스크럼' 짤 것", 〈데일리한국〉, 2015.02.04

중산층 서민을 위한 중도 개혁 정당을 지향하고 있으며 이는 김대중 대통령 이래로 확고하게 정립된 일관된 노선이자 가치라고 밝히고 있다. 중산층과 서민을 위한 정당이 지향하는 것은 소득 불평등 해소에 노력하여야 한다고 본다. 그렇지만 이렇게 김대중 대통령 이후에 확립된 가치나 노선 외에도 정당을 새롭게 탈바꿈하기위해 정치 정당에서 경제 정당, 여의도 정당에서 생활 정당으로 만들겠다고 했다. 그것을 구체적으로 어떻게 실천할 것인가에 관련해서는 제도적으로 어떻게 구축하고 실현할 것인가를 고민하고 행동에 옮겨야 할 것이다. 2002년 생활 정치의 연장선상에서 이뤄져야 하기 때문에 생활정당은 정치경제를 같이 국민 속에서 실현시킬 수밖에 없을 것이다. 거대한 국정 목표보다는 이러한 기조가 결국에는 국민과 시민들을 위한 국정 그리고 정책 실행이 될 것이다.

> 문 전 대표의 19대 대선 프레임은 '정권교체'다. 촛불민심을 바탕으로 하고 있다. 박근혜정부의 실패를 최대한 부각시키며 정권교체를 통해 사람과 시스템을 모두 바꿔야한다는 논리로 민심에 호소하고 있다. 그는 지난 14일 국회에서 열린 '더불어포럼' 창립식에서 "구체제의 적폐를 청산하고 새로운 시대를 열어달라는 것이 촛불민심의 명령"이라면서 "이번에야말로 정권교체를 해내라는 엄중한 명령을 꼭 받들겠다"고 말했다. 이어 "세상을 바꾸고자 하는 절박한 의지는 제가 누구보다도 강하다. 정권교체를 꼭 해내겠다"면서 "목숨을 건다는 각오로 정의로운 대한민국을 꼭 만들어내겠다"고 약속했다.
> — 문재인의 '정권교체'냐, 반기문의 '정치교체'냐, 〈한국일보〉, 2017.01.14.

무엇보다 촛불 민심을 받아들이는 것이 중요할 것이다. 그것은 지지세를 모으는 선거 과정이 아니라 실제 국정운영에서 지속되어야할 원칙이자 실체일 것이다. 2008년 이후에 한결 같이 국민들이 원하는 것이다. 정권을 교체하는 것은 정치 세력의 교체가 아니라 민의를 중심으로 한 새로운 질서의 구축이다. 그 질서의 구축은 기득권의 옹위가 아니라 그 반대편에 있는 유권자들의 권리와 행복을 반영하는 새로운 질서의 형성을 말한다. 자기의 노선이나 다른 노선이나 구체제의 적폐를 해소하는 것이 매우 중요할 수밖에 없다.

정권이 교체되어도 구체제의 적폐가 그대로 존재한다면 새로운 정부가 출범할 명분은 적을 것이다. 김대중 노무현 정부의 정책 유산을 계승한다고 해도 그것은 옥석을 구분해서 승계를 해야 할 것이다. 혼자만의 정부를 구축하는 것은 어느 누구도 원하지 않는 것이다. 왜냐하면 국정운영은 자신만의 장기자랑이 아니기 때문이다. 여하간 승계를 통해서 흩어진 각 민주화 노동 세력을 통합적으로 모아낼 수 있는 리더십이 발현될 것이다.

27.
노무현과 이별하나 — 탈분리 동체(同體) 리더십

　슬로건은 '사람이 먼저다'인데, 이것도 느낌이 산뜻하지 않다. 우선 '다시(again) 노무현'의 아우라가 너무 짙다. 내용적으로나 임팩트에서도 '사람 사는 세상'에 비해 훨씬 약하다.

　사람을 강조하는 것은 예컨대 예산의 경우 토건 중심이 아니라 사람 중심의 예산이 되어야 한다는 식으로 표현한 것에서 알 수 있듯이 물질이 아니라 사람을 중시해야 한다는 연상망을 불러내는 단어다. 만든 사람의 취지를 미루어 짐작할 수는 있으나 슬로건은 그런 식으로 효과를 발휘하지 않는다. 이 슬로건은 무엇을 말하는지 쉽게 이해되지도, 손에 잡힐 정도로 구체적이지도 않다. 실패작이다.

　이쯤 되면 실무자의 잘못이라기보다는 문재인 의원의 인식을 탓할 수밖에 없다. 후보의 인식지평이 가장 간명하게 나타나는 것이 슬로건이다. 그런 점에서 문재인 의원은 노무현의 지평을 못 넘어서고 있다. 아니 못 미친다. 노무현을 넘어서겠다고 하는데, 그의 책이나 그의 발언 어디에서도 그런 흔적을 찾기 어렵다. 리더십의 출발은 참모나 동료들이 적절하게 논의하고, 최선의 결론을 도출할 수 있도록 하는 것이다. 이런 점에서 두 번에 걸친 슬로건의 실패 역시 문재인 의원의 리더십 한계를 드러내는 것이다.

역사 앞에 자신을 던져 승부를 보는 사람이 정치인이라고 한다면 누구나 사적 연고를 떠나 공적 판단을 해야 한다. 문재인 곁에 노무현을 빼놓고 설명할 수 있는 사람이 과연 누가 있나? 박근혜가 발탁한 김종인 전 의원처럼 시대과제를 주장하면서 파격적인 변화를 상징하는 사람이 있나? 그저 그런 사람들이 끼리끼리 모여서 꾸리는 것이 대선캠프가 아니다.

얼마 전 인터뷰에서 고은 시인이 이런 말을 했다. "세종은 왜 위대하냐고? 자기 아버지의 무자비를 자비로 개혁한 사람이야. 세종의 위대성은 자기 아버지를 복제한 것이 아니고, 자기 아버지를 내친 데 있어. 문화적으로 말이야." 뒤에 문화적이란 단서를 붙이긴 했지만 핵심은 '내친' 행위다. 문재인은 정치적 아버지 노무현을 '내쳐야' 한다. 점잖게 표현하면 극복해야 한다는 것이다. 문재인은 노무현 시대, 참여정부를 평가할 때 사적 연고가 아니라 공적 판단에 의해 독하게 해야 한다. 그게 그 시대를 힘들게 살아온 사람들에 대한 예의다. 또 그래야 아버지의 굴레에 빠져있는 박근혜와 차별화할 수 있다.

문재인 의원이 차별화할 수 있는 것은 리더십이다. 민주당을 변화시키고, 야권 또는 진보를 혁신하는 리더십을 보여줘야만 이미지 열세를 극복할 수 있다. 또 그래야 노무현을 넘어설 수 있다. 당내 경선을 그냥 후보 되는 절차로만 여기지 말고 치열하게 경쟁하면서 스스로도 더 강해지는 프로세스로 삼아야 한다. 또 안철수 원장과 무엇을 놓고 경쟁하고, 무엇을 위해 연대할 것인지를 문 의원이 선도하고 강제해야 한다. 이 역시 리더십의 영역이다. 노무현이 정몽준과의 후보단일화에서 이긴 것도 결국 리더십 때문이다.
— 지금의 문재인으로는 박근혜를 이길 수 없다, 〈프레시안〉, 2012.07.30

'사람이 꽃보다 아름답다' 는 노래가 있다. 이 노래는 정지원의 시를 바탕으로 안치환이 곡을 붙여 1998년 발표했다. 사람이 세상 무엇보다 우선이라는 가치를 담고 있다. 물론 꽃이 더 아름다울 수 있지만, 인문적 가치를 중요하게 담고 있는 것이다. 단지 꽃과 비교하여 낮다는 의미를 벗어나 세상 어떤 것 예컨대 물질이나 돈이나 보다 사람의 가치가 더 중요하다는 말이다. 이를 가리켜서 인권의 가치를 내포한다고 볼 수도 있다. 그러나 물질과 부 그리고 권력 때문에 사람의 가치가 무참하게 훼손 되는 역사를 견뎌 왔기 때문에 우리는 사람이 꽃보다 더 아름답다고 한다.

사람의 가치가 우선하다는 말은 어느 날 갑자기 나온 것이 아니다. 다 맥락과 연원이 있다. 그것을 거부하는 것은 이기주의이자 매우 자아 중심적이다. 단지 사람을 강조하는 것에 관한 말들도 노무현 때문에 이런 가치가 나온 것은 아니라는 말이다. 인권 변호사를 했던 문재인에게도 그러한 가치가 있었기 때문에 노무현과 시민운동 차원에서 인권지킴이 역할을 할 수 있었던 것이다. 그 둘을 분리시킬 수 있는 것은 아니다. 노무현이 우선이고 문재인이 나중이라는 식으로 말을 할 수는 없다. 노무현이 유명해졌고 문재인은 그렇지 않기 때문에 모든 가치의 우선순위가 노무현에게 있다고 볼 수는 없는 것이다. 그렇기 때문에 정치적 아버지라고 할 수가 없다. 노무현을 정치화 시킨 데에는 문재인의 역할도 있기 때문이다. 둘 사이에 우선순위를 매기거나 우열을 매길 수는 없는 노릇이다.

그것은 사적인 판단이 아니라 공적인 판단이다. 공적으로 그러한 가치들이 맞다고 생각하기 때문에 내세우는 것이다. 만약 그것을 인위적으로 구분해내기 시작하면 있는 장점은 물론이고 승계해야 할 유산도 폐기해야 하는 것이다. 문재인은 자신을 돋보이게 하기 위해서 자신만의 질서를 구축하기 위해서 나온 것이 아니라 채 이루지 못한 국정 목표와 가치를 실현하기 위해서 나온 것이다.

다만 중요한 것은 그것을 그동안의 경험에 비추어 어떻게 잘 실현해낼 수 있는가에 관한 것이 핵심이 되어야 한다. 과연 정말 궁금해 해야 하는 것은 노무현을 극복하거나 구분을 짓는 것이 아니라 기존에 이루지 못한 정책 유산을 어떻게 실현시킬 것인지 그 방법과 수단, 실체 전략에 대해서 대안이 있는지 묻는 것이다. 문재인은 개인의 인기나 역량 때문이 아니라 그것을 수행해야할 위치에 있기 때문에 추대된 것임을 잊을 수 없다. 자기 자신을 강조하는 순간 문재인의 역할과 소명은 지지자들에게서 붕괴될 수 있다. 다음으로 좀 긴 글을 보면서 이야기를 잇고자 한다.

민주나 개혁 또는 진보를 표방하는 세력을 통칭해 '진보'라고 한다면, 진보의 정치적 가치 인프라는 단연 김대중 · 노무현 전 대통령이다. 김대중은 오랫동안 민주주의를 위해 투쟁했고, 햇볕정책으로 분단체제의 예각을 둔화시켜 평화의 길을 열었다. 노무현은 지역주의 타파, 반칙과 특혜의 일소를 위해 일생을 바쳤다. 지역 균형 발전을 도모했다. 이들 외에 진보에서 배출된 대통령이 없기도 하지만, 어쨌든 김대중 · 노무현 모델은 진보의 가치 인프라로 자리 잡고 있다.

진보의 역사를 좀 더 거슬러 올라가면 여운형, 조봉암이 있다. 이들의 삶과 주장도 진보의 가치 인프라로 자리잡고 있다. 그런데 이들은 암살되거나 사법살인 당해 온전하게 뜻을 펼치지 못했다. 따라서 귀감이 될 수는 있으나 모델로서 인정받기엔 무리다. 극히 일부지만 북의 김일성에게 가치 인프라를 발견하는 사람들이 있는 듯하다. 가당찮다. 이 점은 통합진보당의 구 당권파가 보여주는 잔혹한 퇴행을 보면 쉽게 알 수 있다. 따라서 지금으로선 김대중·노무현 모델이 진보의 가치 인프라에서 중심이다. 그렇다면 야권의 후보가 그에 기대어 대통령이 되는 것이 가능할까?

현재 야권의 대권주자 중에서는 DJ 계승을 우선적 정체성으로 내세우는 후보는 없다. 노무현 모델에 기대는 후보만 있다. 친노 후보는 지금 민주당 후보 중에 제일 세다. 지지율이 가장 높고, 당내 기반도 튼튼하다. 새로운 인물이라 식상한 꼰대 이미지도 없다. 부산·경남 출신이어서 잘하면 박근혜 위원장의 텃밭인 영남의 일각을 허물 수도 있다. 바로 문재인 상임고문이다. 그렇다면 질문이 이렇게 된다. 문재인은 노무현 프레임으로 승리할 수 있나?

없다. 노무현 프레임만으로 이길 수 없다. 노무현 모델에 대한 향수가 있으나 그 그리움의 대상은 대통령으로서의 업적이라기보다 정치인 노무현이 걸어왔던 길이다. 다시 말해 노무현 개인은 사랑받는 존재로 남아있지만 대통령으로서 보낸 시절, 이른바 노무현 시대에 대한 평가는 인물 호감에 못 미친다. 사실 노무현 시대에 '없는 사람'의 삶이 나아졌다고 자신 있게 말하기란 쉽지 않다. 때문에 가치 인프라로서 노무현 모델이 갖는 힘은 박정희 모델에 비해 떨어진다. 이 점에서 문재인이 노무현 프레임으로만 이길 수 없는 이유를 발견할 수 있다.

　사실 모델 간의 경쟁력도 중요하지만 더 중요한 것은 그 모델을 구현하고 있는 인물의 경쟁력이다. 아무리 기대는 모델이 좋아도 새로움이나 개량이 없으면 대중에게 소구되기 어렵다. 2007년 박근혜가 패한 것도 박정희 모델에서 한 발짝도 앞으로 나아가는 모습을 못 보여줬기 때문이다. 2012년 정몽준이 뜨지 못하는 것도 같은 이유 때문이다. 이명박의 경우 기업에서의 성공신화를 자랑하는 한편 서울시장 시절 보여준 업적이 대단했다. 박정희 모델의 부담스런 요소, 즉 비민주적 통치나 권위적 리더십 등의 모습이 재현되지 않을 것이란 기대를 낳기에 충분했다.

　정치적 실체로서 문재인이 노무현 모델을 온전하게 구현하고 있는지, 거기서 얼마나 더 발전했는지는 알 수 없다. 문재인이 제시하거나 보여준 것이 아직 너무 없기 때문이다. 흔한 방법으로 여론조사를 통해 가늠해 볼 수도 있지만 그건 인상비평의 수준일 뿐 실질적 의미를 갖기는 어렵다. 따라서 논리적으로 따져보는 수밖에 없다.

　노무현은 정치에 입문하자마자 있었던 5공 청문회 활동에서부터 그가 지향하는 바가 선명하게 드러났다. 그의 살아온 길을 보면 그가 왜 정치하는지, 어떤 대한민국을 지향하는지 쉽게 알 수 있다. 그는 일관되게 지역주의 해소를 위해 무모하게 부산에 출마했고, 반칙과 특혜를 온몸으로 거부했다. 유·불리를 떠나 집요하게 명분에 매달렸다.

　이런 점에 비춰보면 아직 정치인 문재인이 무엇을 상징하는지 알기엔 그가 던지는 메시지나 컨텐츠가 많이 부족하다. 그의 삶은 담백한 인간미, 맑은 기상을 보여준다. 허나 그가 지향하는 대한민국의 상이 어떤 것인지 명확하게 알기는 어렵다. 게다가 그에게서는 아직 지도자의 '포스'(force)가 느껴지지 않는다. 그가 쓴 책 〈운명〉을 보면, 지도자다운 결정권을 행사한 것으로 확인되는 대목이 없다. 여태 대중이 노무현에게서 불편해 하는 부분을 어떻게 극복할 것인지에 대해 답이 없다.

— 문재인, '노무현 모델'로 이길 수 있을까?, 〈프레시안〉, 2012.05.21

문재인이 김대중 대통령을 계승하지 않았다는 주장은 틀린 것이다. 이미 문재인은 2012년 제19대 총선에서 부산 사상구에 출마하여 당선되었을 때부터 노무현만이 아니라 김대중 대통령을 언급했다. 김영삼도 아니고 김대중 대통령을 부산에서 언급하면서도 당선이 되었던 문재인이었다. 이러한 점은 한국 정치사에서 쉽지 않은 선택이라 할 수 있다. 또한 노무현만 계승하는 것은 김대중을 계승하는 것이 아니라고 하는 것도 지나친 분리주의라고 할 수 있다. 김대중은 그 혼자 존재하는 것이 아니라 유구한 한국 야당 그리고 민주화 운동의 역사적 유산을 잇고 거대한 뿌리가 되었다.

노무현은 말 그대로 야당의 역사를 그대로 계승하고 있으며, 그것은 민주화 세력의 기본 정신을 잇고 있는 것이다. 김대중 노무현을 따로 보는 것은 분열주의의 전형이라고 할 수가 있다. 박근혜가 2012년에 당선된 것은 박정희 유산 때문이다. 이명박이 2007년에 당선된 것은 성장 신화를 가지고 상품화를 했기 때문이다. 물론 그것은 허구라는 사실이 밝혀졌고, 최악의 대통령의 반열에 그를 올리는 원인이 되었다. 이명박을 둘러싼 담론이나 이미지 사례야말로 최악의 사기극에 국민을 미혹시킨 것이었다.

그러한 연장선상에서 박정희 성장 신화를 이어줄 것으로 생각되었던 박근혜의 당선은 또 한 번 국민들을 나락으로 떨어뜨리고 말았다. 고도의 정치공학은 결국에는 모든 피해를 국민에게 준 셈이었다. 이명박 시스템의 부정으로 등장한 것이 더 오래된 시스템이었다는 점이 드러난 마당에 기존의 구폐시스템에 국민의 소망을 기댈 것이 없다는 여실히 증명되고 있는 것이다. 문재인만의 콘텐츠, 메시지, 리더십을 많이 이야기하는 경향이 있는데, 만약 그것만을 강조했던 문재인은 정치인으로 나설 수도 없었으며, 유력 대권 후보가 될 수도 없었을 것이다. 이러한 점은 대통령이 되어서도 마찬가지다.

문재인을 만든 것은 한 세기의 정치적 유산이며 시대적 요구이자 소망 때문이다. 그것은 대한민국을 정말 새롭게 자리매김해야 한다는 당위적 명제에 바탕을 둔 소명에 따른 것이다. 문재인은 사상가자 철학자 그리고 독창적인 예술을 하기 위해서 정치인으로 나아가게 된 것이 아니라는 점을 명확하게 본인만이 아니라 대내외적으로 확립하는 것이 중요할 뿐이다. 한 시대 역사의 미완의 과제들을 완수하여야할 책무를 지니고 있는 것이다. 많은 전문가들이라는 사람들은 너만의 진짜를 보여 달라고 요구하는 경향이 많은데, 그것은 새로운 시대적 리더십을 잘 못 진단한 문화지체로 시대착오적인 리더십을 요구하는 것이다. 문재인은 스스로 자신을 희생하고 헌신하면서 정치 지도자로 등극한 것이다. 과연 자신이 대통령이라는 이름을 남기기 위해서 나섰다면, 그런 행보들을 보이지 않았을 것이다. 그를 밀고 있는 것은 한국의 거대한 민주 정신과 영성이 뒷받침을 하고 있는 것이다. 정말 해야 할 점들은 그러한 것들을 잃지 않고 실현시킬 수 있는 대중적 전략이나 프레임이라고 할 수가 있을 것이다.

문재인 노무현재단 이사장의 지지율이 불과 서너 달 만에 야권의 대선주자 중 선두로 급부상할 수 있었던 배경은 무엇일까?

정치전문가들은 신사답고 강직한 인상에다, 운동권 출신에 공수부대를 나오고 인권변호사를 지냈다는 참신함을 최대 장점으로 꼽는다. 야권에는 현정부의 실정에 염증을 느끼는 유권자들을 포용할 수 있는 리더십이 부족하다는 점도 문 이사장을 대안으로 생각하게 하는 요인이다.

이런 객관적 요인보다 더 강렬하게 유권자들에게 어필하는 중요한 포인트는 노 전대통령의 평생동지라는 점일 것이다. 불행하게 삶을 마감한 개인에 대한 연민은 부채의식으로 남아있고 이는 문 이사장에 대한 지지로 표출될 잠재력을 갖고 있다.

그렇지만 이 장점은 가장 큰 부담이 될 수 있다. 문 이사장은 아직 정치력과 리더십 등을 검증받지 못했다. 지난 정권에서 대통령 비서실장 등으로 국정운영에 참여하기는 했어도 현실정치에 대한 경험은 없다. 노 전 대통령의 가치와 정신을 계승했다고 해서 저절로 선택받을 수는 없다. 아직도 '킹'에 대해서는 선을 긋고 있지만 '킹메이커'가 되기 위해서라도 더 높은 지지율이 필요하고 지도력을 보여줘야 한다.

노 전 대통령을 넘어서는 그만의 비전과 가치를 제시해야 한다. 출발은 참여정부에 대한 평가에서 시작해야 한다. 참여정부는 민주 복지 평화를 위해 역사 발전에 기여한 바 크다. 그렇지만 정권 재창출에는 실패했다. 국민들이 진정 바라는 것이 무엇이었는지, 실망한 것이 무엇이었는지에 대한 치열한 고민이 필요하다. 문제인의 운명은 노무현의 운명과는 달라야 하지 않겠는가?

— [데스크 칼럼]정치인 문재인의 운명 〈이데일리〉, 2011.08.10

문재인을 둘러싼 지지도는 노무현에 대한 미안함이 작용하고 있는 것. 그것을 부정할 수 없다. 그러한 상황에서 많은 이들이 노무현을 넘어서라고 한다. 결국 무슨 이야기냐 하면 문재인의 지지도는 문재인 것이 아니라 노무현 것이기 때문에 문재인만의 지지자를 만들어야 한다는 것이다. 문재인만의 지지자를 만들려면 노무현과 달라야 한다고 하는 것이다. 이것은 가장 쉽게 빠질 수 있는 전형적인 오류라고 할 수 있다.

우선 처음부터 문재인이 자신의 정치를 하기 위해 정당 활동을 했다면 이러한 요구는 들어볼만하지만 문재인은 그런 적이 없다. 애써 자신의 것을 만들 필요는 없다. 다만 지지세를 확장하기 위해서는 필요할 수 있다. 노무현을 부정하면서 혹은 넘어서면서 할 필요는 없다. 더구나 문재인을 노무현과 분리해서 볼 수는 없다. 그가 노무현을 만들었고 노무현이 문재인을 만들었기 때문이다. 문재인 개인을 강조하는 순간 패착에 빠질 수가 있는 것이다.

참여정부에 기대었던 문화적인 소망이자 코드가 다시금 작동하고 있는 것이다. 대중정치에서 선거는 사실상 5% 내외의 사람들이 좌우하는 측면이 있기 때문에 그들의 선택을 받지 못했다고 해서 깡그리 실패했다고 규정하는 것은 문제가 있는 것이다. 무엇보다 문재인은 노무현 대통령을 그리 만든 지지자들의 미안함을 수용하고 있고, 그것을 수용하여야 한다. 그것이 문재인을 대선 후보로 만들어준 동력이다. 본인도 노무현 대통령에게 미안한 감정을 가지고 있기 때문이다. 이러한 심리적 배경을 무시하는 것은 불가능한 점을 무리하게 강박하는 행태로 이어지게 만드는 것이다.

민주 평화 복지에 기여했다면, 기여하지 못한 부분을 문재인이 더 강화하고 성공시키면 된다. 그러나 이것도 이상한 프레임의 하나라고 할 수가 있다. 경제영역만 보아도 이명박 정부나 박근혜정부보다 못한 점이 없음에도 꼭 경제적으로 풍족하게 한 것은 한나라당, 새누리당 계열이라고 생각하는 이상한 프레임이 작동하고 있기 때문이다. 이러한 프레임이 작동하는 한 역시 경제정책에서 서민과 중산층을 위한 민주개혁 세력의 정체성을 훼손하게 만들 수 있다.

> Q. '노무현의 비서실장'이라는 꼬리표를 떼고 자신만의 아이덴티티(Identity)를 만들어야 한다는 지적이 적지 않는데.
>
> A. '노무현의 비서실장'은 과거고 큰 자산이다. 떼어 내야 할 꼬리표라고 생각하지 않는다. 하지만 나는 나고, '노무현의 비서실장'이란 말로 나를 가둘 수는 없을 것이다.
>
> ─ [세계 인터뷰] 문재인 "김무성 대표와 오픈프라이머리·권역별 비례 논의 용의", 〈세계일보〉, 2015.09.23

그는 "제가 가장 많이 들은 말이 '노무현을 극복하라'는 말"이라며 "끊임없이 그 말을 하는 건 '노무현이 잘못해서 너 극복 못했지? 너 그래서 안 되는 거야' 라고 하는 프레임"이라고 비판했다.

— [문재인 인터뷰②] "'낡은 진보'는 형용모순···안철수 이제 외부 관찰자 아냐", 〈경향신문〉, 2015.10.18

Q. 노 전 대통령의 성향이나 정책과 겹치는 부분이 많다는 지적이 있는데 차별화 전략이 있다면.

A. 노 전 대통령의 후광이 있다는 걸 부인하지 않겠지만 당연히 차별화될 수밖에 없다. 참여정부는 10년 전의 비전으로 임했다. 노 전 대통령은 참여정부를 겪어보지 않고 참여정부를 시작했지만 나는 참여정부를 모두 겪고 새로운 정부를 시작한다. 참여정부의 성취와 뼈아픈 경험의 토대 위에서 시작하기 때문에 근본적으로 다를 것이다.

— 〈연합뉴스〉, 2012.07.12

문재인은 자신과 노무현을 분리시키라는 요구에 절대 응하지 않았다. 그것은 절대적인 신념이라고 할 수가 있다. 2007년 대선에서 진 이후 친노폐족이라는 이름이 어디든지 따라 다녔다. 하지만 문재인은 버리지 않았다. 염량세태의 풍조에서 이미 대세가 아닌 정치적 입지 편에 선다는 것은 대단히 고통스럽고 어려운 지경에 처하는 것이다. 어디나 좋은 평가를 받을 수가 없는 지경에 이르게 된다. 거대한 기득권에서 풍족하게 권력과 부를 누린 것도 아닌데 다른 어느 세력보다도 더 가혹한 어려움과 고통을 당하였던 것이다.

그것은 단지 참여정부가 옳았는데 그것이 제대로 평가를 받지 못했다는 것이 아니라 오히려 더 가혹하게 평가를 내리고, 내쳐진 상황을 지적하는 것이다. 그런 가운데에서 언제 미래를 기약할 수 없는 상황이 되었음에도 노무현을 부정하지 않았던 문재인이었다.

이명박-박근혜-반기문으로 이어지는 정치 역학 구도 속에서 노무현을 계속 붙잡고 있는 것은 실로 크나 큰 모험일 수밖에 없다. 그것은 신념과 소신이 없다면 불가능한 일이었다. 배신의 정치가 난무하고 이합집산의 철새정치가 본질인 것처럼 여겨지는 한국정치사에서 보기 드문 일이라고 할 수 있다. 박근혜 대통령조차 자신의 아버지를 계승하겠다고 전면적으로 내세우지 않았던 점을 생각하면 비교가 된다.

> "내 별명 중 '노무현의 그림자'가 가장 마음에 든다"
> ― 2012.1.9, SBS '힐링캠프, 기쁘지 아니한가'에서 노무현 전 대통령과의 인연을 말하며

> "저는 제가 아주 존경하는, 나이는 저보다 적은 아주 믿음직한 친구 문재인이를 제 친구로 둔 것을 정말 자랑스럽게 생각합니다. 나는 대통령 감이 됩니다. 나는 문재인을 친구로 두고 있습니다. 제일 좋은 친구를 둔 사람이 제일 좋은 대통령 후보 아니겠습니까?"
> ― 2002년 대선 후보 노무현의 부산 연설에서

친노 폐족에 대한 비판과 공격이 난무하는 상황에서 노무현의 친구나 노무현의 계승자라는 말도 아니고 그림자라는 말이 가장 마음에 든다고 하는 사람은 흔하지 않다. 아이돌 그룹이 아무리 인기가

있어도 그 뒤에서 백댄서 활동을 하는 것을 좋아할 리가 없다. 앞에서 노래를 불러야지 왜 뒤에서 춤이나 추느냐고 말할 것이다. 현대 사회는 개인의 자아를 우선하라고 한다. 남의 뒤에 있지 말고 자신을 내세우라고 말한다. 어떻게든지 자신만의 것을 만들고 그것을 통해서 자신만의 것을 소유하라고 말한다.

그러나 자신을 내세울수록 잘 되는 것처럼 보이지만 그렇지 않은 경우가 많다. 적어도 한국의 정서는 그렇지 않다. 예컨대 유느님 유재석이 자신만을 내세웠다면, 그렇게 오랫동안 각광을 받지 못했을 것이다. 국민 MC 유재석은 가능하지 않았을 것이다. 그것은 유재석이 2인자 리더십을 보여주었기 때문에 1인자가 될 수 있었던 것이다. 정치에도 자신을 내세우라는 말이 많다. 그렇게 해야 리더십을 발휘하게 되고 자신의 세력이 생기고 선거에서 승리할 수 있다고 한다. 자신을 내세우지 않던 이들도 그렇게 하면서 오히려 마이너스 효과를 갖게 된다.

그렇게 해서 실패한 것이 안철수라고 할 수 있다. 안철수는 처음에는 2인자 리더십처럼 행동했지만 결국에는 자신만의 정치를 하기 위해서 독자적인 1인자 리더십을 추구하게 되었다. 안철수가 적절하게 2인자 리더십을 취하면서 겸양의 태도를 유지했다면 자연스럽게 세력이 모일 수가 있었을 텐데 그렇게 하지 못했다. 그가 그런 태도를 보인 것은 자신에게 쏟아진 안풍(安風)을 감당하지 못했기 때문이다. 바람이 불 때 2인자 리더십을 취하자 바람이 그치니 다시 바람이 불 때를 그리워한 것이다. 그러나 바람은 바람일 뿐이다. 바람으로 국정운영을 할 수는 없는 노릇이다. 바람이 지나가면 다시 바람이 불 때까지 2인자 리더십을 취하여야 하는데 스스로 바람을 일으키기 위해 1인자 리더십을 취한 것이다. 오히려 2인자 리더십을 발휘한 것은 문재인이었다. 그는 2인자 리더십을 통해서 실질적인 1인자의 리더십을 발휘한 셈이 된 대표적인 사례이다.

> "안녕하십니까. 완전히 새로운 대한민국을 만들기 위해 19대 대통령직에 취업하려고 도전하는 문재인입니다. 취업 재수생입니다. 절박합니다. 적폐청산, 국가대개조라는 시대정신에 가장 잘 부합하는 적임자라고 자부합니다. 검증이 끝난 지원자입니다. 국정 경험도 있고 재수를 하면서 준비를 거듭한 가장 잘 준비된 지원자입니다. 사상 최초로 영남, 호남, 충청 모두에서 고른 지지를 받아 국민 통합을 이룰 수 있는 지원자입니다. 잘할 자신 있습니다. 새로운 대한민국, 정권 교체. 저 문재인에게 맡겨주십시오."
> ― 2017.02.12, SBS '대선주자 국민면접'에서

28.
이슬비에 옷 젖듯이 — 가랑비 리더십

Q. 북핵 상황과 관련 없이 개성공단은 재개하겠다고 했는데. 개성공단 재개 문제가 국제 사회 제재와 맞물려 있지 않나?

A. 유엔 결의안 속에 개성공단은 제외돼 있었다. 북을 변화시켜 나가는 많은 노력을 해야하는데 개성공단처럼 오히려 우리가 북에 진출해서 우리 시장경제를 북에 전파시키고 우리 체제가 더 우월하다는 것을 보여주고 북이 우리에게 의존하도록 만들고 하는 건 북핵 해결에 도움이 되는 것이다. 그런 식의 지렛대를 가지고 있어야 북핵 해결에 도움이 되지 다 끊고 욕만 해가지고는 어떻게 북핵 문제를 해결하나.

Q. 그 당시와 같이 현금을 북에 주는 형태의 금강산 관광도 별 문제가 없다고 보나?

A. 경협을 더 넓혀나가는 것이 북으로 하여금 자기들 체제 위협을 덜 느끼게 만들어서 고립에서 벗어나서 개방 쪽으로 나오게 만드는 것이기에 그런 속에서 북핵 문제를 해결하도록 하자는 거다.

— 문재인 더불어민주당 전 대표 인터뷰 전문, 〈조선일보〉, 2017.01.16.

문재인이 개성공단을 통해 강조하려는 것은 개성공단이 많은 역할을 할 수 있기 때문이다. 일단 남한에 경제적인 이득을 줄 수 있다는 것이다. 개성공단에 입주한 기업들은 대기업이 아니라 중소기업이다. 이는 대기업 중심에서 벗어난 지대를 의미한다. 북한의 저렴한 임금을 바탕으로 하기 때문에 가격 경쟁력을 갖는다. 무엇보다도 북한의 노동자는 우수하기 때문에 품질도 확보된다. 무엇보다 자유민주주의 창구 역할을 할 수 있다. 초코파이는 그것의 상징으로 읽히기도 했다.

초코파이 효과를 과장할 필요는 없지만, 그것이 갖는 문화적인 의미는 크다. 북한 자체에서는 볼 수 없는 남한의 물건이 공식적인 루트를 통해 북한으로 전해졌고 그것이 남한의 물건이라는 점을 통해 여러 인식이 제고 되거나 확장될 수 있기 때문이다. 문재인이 강조하는 것은 북한이 남한에 의존하도록 만드는 것이다. 이는 노예의 변증법이라고 할 수가 있다. 당장에 약간은 남한이 손해 볼 수도 있지만 북한이 남한 경제에 의존하게 되면서 점차 흡수 편입될 수 있도록 경제적인 통합성을 강화하는 것이 필요한 것이다.

개성공단이 북한 사회의 변화를 위해 트리거(방아쇠) 역할을 할 수 있도록 하자는 것이다. 단지 군사적인 힘만으로 북한을 압박해서 성공할 수 있다는 것은 착각일 수밖에 없다. 군사적 대결을 강조할수록 상황은 극단적이 되고 남한도 무기를 많이 갖추어야 한다. 그렇게 되면 국방비 증가가 일어나는 것만이 아니라 불안도 커지는 가운데 미국의 군산복합체의 군사장비들을 더 많이 구입을 해야 한다. 경제적 이익과 북한에 대한 개혁개방만이 아니라 군사적 이익도 있었다. 개성공단으로 북한은 6사단과 64사단, 2군단 포병여단,

전차부대, 서울 겨냥의 장사정포 등 6만여 명의 병력과 화력을 최소한 12㎞ 후방으로 물렸다. 이는 조기경보 기능을 최소한 24시간 내지 48시간 이상 향상시키고 수도권의 안전을 제고하게 했다.

지난 이명박 박근혜 정부에서는 강경일변도의 대북정책을 추구했다. 이 때문에 어떤 결과가 나왔던가.

Q. 개성공단은 집권하면 바로 문을 열 생각인가.

A. 북핵 문제가 해결되지 않으면 일체 대화도 없고 교류를 다 끊겠다는 자세는 아주 잘못됐다고 생각한다. 개성공단은 북핵 문제 해결 노력과 별개로 재개해야 한다고 본다. 개성공단은 북한보다 오히려 우리에게 더 많은 도움을 준다. 경제적인 효과 면에서도 우리 기술과 자본이 북한의 값싼 노동력과 결합하는 것이기 때문에 우리가 훨씬 더 많은 이익을 얻는다. 우리 기업이 북한에 진출해서 북한의 시장경제를 확산시켜주고 북한에 우리 체제가 더 우월함을 북한 주민에게 알리는 것이기도 하고, 북한을 우리에게 의존하게 만드는 것이다. 북한의 급변사태가 생기더라도 북한이 우리에게 의존하게 만들어야 통일을 할 수 있을 것 아닌가. 이명박 · 박근혜 정부는 오히려 북한과의 관계를 다 끊어서 중국에게 더 의존하게 만들었다고 생각한다.

— [전문] 문재인 전 민주당 대표 뉴시스 인터뷰- ②외교안보, 〈뉴시스〉, 2017.01.15.

"실제로 개성공단을 통해 우리가 얻는 것이 훨씬 더 많았다. 우리가 북한의 5만 노동자들에게 임금을 지급했지만 우리 업체 200

여개에 협력업체만 5천여 개였으니 이를 통해 우리가 얻는 이익이 수백 배 더 컸다. 경제적 측면 말고도 북한에 시장경제를 확산시켰다. 우리 체제의 우월함까지 알리고 우리에게 의존하게 만들었으니 이보다 더 큰 남북화해협력이 어디 있겠느냐"

"북핵 문제의 해결은 교류를 다 끊는다고 되는 것이 아니다. 한쪽에서는 국제사회와 함께 제재해야 하지만 한쪽에서는 남북관계 개선과 동북아 다자 외교를 통한 평화 협력 체계를 이끌어야 한다."
— 2017년 2월 10일 개성공단 폐쇄 1주년 페북 글에서

"개성공단은 북한에 시장경제를 전파하고 북한에 자본주의체제, 자유민주주의 체제의 우월성을 보여주고 북한 주민들을 우리 편으로 끌어들이고, 그리고 유사시에는 북한이 중국에 손을 내미는 것이 아니라 우리 대한민국에 손을 내밀게 대한민국에 의존하게 해야 하는 것이다."

"그렇지 않다면 설령 북한에 급변사태가 생긴다 해도 북한이 중국에 손을 내밀지 않겠나. 그러면 또다시 친중 정권이 생기는 것이다."

"잘못하면 동북삼성 아니라 동북사성 되는 거다. 이렇게 멍청한 짓이 어디 있나."

"박근혜 정부 4년간 아니 이명박 정부까지 합쳐서 지난 9년간 새누리당 정권이 가장 잘못한 것이 이렇게 안보 말아먹고 남북관계 파탄낸 것이다."

— 2016년 11월 26일 서울 마포구 홍대입구역 인근에서 열린 '노변격문-시민과의 대화'에서

문재인에 따르면 평화적 대화와 개성공단을 통해 기조를 유지해서 경제적으로 어려운 북한을 한국에 의존하도록 만들어야 하는데, 지난 10년간 중국에 더 의존하도록 만들었다. 이는 중국이 노리는 전략인데, 남한의 정부가 아주 알맞춤으로 그렇게 만들어 준 셈이 되었다. 중국의 장기 전략은 북한을 흡수 통합하는데 있다. 만약 한국이 북한과 별개로 적대적인 관계를 맺게 되면, 북한의 붕괴 즉 위기 상황에서는 중국으로 편입될 가능성이 많다. 그것은 남북한 사람들 모두가 원하지 않는 파국이라고 할 수 있다.

남한이 북한에 대해서 압박을 가하여 만약 북한이 붕괴된다면 중국이 바로 흡수 통합을 해버린다면 이것이야말로 죽을 쒀서 개를 주는 꼴이 될지 모르겠다. 만약 남한이 북한에 대해서 연고권을 주장하려면 뭔가 북한에 남한의 기업이나 제도 등을 심어야 한다. 그 가운데 하나가 개성공단과 같은 개방공간이라고 할 수가 있다. 개성공단을 반대하는 이들은 개성공단을 통해서 북핵이 개발된다고 말한다. 북핵을 포기하지 않으면, 개성공단은 있을 수 없다고 말한다. 개성공단에서 벌어들인 외화로 북핵을 개발하지 못하게 제도적인 장치를 우선 마련해야 한다고 본다.

"그런데 이명박−박근혜 정부 때는 남북관계가 최악이다. 전쟁 나지 않을까 걱정이다. 아까운 개성공단도 폐쇄했다. 북은 개별 정책을 통해 오히려 중국에 의존하게 되었다. 북에 급변 사태가 생겨난다 해도 중국에 가서 의존하게 만들어 놓았다."

"북 핵문제. 우리 생존문제인데, 핵을 무기화 되도록 이명박, 박근혜 정부 때 한 일이 무엇이 있느냐. 오히려 북핵을 촉진한 결과다."

— 문재인 "반기문, 변화·검증·준비 면에서 미지수", 〈오마이뉴스〉, 2017.01.04.

많은 전문가들이 지적했듯이 북한을 압박했던 지난 10년간 북한은 오히려 놀라운 속도로 미사일과 핵무기를 개발했고, 그것을 대내외적으로 널리 선전했다. 남북 대결국면은 그들에게 아주 좋은 명분을 제공해주었다. 외부 특히 남한과 미국이 자신들에게 군사적 압박을 가하고 있기 때문에 핵무기를 개발할 수밖에 없다는 논리를 강화했던 것이다.

여기에서 북핵에 대해서 흔히 갖게 되는 오류와 착각이 있다. 북한은 이미 수 십 년 전부터 핵무기를 개발해왔다. 그것은 어떠한 사안과도 별개로 움직이는 국가 프로젝트라고 할 수 있다. 개성공단이 없어도 외화벌이를 해서라도 어떤 자금을 모아서도 핵무기를 개발한다. 북핵을 먼저 폐기하라고 요구할수록 북한은 흥행을 하는 것이기 때문에 그것을 가지고 계속 유리한 고지를 가질 수 있다. 압박과 위협은 핵무기를 개발할 명분이 되는 것이다. 북핵의 폐기를 들어서 평화통일 논의를 중단하는 것은 군사대결을 통해서 누군가의 이익을 대변하는 것밖에는 되지 않는다.

북한은 체제가 붕괴될 때까지 모든 가용자원을 모아서라도 핵무기를 개발할 것이다. 북한이 세계적인 압박에도 불구하고 핵무기를 개발할 수 있었던 것은 그들이 고립적인 국가 운영을 하고 있기 때문이다. 즉 다른 나라들과 관계를 맺는 상황에서 의존하고 있는 부분이 적기 때문이다. 그만큼 폐쇄적인 나라이기 때문에 외압에도 끄떡하지 않는 내성이 생겨나게 되었다. 그러므로 외부의 단순 압박으로는 흔들릴 수 없는 시스템을 확립하게 되었다. 오히려 군사적 대결을 강조한 이들이 그렇게 만들어준 것이다. 북한을 변화시키기 위해서는 세계 여러 나라와의 관계성 속에서 종속을 시켜야 한다. 종속시켜서 개혁개방으로 이끌고 이를 통해서 북핵에 대해서 통제를 가할 수 있는 방안을 모색해야 한다. 북한 주민들까지 자유민주주의 장점을 인식하고 체득하는 단계에 이르러 자연스럽게 스스로 내부 분열을 통해 민주화가 일어나는 것이 피해를 최소화하면서 평화적인 정치권력 교체를 이뤄내고 남북한단일 국가를 이뤄낼 수 있는 최선이라고 할 수 있다.

문재인의 주장에 대해 집권 여당 등은 "북한의 진정성 있는 변화와 핵 포기가 전제되지 않는 상황에서 개성공단을 재가동하는 것은 대한민국에 더 큰 안보위협으로 되돌아 올 것"이라며 "개성공단 재가동 문제는 국내외 안보상황을 고려해 신중하게 결정해야 한다. 문 전 대표는 재가동도 모자라 확장론을, 그것도 자신의 SNS를 통해 밝혔다. 지도자로서의 자질을 의심케 하는 한없이 가벼운 처사"

라고 문재인을 비판했다. 북한이 핵을 포기하지 않을 것이기 때문에 결국 개성공단은 안된다는 논리이다. 이는 대기업이 좋아하는 논리이며, 일본과 미국이 좋아하는 논리라고 할 수가 있다.

북한은 핵무기를 통해 강대국을 조정하려고 한다. 그것은 북한 정권의 유일무이한 안전 보장판이다. 그것을 통제할 수 있는 것은 북한 주민들뿐이다. 그들이 스스로 일어날 수 있도록 자유민주주의 바이러스가 들어가 퍼질 수 있도록 주사기가 필요하다. 그것이 개성공단일수 있다. 개성공단을 넘어서서 남한과 북한이 같이 협력할 수 있는 공간과 제도를 마련하여야 한다. 적대적인 대결은 결국 남북한 모든 국민과 주민 시민을 고통에 빠뜨리고 기득권을 가진 이들에게만 더욱 유리하게 만들 뿐이다.

햇빛 정책은 나그네의 외투를 바람이 아니라 햇빛을 통해 벗기는 것을 은유적으로 빗댄 것이다. 햇볕의 따뜻함을 주면 외투를 자동적으로 벗는다는 우화에 근거한 것이다. 햇빛은 이익이라고 할 수가 있을 것이다. 하지만, 햇빛을 주면 경계를 할 것이다. 이슬비는 어떨까. 북한에게 개성공단 등은 이슬비다. 일정 정도 위험 부담이 있다. 무조건 물자나 돈을 지원받는 것이 아니기 때문이다. 즉, 그들은 개성공단을 우려하면서도 받아들이고 있다. 돈이 필요하기 때문이다. 북한 정권은 개성공단이 북한 붕괴의 시작이 되지 않게 우려하고 경계한다.

하지만 개성공단을 하지 않을 수 없다. 그렇게 쉽게 외화를 벌 수 있는 창구는 많지 않다. 자신들을 가랑비에 노출시키지 않을 수 없다. 그만큼 매력적인 공간이기도 하니 말이다. 하지만 이슬비 정도는 괜찮은 거 같네 라는 인식을 심어 줄수록 옷은 젖어만 갈 것이다. 젖은 옷은 결국 온몸을 세찬 비에 노출된 것과 같게 만들 것이다. 만약 세찬 바람이 불거나 기온이 낮아지면 그 이슬비를 맞은 사람은 급격한 위기에 처하게 될 것이다. 그때는 결국 햇빛을 쬐어주는 쪽을 찾아갈 수밖에 없을 것이다. 그것을 생각하는 리더십을 누가 발휘할 수 있을까. 결국 결론은 자명한 일이다.

Q. 당신이 주장하는, 세부적인 사항을 잘 모르는 나 같은 보통 국민들에게 남북 관계는 노태우의 북방정책에 이어 그나마 김대중 정부 시절에 눈부신 진전이 있었을 뿐 참여정부는 그것을 후퇴시켰을 뿐이라고 생각한다. 국제 관계도 김대중의 빅딜 경제정책으로부터 한·미 FTA에 이르기까지 미국 경제로의 예속성이 증가되었을 뿐이라고 생각한다. 진정하게 주체적인 국제 역학의 진전이 없었기 때문에 보수주의자들의 가치관에 영합한 꼴이 되고 말았다. 10·4 남북 정상선언도 몰락하는 말기의 코스메틱밖에 더 되는가?

A. 그렇지 않다. 10·4 선언이 하루아침에 뚝 떨어진 것이 아니다. 노무현 정권 동안 단 한 건의 군사 충돌도 없었다. 꾸준한 신뢰의 축적이 있었던 것이다. 2005년의 9·19공동성명(북한의 핵무기 파기 선언)이 제대로 지켜졌더라면 보다 일찍 정상회담을 할 수 있었는데 유감이다.

— [도올이 묻고 문재인이 답하다] "사드는 차기 정권 넘기고, 개성공단 즉각 재개해야", 〈중앙일보〉, 2016.12.16

29.
반성과 인정 — 성찰하는 리더

Q. 선거 끝나면 제일 먼저 하고 싶은 것은 무엇인가? 그리고 요즘에는 힐링이 대세인데 문 후보께서는 어떤 식으로 힐링하고 있는가.

A. 산에 오르고 싶다. 산에 오르다보면 생각이 단순해지고 명료해진다. 나는 국내의 산은 물론이고 안나푸르나를 비롯하여 에베레스트의 일반인 코스까지 등반했다. 산을 오를 때는 느릿느릿 천천히 오르는 것이 좋다. 내 몸이 산에 적응할 충분한 기회를 주어야 한다. 산도 인생도 천천히 오르면 부작용이 없다. 서둘러 높은 곳에 오르려 하지 말고 지금 내 눈 앞에 무엇이 펼쳐져 있는지 살펴보면 비로소 현재의 나를 찾을 수 있다. 그리고 지쳤다면 잠시 걸음을 멈추고 쉬어 갈 줄 알아야 정상에 오를 수 있다. 나를 알고 쉬어 갈 줄 아는 자세가 바로 내 삶의 근원이다.

— [창간 6주년 기념 단독 인터뷰]민주통합당 문재인 대선후보 〈CNB저널〉, 2012.11.19

지자(智者)는 요수(樂水)이고 인자(仁者)는 요산(樂山)이라고 했다. 지혜로운 자는 물을 좋아하고 어진 사람은 산을 좋아한다. 물은 변화한다. 움직인다. 산은 그대로 있으며 품는다. 지혜라는 것은 움직임 속에서 더 창출되는 것이다.

문재인이 좋아하는 산은 그가 어진 사람이라는 점을 내포하고 있다. 무조건 정상으로 향해 가지 않는다. 우리나라에는 정상을 향한 정복 산행 문화는 없다. 산수를 즐기는 관점에서 산을 올랐을 뿐이다. 몇 고지 점령이라는 말은 사실상 서구인들의 자연 정복관에서 나왔을 뿐이다. 산에 오른다는 것은 나를 바라보는 것이기도 하다. 그리고 자신을 성찰하고 새로운 삶의 반추로 삼기 위한 것이겠다. 쉬어간다는 것은 모든 것을 놓은 것을 의미하기도 하지만, 자신이 한 언행을 한번 되돌아보는 것을 의미하는 것 아닐까.

　[부산 정권 발언]
"부산에서 지방선거를 도우려다 구설수에 휘말려 크게 혼이 났다. 기자가 '이번 지방선거를 어떻게 예상하고 있으며 어떤 선거가 되기를 바라느냐'고 질문했다. 나는 작심하고 부산 시민들의 지역주의를 비판했다. '노 대통령 당선이 부산의 지역주의를 완화시키는 계기가 될 것으로 기대했는데 오히려 지역주의가 더 강고해져 유감이다. 대통령이 부산 출신이고 또 부산에 애정을 많이 가지고 있으니 부산 시민들이 웬만하면 부산 정권이라 생각하고 애정을 가져줄 만한데 전혀 안 그렇지 않으냐. 나는 부산 사람들이 왜 참여정부를 부산 정권으로 생각하지 않는지 이해가 안 간다. 이번 지방선거가 그러한 강고한 지역주의를 허무는 선거가 됐으면 좋겠다.'

어느 신문이 내가 한 발언 중 '부산 정권' 부분만 끄집어내 내가 부산 정권을 내세우면서 지역주의를 부추겼다고 시비를 걸었다. 그런데 열린우리당 사람들이 그 기사를 보고 발끈해서 정색을 하고 나를 비난하고 나섰다. 망국적인 지역감정을 조장하는 발언이라고도 하고 국민을 모욕하는 발언이라고도 하고 광주·호남 사람들의 지지로 참여정부가 출범한 것을 잊은 부적절한 발언이라고도 했다. 내가 평생 동안 제일 많이 욕먹은 일이어서 그 일은 마음속에 상처로 남아 있다. 정치가 더 싫고 무서워졌다."

― 문갑식, 〈문재인 전기〉에서

    문재인의 생각은 다른 게 아니었다. 부산 사람들이 너무 참여정부에 대해서 지지를 하지 않았기 때문이다. 노무현 대통령의 당선이 지역주의를 허무는 것을 위해 노력한 것인데, 오히려 부산시민들은 참여정부를 호남정권이라고 생각하면서 백안시했기 때문이다. 그렇기 때문에 문재인은 참여정부도 부산 지역과 연관이 깊다는 것을 알아달라는 것이었다. 즉 참여정부는 호남정권이기도 하면서 부산 정권이기도 하다는 점을 강조한 것이다. 하지만 참여정부는 부산정권이라는 단어만 부각이 되는 바람에 지역주의를 조장한 당사자가 되었다. 물론 그 진성성과는 관계없이 해석되면서 곤혹스러운 지경에 이르게 된 것이다. 이를 통해서 진정성과 관계없이 지역주의의 덫에 걸릴 수 있음을 실감했을 것이다. 결코 그는 지역주의자가 아니다. 통합주의자이고 그러해야 하는 소명을 운명처럼 갖게 되었다.

    Q. 참여정부는 성공과 실패의 평가가 엇갈린다. 국정운영을

한번 경험했으니 다시 한다면 어떤 점을 극복하겠다는 교훈이 있는가.

A. 경험이 꼭 좋은지 모르겠다. 과거 관행과 권위주의적인 정치문화에 더 쉽게 타협해버릴지도 모른다. 조금 더 영악하게 해서 단기적인 인기나 지지를 올릴지는 모르지만 긴 역사로 볼 때 그걸 더 잘했다고 말할 수는 없다.

Q. 참여정부는 현실적인 역량을 따지지 않고 자신의 가치만을 앞세워 힘에 부치게 밀어붙이다가 고전했던 것 아니냐는 시각도 있다.

A. 민심과 함께 가는 데 실패했다, 더디더라도 국민과 충분히 소통하면서 차근차근히 했어야 하는데 우리가 좀 서둘렀을 수도 서툴렀을 수도 있고, 우리가 옳다는 오만한 마음 가지고 그냥 밀어붙였을 수도 있다' 고 전에 말한 적이 있다. 그러나 사실은 그렇게 현실적인 조건을 따져서 가능한 부분만 하자고 했다면 개혁은 거의 못했을 것이다. 열악한 언론환경과 두터운 기득권층의 완강함은 주어진 환경인데 그 속에서 일하자면 우리 역량이 강화되는 길밖에 없었다. 미국과 자주 외교에서 한걸음 더 못나간 이유가 미국보다도 더 물고 뜯는 국내의 여론 때문 아니었는가. 국민과 소통하며 했어야 한다는 말은 원칙적인 얘기지만, 현실적으로 그 적절한 수준을 찾는다는 건 어렵고 또 현실가능한 수준에서 하자고 임했으면 개혁이 정말 초라해졌을 것이다.

— [노무현 전 대통령 서거 1주기] 문재인 노무현재단 상임이사 인터뷰, 〈내일신문〉, 2010.05.20.

개혁은 소수파일 때 힘들 수밖에 없다. 그런 상황에서 더욱 곤혹스러운 점은 겉으로는 강자인 것처럼 보일 때이다. 그 강자처럼 보이는 것은 바로 대통령 당선자였다. 제왕적 대통령이 되려면 언론과 대기업 그리고 부유층, 관료 상위층들이 확보되어야 가능했다. 하지만 참여정부는 여의치가 않았다. 심지어 지지자들조차도 이탈해버렸다. 같은 정당도 도와주지 않았다. 그런 상황 속에서 뭔가 가시적인 성과를 내기를 원했다. 이런 상황에서 독자적인 세력화를 모색한다. 열린우리당을 만든 것도 이 때문이라고 할 수 있다. 하지만 개혁하고자 하는 의지를 보지 않고 세력화 자체에 대한 비판이 쏟아졌다. 배신자라는 낙인이 찍혔다.

다행히도 열린우리당은 많은 지지를 받았다. 하지만 반대급부로 탄핵 사태를 맞이해야 했다. 그것은 같은 당이었던 세력과 반대당인 한나라당의 연합적인 반격이었다. 아울러 열린우리당이 흥행을 하기는 했지만 결과적으로 거센 반격에 시달려야 했다. 국정 운영이 쉽지 않은 사태가 일어나면서 노무현 대통령은 대연정 발언까지 언급하기에 이르렀다. 이러한 상황 속에서 내적으로 강고해질 수밖에 없었고 이조차 친노 그룹으로 격하되었다. 어쨌든 참여정부는 정권연장을 하지 못했다. 이명박 정권에서는 대대적인 척살 작업이 시작되었다. 급기야 2009년 노무현 대통령은 자신이 유하게 봐준 검찰의 전방위적인 압박에 시달리고 마침내 세상을 등진다. 이 때문에 다시 참여정부를 지지하는 이들이 결집하여 민주당 대선 후보로 문재인을 선출하기에 이른다.

2012년 12월 19일, 선거에서 탈락 후보 사상 최다, 역대 대한민국 대통령 선거의 후보들 중 두 번째로 많은 1469만2632표(48.0%)

를 득표했다. 하지만 새누리당의 박근혜 후보에게 약 100만 표 차이로 패배했다. 다음날 문재인은 패배를 승복하는 기자회견을 열었다.

"국민 여러분 죄송합니다. 최선을 다했지만 저의 역부족이었습니다. 정권교체와 새 정치를 바라는 국민들의 열망을 이루지 못했습니다. 국민과의 약속을 지키지 못하게 됐습니다. 모든 것은 다 저의 부족함 때문입니다. 지지해 주신 국민들께 머리 숙여 사과드립니다. 선거를 도왔던 캠프 관계자들과 당원 동지들 그리고 전국의 자원봉사자들에게도 깊은 위로를 전합니다. 패배를 인정합니다. 하지만 저의 실패이지 새 정치를 바라는 모든 분의 실패가 아닙니다. 박근혜 후보에게 축하의 인사를 드립니다. 박근혜 당선인께서 국민통합과 상생의 정치를 펴주실 것을 기대합니다. 나라를 잘 이끌어주시길 부탁드립니다. 국민들께서도 이제 박 당선인을 많이 성원해 주시길 바랍니다. 거듭 죄송합니다. 그리고 감사합니다."

그는 비록 많은 지지를 받았지만 패했다. 하지만 유권자들이 그를 아주 버린 것은 아니었다. 이명박 정부를 지지했던 유권자들은 이명박 후보의 대기업 리더 이미지를 떠올리고 청계천의 성공 사례를 연상하며 뉴타운과 4대강 사업 등의 효과에 기대감을 가졌다. 사실상 부동산 상승에 대한 기대감이 그의 당선을 낳았고, 박근혜 정부는 이명박 정부에 대한 실망감을 채워줄 대체재로 선택했다. 하지만 그것만으로는 당선의 원인이 부족한데 그 이유는 박정희 향수와 박근혜 팬들의 발호였다. 여기에 성장 신화의 담론에 이어 노령연금이 주효하게 작동을 하면서 문재인을 따돌렸다. 어쨌든 결과로 볼 수밖에 없었다.

하지만 문재인은 패배를 했지만 굴곡에도 불구하고 문재인에 대한 지지도는 여전히 유지가 되었다. 그것은 단순한 일부 소수의 지라고 볼 수는 없었다. 다만, 참여정부에 대한 책임을 물어야 한다는 측면에서 조심스러운 부분이 있었다. 노무현 대통령의 서거는 많은 이들에게 마음의 짐을 여전히 지워주고 있기 때문이다. 그는 권력자도 기득권도 아닌 한낱 소수 개혁파를 대변하는 사람에 불과했고 그가 마주 대한 기득권 세력은 실로 거대하고 엄청나다는 것을 여실히 보여주었기 때문이다. 그러한 벽은 최순실―박근혜 게이트가 터지기 전까지도 공고했다. 제도권 시스템은 박근혜를 중심으로 공고한 수직 하방적인 시스템을 구축하여 확장하고 있었다. 그러나 반기문을 두고 불거진 카르텔의 균열 현상은 아예 기득권 정치세력의 붕괴를 낳는 사분오열에 이르게 되었다. 이런 가은데 문재인은 다시 부각될 수밖에 없었다.

Q. 노무현 정부 지나고 나서 '이 일은 꼭 다시 해야겠다, 이 일은 잘못했다' 같은 것이 있나.

A. 2002년 대선 때 시대정신은 정치적 민주화와 권위주의 타파였다. 그 점에서는 참여정부가 충실했다. 성공을 거뒀다고 자부하고, 그런데 정치적 민주주의가 어느 정도 발전되니까 대두된 게 양극화 또 비정규직 이런 사회경제적인 문제였다. 그 부분에 대해서 참여정부가 충분히 성공했다고 보지 않는다. 그게 이명박 근혜 정

부는 더 악화시켰고, 그것이 우리가 해야할 과제다.

— 문재인 더불어민주당 전 대표 인터뷰 전문, 〈조선일보〉, 2017-01-16 10:05

Q. 참여정부에서 계승할 것도 있겠지만 버리고 가야할 것이나 후회되는 부분 등은 없나.

A. 참여정부 때 민주주의의 기반을 닦았고, 사회 안전망을 갖췄고, 한반도의 평화가 정착돼서 민족 번영의 기반을 만들었다. 권위주의 청산, 지방분권, 국가 균형발전의 길도 열었다. 여성 지위 향상, 양성평등에서도 큰 진전이 있었다고 생각한다. 하지만 한계도 있고 좌절도 있고 제대로 다 못한 부분도 많이 있다고 생각한다. 그런 부분을 성찰하는 시간도 많이 가졌다. 특히 우리가 한계로 겸허하게 인정하는 부분은 양극화, 비정규직 문제에 대해서 성공적으로 대처하지 못했다는 점이다. 앞으로 제3기 민주정부가 들어선다면 그때 이루지 못한 국민의 삶의 문제까지 해결하는 정부가 돼야 할 것이라고 믿는다.

— [전문] 문재인 전 민주당 대표 뉴시스 인터뷰-①정치, 〈뉴시스〉, 2017.01.15.

문재인이 참여정부에 대해서 모든 것을 항변하거나 방어하는 것은 아니다. 사회적 경제적인 양극화 그리고 비정규직 문제에 대해서 실패했다고 말하였다. 이명박이나 박근혜 정부에서는 별로 중요하게 언급하지 않는 부분이다. 문재인이 지적했듯이 이명박과 박근혜 정부에서 더욱 악화되었다. 이명박 박근혜 정부는 죄책감조차 없겠지만 문재인은 이 부분에 대해서 반성을 하고 개선해야 한다는 점을 분명하게 말하고 있다. 이러한 점을 해결하려면 어떻게 해서

든 대기업 중심의 경제 즉 재벌기업 중심의 경제를 고치고 개혁해야 한다. 이러한 부분은 문재인이 여러 차례 강조하는 부분이다. 일자리 창출이 많이 되는 것도 대기업 중심에서 벗어나 중소기업 중심으로 이동해야 하는 점이기 때문에 근본적인 체질 개선이 필요하다. 양극화를 해결하는 방법 중에 하나가 이런 재벌 경제쏠림에서 부의 순환을 이뤄내는 것이라고 볼 수 있다. 참여정부가 경제적인 부분에서 뼈아프게 아마추어라는 말을 들은 점은 따로 있었다. 그것을 회복하기는 쉽지 않았다.

> Q. 참여정부의 공과를 얘기한다면.
> A. 참여정부 시대에 민주주의가 크게 발전했다. 권위주의를 해체하고 권력기관도 개혁했다. 검찰의 정치적 중립도 이뤘고 언론 자유도 최대한 보장됐다. 복지가 크게 발전했고 남북관계도 경제 협력의 시대로까지 진입했다. 우리나라의 발전 방향에 맞는 정부였다.
> 한계나 부족한 부분도 있었다. 당시 세계적인 조류였던 신자유주의에 적극적으로 대응하지 못해 양극화 문제 등을 충분히 해결하지 못했다. 부동산 가격 폭등을 막지 못한 점도 뼈아프다.
> ─ 〈인터뷰〉 문재인 "노 전 대통령과 당연히 차별화", 〈연합뉴스〉, 2012.07.12.

여기에서 눈길을 끄는 것은 참여정부가 부동산 정책에 대해서 제대로 대응을 못했다는 것이다. 이것은 기득권 세력이 저항했기 때문이라는 분석도 많았는데 그것은 시장의 메커니즘을 잘 파악하지 못하고 대응하지 못한 이유라고 봐야 한다. 참여 정부는 5년 동안 모두 십여 차례의 크고 작은 부동산 정책을 발표했다. 그러나 "어떤 수를 쓰든 부동산투기를 잡겠다"고 하던 대통령의 굳은 의지 천명과 달리 상황은 다르게 흘렀다. 5년간 전국의 집값은 35%가 올랐고, 서울은 43%, 신도시는 무려 56%가 올랐다(뉴시스, 2008.2.22.). 참여정부 임기 5년간 분당의 아파트값이 78.44%가 올랐고 강남구는 71.05%, 송파구는 70.96%, 용인시는 68.17%가 올랐다. 인근 지역도 마찬가지였다. 같은 기간 과천, 용산, 성동 등도 높은 상승률을 기록하고 말았다. 강동구, 광진구, 동작구와 여의도 등 서울시내 주요 지역과 일산, 중동, 산본 등의 아파트 가격도 크게 올랐다. 정말 허탈하고도 분노가 일어나는 상황이었다. 혁신도시, 행복도시 등 정부가 내놓은 도시 정책은 각종 개발정책이 되어 전국 곳곳의 땅값도 뛰게 만들었다. 이를 통해 서민들의 주거는 불안정해졌고 부동산 세력만 큰돈을 벌었다. 이는 선의지와는 관계없이 지나친 개발 정책이 되고, 특히 공급 위주의 정책이 되어 사태를 더욱 악화시켰다. 이로써 거품을 잡겠다던 참여정부 스스로 부동산 거품을 키웠다.

에초에 발단은 문제의 진단이 오류였기 때문에 일어났다. 정부는 부동산 가격 폭등의 진원지를 강남으로 봤다. 따라서 판교 신도시를 비롯해 제2 강남을 선택해 도시를 지으면 잡을 수 있을 것이라 생각했다. 판교, 송파, 검단 신도시 등의 건설 계획이 발표될 때마다 주변 시세는 폭등했다. 이는 공급 물량의 문제가 아니라 강남이라는 지역적 특수성이 지나는 가치가 있다는 것을 간과한 대표적인 정책 실패사례라고 할 수가 있다. 강남 주변에 신도시를 만들수록 강남은 떨어지지 않고 오히려 강남의 땅값이 올라가는 현상이 벌어지게 되는 것이다. 기존의 아파트가 떨어지는 것이 아니라 연동하여 상승하는 것을 말한다. 그것은 당시의 상황에서는 확장적인 도시 계획을 세우면 곤란하다는 것을 간과한 것이다. 강남의 땅값을 잡기 위해서는 강남이 누리고 있는 특권적 지대들을 이동시키는 것이 필요하다.

거대 언론과 한나라당에서 '세금폭탄'이라고 집요하게 공격했던 세제 부문에서도 문제가 있었다. 보유 단계에서 종합부동산세 과세 대상(주택의 경우 공시가격 9억 원 → 6억 원, 토지의 경우 공시지가 6억 원 → 3억 원)과 실효세율(2009년까지 종합부동산세 대상자에 대해 보유세 평균 실효세율을 1% 수준으로 인상)을 현실화했다. 이것은 일반 국민 특히 도시민들의 반감을 불러서 열린 우리당이나 참여정부에 대한 지지도를 철회하는 중요한 이유가 되도록 만들었다. 특히 종부세의 확장은 부유세의 확장이라 보여 '세금 폭탄'이라는 프레임에 동의하도록 만들었다. 서민들을 위해서 부동산 거품을 잡겠다고 했다가 오히려 집값을 올리고 서민들에게 세금을 더 많이 올려버린 꼴이 되었다. 이러한 정책들의 실패를 볼 때 참여정부는 분명하게 성공했다고 할 수가 없다. 이명박 정부는 부동산 정책을 노골화하여 돈을 더 많이 벌어 주겠다고 선언을 했고 그것이 뉴타운 사업이었다. 그러나 이 사업은 매우 복잡하고 기간이 많이 필요했기 때문에 단기간에 될 수 없었고, 뉴타운이 많이 건설될수록 공급과잉이 이루어지기 때문에 상품 경쟁력이 떨어질 수밖에 없었다. 참여정부로 빚어진 부동산 버블은 이명박 정권에서 정점을 이루었고, 박근혜 정부에서 공고하게 되었다.

Q. 문 후보를 실패한 참여정부의 2인자라고 비판하는 시각에 대해 어떻게 생각하나.

A. '정권심판'이라는 프레임으로 전개된다면 참여정부와 이명박 정부에 대한 책임을 묻는 구도로 논의가 전개될 텐데 그런 부분이 필요하다. 참여정부의 한계는 참여정부의 공을 인정하는 토대 위에서 지적되는 미흡한 부분이다. 이명박 정부는 긍정적인 부분을 말할 수 없을 정도의 총체적 실패다. (새누리당이) 정권심판의 프레임을 감히 말하지 못할 것이다.

— 〈인터뷰〉 문재인 "민주당 변할수록 安風 잦아든다", 〈연합뉴스〉, 2012.11.22

지난번 대통령 선거가 "박근혜가 당선 되느냐 안되느냐"가 테마였다면 내년의 선거는 "문재인이 대통령이 되느냐 안되느냐"가 최대의 관심사다. 보수층 특히 재벌들은 문재인이 대통령 될까봐 노이로제에 가까울 정도로 신경을 곤두세우고 있다. "새로운 세상은 정치인에게만 맡겨서 가능할 수 없기 때문에 이번에 시민혁명을 완성해야 한다"며 정권교체 차원을 넘어 국가 청소론을 과격한 방법으로 내세우고 있기 때문이다(울산집회에서 주장).

— [이철칼럼], 문재인 포비아, 〈한국일보〉, 2016.12.21

참여정부가 실패라고 규정한다면, 그 정부의 2인자라고 할 수도 있을지 모른다. 그러나 2인자형 1인자라고 할 수가 있다. 본래 영원한 1인자는 없는 법이고, 영원한 2인자도 없는 법이다. 1인자도 2인자형 리더십을 추구하면 장수할 수 있지만 그렇지 않으면 붕괴 될 수밖에 없다. 문재인은 2인자로 보이지만 내실을 기하였기 때문에

1인자의 위치에 올라간다. 그러나 1인자에 올라가도 2인자 리더십을 취하지 않는다면 붕괴될 수밖에 없다. 문재인에게 1인자형 리더십을 추구하라고 지지자들은 요구를 하겠지만 그것은 쉽지 않은 전망을 예고하게 만든다. 2인자형 1인자 리더십을 추구하는 기조를 유지해야 할 필요가 있다. 2인자들은 위에서 군림하거나 현장성을 떠나지 않는다. 항상 낮은 자세로 진리가 무엇인지 살피고 행동한다. 하지만 진리를 알았다고 군림하지 않으며 그것이 긍정의 방향으로 어떻게 될 수 있을지 고민하고 실천할 뿐이다.

청와대 비서실장할 때 공관이 지방에서 올라온 사람들하고 같이 있었는데, 거기 안가가 있었는데, 안가 밑에 무궁화가 있었어요. 어느 날 찾아보니까 무궁화는 억수로 오래 피는 것 같지만 3개월 정도만 피거든요. 그런데 꽃 한 송이 한 송이는 하루밖에 안핀다는 거에요. 그래서 제가 자랑을 했지.

"대표님, 저 무궁화가 얼마나 오래 가게요?"

"글쎄, 얼마나 갈까" 이러고 답을 안 하시더라구요.

"실장님 이게 하루밖에 안 간답니다. 하루 폈다가 그 다음날 떨어져 버린답니다."

"그런가? 그럴까?" 그러고 잊어버렸어요.

나중에 보니까, 문 실장님이 무궁화에 표시를 해 놓고 그 다음날 떨어지는지 관찰을 하는 거에요. 그리곤 "야 정호야 그거 있잖아. 이틀 지나도 안 떨어지더라."

완전 뽀록이 나버렸어요. 그 정도로 검증하시는 거죠. 꼼꼼하시고. 땀이 삐질삐질 나더라구요. 그니까 한 3~4일 정도 가고, 꽃이

2~3천 개가 피었다 지고 하면서 3개월 가는 거더라구요. 어설프게 한 사람은 안 되는 거죠. 그 사람이 실제로 말하는 대로 행동하는지 찾아보신다는 거죠.

— 팟캐스트, 문재인 탐구생활 〈문재인에게 혼난 봉하마을 김정호 대표〉 편 중

에필로그
— 문재인의 예정된 운명

필자는 2002년 12월에 『노무현의 딜레마』라는 책을 쓴 적이 있다. 노무현의 당선은 아직 결정되지 않은 상황이었다. 내용은 노무현의 당선을 전제로 한 것이었다. 주제는 노무현이 대통령이 되었을 때 일어날 사태를 예견하고 이를 막는 방안에 대해서 주장한 것이었다. 당시에는 노무현 당선이 당장에 엄청난 개혁과 변혁을 일으킬 것이라는 기대감이 충만했던 때였다. 하지만 노무현이 제도권으로 들어갔을 때 겪게 되는 상황은 녹록치 않았다. 그렇기 때문에 노무현이 겪게 될 어려운 상황을 예견하고 이를 방지하기 위해서 어떤 태도를 가져야 하는가에 대해서 논했다.

원래 출간 시기는 2003년 2월말 참여정부가 출범하기 전이었다. 하지만 출판사의 사정으로 자꾸 시일이 미루어졌다. 무엇보다 3월 초에 다른 출판사의 무크지가 노무현의 딜레마라는 이름을 3월호 제호로 사용해 버렸다. 내가 원고를 투고했던 출판사였고 그 출판사에서는 거절을 당했던 터였다. 심증은 가지만 물증이 없었다. 그래서 내 원고의 책 이름도 바꿨다. 『노무현 코드의 반란』이었다. 엄밀하게 말하면 노무현 코드의 역풍이라는 뜻이 더 정확할 것이다. 즉 노무현에 대한 기대치가 너무 높기 때문에 출범 이후 노무현의 딜레마가 발생하여 지지층이 대거 이탈할 것이라는 예측이 담겨 있었다. 그래서 노무현이 처하고 있는 딜레마 상황을 정리하고 그 이유에 대해서 설명을 했다.

하지만 당시만 해도 노무현에 관한 책을 쓰는 것은 그리 환영받지 못했다. 특히 진보정당의 목소리가 매우 강력했던 때였고 그들을 지지하는 이들에게도 노무현은 차악이라는 수식어구가 붙는 때였다. 노무현의 딜레마를 간단하게 요약하면, 문화/제도 코드 사이의 딜레마였다. 여기에서 문화 코드는 일반 사회문화적인 기대를 말한다. 흔히 유권자들이 후보에게 거는 기대를 말한다. 대체적으로 후보자들은 그러한 기대감을 한껏 높여서 당선되려 하고 실제로 그렇게 한다.

노무현도 마찬가지였다. 그러나 당선이 되고 나서 대통령이 되었을 때는 문화적 코드의 틀에 있을 수가 없다. 흔히 재야 세력은 제도권에 들어간다고 표현을 한다. 제도적인 코드는 바로 이러한 상황을 말한다. 제도권 안에 들어갔을 때 만나게 되는 상황과 구조를 바로 제도적 코드라고 했다. 그때 당시는 노무현 코드가 유행하던 때라서 이런 식으로 이름을 불러야 했다. 당연히 문화적 코드는 이상적인 방향과 목표이기 때문에 제도적 실현을 하기까지 어려울 수도 있고 시간이 많이 걸릴 수도 있으며 아예 힘들 수도 있다. 분명히 이러한 상황에 처했을 때 지지자들은 노무현과 그 참모들을 지지하지 않고 이탈할 것이 예견되었다. 만약 노무현이 실패하면 그 어떤 진보정당도 실패하기 때문에 기득권 세력과 맞설 수 있는 대중정당을 튼실하게 구축하는 것이 급선무라고 생각했기 때문이었다.

실제로 책이 나오기 전인 3월부터 5월까지 썰물 빠지듯이 지지층이 이탈했다. 어느새 지지했던 이들이 참여정부와 노무현을 공격하는 데 앞장서고 그것이 진보적인 행위인 듯이 여겨졌다. 아예 정당에 대한 지지도 옮겨 진보정당이 마치 신상처럼 여겨졌다. 집권 내내 노무현은 양쪽에서 공격을 받아야 했다. 중간에 탄핵 정국과 복귀가 있었지만 지지층들은 다시 돌아오지 않았다. 노무현이 기존의 행동을 약간 변경한다 싶으면 비난이 쏟아졌고 변절자라고 했다. 미국에 가서 부시 대통령에게 우호적인 발언을 하고 파병을 보낸 것을 두고 대대적인 배신자 지탄이 쏟아졌다. 그것은 남북평화 협상을 위한 수순이었다는 점을 이해하지 못했고 이해하지 않으려 했다. 그는 이전의 정치가나 세력과 똑같은 불신의 대상으로 규정되었다. 이외에도 많은 사안들에서 참여정부는 딜레마에 빠졌고, 그들이 성실히 노력했던 많은 정책 추진은 몇 가지 오류와 더불어서 평가절하 되었다. 그들은 여전히 소수파였고, 기득권자가 아니었으며 항상 강자들에게 시달림과 위협을 당하고 있다는 사실은 크게 공유 되지 못했다. 그야말로 그들은 폐족이 되었다.

2007년 대선에서 정동영을 내세워 보기 좋게 정권 연장에 실패했다. 나중에 정동영은 문재인이 언급했듯이 참여정부를 배신한다. 무엇보다 2008년부터 참여정부 인사들은 정치 보복을 당하기 시작했다. 마침내 그 보복은 전직 대통령에게 미쳤고 노무현 대통령은 세상을 떠나게 된다. 이때에 이르러서야 많은 지지자들은 노무현이 처했던 상황에 대해서 인지를 하게 되었다. 그리고 미안함을 갖게 되었다.

문재인이 대선 주자로 떠올랐다. 한번은 실패했다. 그가 대통령으로 노무현 대통령과 같이 국정운영을 하게 된다면 같은 운명에 처하게 될 것이다. 노무현 대통령이 서거하면서 나는 아는 분의 도움으로 증보판을 냈다. 그 증보판의 제목은 『제2 노무현의 운명』이었다. 그 운명은 여전히 계속되고 있고 앞으로도 계속 될 것이다. 이러한 현상은 민주진보개혁 세력일수록 더욱 심화될 것이다. 왜냐하면 민주진보세력은 문화적 가치를 우선하기 때문이다.

그렇지만 보수기득권 세력은 물화적 가치를 우선한다. 당장에 돈과 물질에 약할 수 있다. 하지만 기득권을 대변할수록 그런 물화에 대한 약속은 공언이 될 가능성이 높다. 갖지 못한 자가 아니라 가진 자를 대변할 수밖에 없다. 이 때문에 항상 문화적 가치를 우선하는 민주진보 세력이 열세에 놓이게 된다. 그것은 너무 문화에 방점을 찍었기 때문이다. 다른 정치세력보다 정권을 얻기도 힘들지만 그것을 운영하는 것도 매우 힘들다. 즉 이는 딜레마 상황이나 그 강도가 민주진보세력에게 강하다는 것을 말한다.

문재인의 경우에도 문화/제도 코드(틀) 사이에서 딜레마를 많이 느끼게 될 것이다. 인위적으로 물화적 가치를 강조하다가는 본질적인 기조는 문화적 가치에 충돌하는 일이 벌어지기도 한다. 무엇보다 제도적인 코드(틀)에서는 기득권의 파이를 순환시킬 수 있는 방법이 쉽지 않다. 많은 것을 이미 그들이 장악했기 때문이다. 그렇기 때문에 시간과 에너지가 일정기간 혹은 일정량 이상 보장이 되어야 한다. 하지만 지지기반은 그것을 기다려줄 여력이 없을 만큼 다급하다.

그런데 반면교사나 과거의 경험을 반추했는지 다행히 문재인만의 강점이 있었다. 문재인은 문화적 코드에 그렇게 의존하지 않으려 한다. 그랬더니 권력의지가 없다, 답답하다는 말이 쏟아졌다. 즉 그는 사람들의 눈과 귀를 달콤하게 만드는 액션이나 언사, 공약을 잘 하지 않는다. 그렇기 때문에 처음에는 인기도도 없고 강력한 지지도를 갖지 못했다. 사회문화적으로 이래야 한다는 것, 그런 문화적 코드에 관심이 없었다. 그것의 허구를 알기 때문일 것이다. 본질에 충실하면 된다고 여기는 것인데 대중정치에서 그런 태도는 분명 본 선거에 이르지도 못할 태도이다.

그가 부각된 것도 기적에 가깝다. 더구나 유권자들도 그냥 당위론적으로 정권을 바꿔야 하기 때문에 지지해야 하는 정치 리더쯤으로 인식하는 경향이 많았다. 문재인에게 문화적 코드들은 이미 경험을 해보았듯이 그런 것들이 실체적이고 본질적이지 않다. 어떻게 보면 제도적인 코드에 더 신경이 가 있는 것이다. 그것에서 실현가능한 것들을 중심으로 자신의 견해를 엄정하게 밝힌다. 하지만 점차 문재인은 문화적 코드를 강화할 것이다. 주변의 압박을 받아들여서 문화적 코드 수준을 높여서 대통령에 일단 올라야 하기 때문이다. 지금도 많이 올라왔다. 점차 자신이 하고 싶지 않은 말이나 행동을 더 많이 하게 될 것이다. 자신의 지지도를 견인하기 위해서 어쩔 수 없는 선택이라고 애써 위안을 삼을 것이다. 주변에서 또 그렇게 강화해 줄 것이다. 그렇지만 문화적 코드의 지수가 높아지는 것이고 이에 비례하여 제도적 코드 안에 들어가 느끼게 될 딜레마 정도는 더욱 증가하는 것이다. 문재인은 그것을 견뎌야 한다.

그런데 그에게만 모든 것을 맡겨야 할까. 만약 이러한 간극을 줄

이러면 어떻게 해야 할까. 그것은 제도적 틀을 바꿀 때까지 기다려 주어야 한다. 그때를 위해서 문화적 코드를 너무 강조하여 요구하는 것은 자제를 해야 한다. 국민이 선거를 통해 대표자를 뽑는 것은 문화적인 요구를 반영하는 대리자가 필요하기 때문이다. 그러나 법치와 민주 국가에서는 제도적인 틀을 통해서 그러한 문화적 요구들을 실현해야 한다. 어쨌든 도구적인 측면에서도 반드시 거쳐야 할 과정이다. 아무리 국민이 뽑은 대통령이라도 해도 영웅이나 검투사처럼 총을 쏘고 칼을 휘두른다고 될 수 있는 구조가 아닌 것이다.

　문재인이 한 번의 국정 운영 경험이 있고, 공과를 성찰하여 준비를 하였다고는 하나 여전히 문화적 코드와 제도적 코드 사이에는 딜레마가 상존한다. 이러한 간극이 있다는 것을 인식하고 인정하는 것은 지지자들에게도 매우 중요하다. 무조건 문재인을 지지하라는 것이 아니다. 무조건 지지하는 것은 검투사 같은 행동이기에 상대방을 물화적으로 자극하고 상대에게 명분을 주고 이에 되치기를 당하게 할 가능성이 많다. 무엇보다 노무현이 겪었듯이 문재인이 겪게 될 딜레마 상황을 밝히고 그것을 지속적으로 공유시키는 노력이 필요하다. 딜레마를 겪는 정책들을 연구하고 그것들을 세세하게 풀어 주는 작업들이 필요하다.

　그것은 언론이 할 수 없다. 제3의 조직이 필요할 것이다. 무엇보다 앞으로 문재인에게 바보 같게 왜 그렇게 행동하는가, 야합하고 배신하는가라며 공격하는 것은 노무현과 같은 운명적 결과를 문재인에게도 안기는 것이다. 문재인의 실패는 노무현의 실패이며 민주주의의 실패가 될 수 있다. 그들의 실패는 진보의 실패이기도 하다. 그들이 실패가 계속되는 한 사회에서 어떤 급진 진보도 성공할 수 없다.

무엇보다 민주주의는 기다림이다. 문화(Culture)의 어원은 '재배하다 양육하다'이다. 사람이 성장하려해도 시간이 걸리고 과실을 얻으려 해도 과정과 시간이 필요하다. 물도 주고 거름도 주어야 한다. 그것이 창조의 과정이기도 하다. 당장에는 혼란스럽고 당장에는 효과가 없는 것 같아도 숙성하는데 시간이 필요한 김치와 된장과 같다. 정말 김대중이나 노무현 그리고 문재인의 진정성 그리고 본질을 보았다면 발효할 수 있는 시간과 여력을 절대적으로 확보해 주는 것이 반드시 필요하다. 그러한 믿음과 신뢰가 보장이 될 때 문재인이 가지고 있는 리더십은 발휘될 수 있고 성과를 보일 수 있을 것이다.

우리는 문재인이라는 사심이 없는 경청의 겸양적 리더를 맞았다. 기존의 정치질서에서는 볼 수 없는 리더십을 지니고 있다. 낯설 수도 있지만 지금 이 시대 이 상황에서는 적용되어야 할 리더십이다. 만약 클론 복제 기술이 있다면 수없이 복제를 했으면 좋겠지만. 정치도 그렇지만 국정운영도 혼자 할 수 없는 기본적인 속성을 갖고 있다. 분명 여러 가지 문제가 생길 수밖에 없지만 유유상종의 시스템을 갖출 수밖에 없다.

이 책에서 언급하고 있는 문재인의 삶과 가치관 정신 그리고 리더십의 특징과 요소들을 같이 공유하는 사람들끼리 국정운영 시스템을 구축하는 것이 무엇보다 필요하다. 그렇게 할 때 한 개인의 리더십이 아니라 집단 지성의 리더십이 발현될 수 있기 때문이다.

2002년에 노무현의 본질을 얼마나 알고 찍었는가 물었다. 지금

다시 물을 수밖에 없다. 문재인의 본질을 얼마나 알고 지지하는 것인가. 아니면 지지하지 않고 있는 것인가. 그렇지 않다면 문재인의 운명은 민주주의의 운명과 같이 할 것이다. 바로 이 책을 세상에 내보내는 이유이다.

문재인, 그의 리더십을 읽다

초판 1쇄 인쇄일   2017년 4월 10일
초판 1쇄 발행일   2017년 4월 20일

지 은 이   김헌식
만 든 이   이정옥
만 든 곳   평민사
           서울시 은평구 수색로 340 [202호]
           전화: (02) 375-8571(代)
           팩스: (02) 375-8573
           http://blog.naver.com/pyung1976
           이메일 pyung1976@naver.com

등록번호   제251-2015-000102호

 ISBN   978-89-7115-635-3   03800

 정 가   13,000원